VOYAGE

AU

CENTRE DE LA TERRE

VOYAGE AU CENTRE

DE

LA TERRE

PAR

JULES VERNE

AUTEUR DE CINQ SEMAINES EN BALLON

TREIZIÈME ÉDITION

BIBLIOTHÈQUE

D'ÉDUCATION ET DE RÉCRÉATION

J. HETZEL & C⁰, 18, RUE JACOB

PARIS

VOYAGE

CENTRE DE LA TERRE

———————

I

Le 24 mai 1863, un dimanche, mon oncle, le
professeur Lidenbrock, revint précipitamment vers
sa petite maison située au numéro 19 de König-
strasse, l'une des plus anciennes rues du vieux quartier de Hambourg.

La bonne Marthe dut se croire fort en retard, car
le dîner commençait à peine à chanter sur le fourneau de la cuisine.

« Bon, me dis-je, s'il a faim, mon oncle, qui est
le plus impatient des hommes, va pousser des cris
de détresse.

— Déjà M. Lidenbrock ! s'écria la bonne Marthe,

stupéfaite, en entre-bâillant la porte de la salle à manger.

— Oui, Marthe ; mais le dîner a le droit de ne point être cuit, car il n'est pas deux heures. La demie vient à peine de sonner à Saint-Michel.

— Alors pourquoi M. Lidenbrock rentre-t-il ?

— Il nous le dira vraisemblablement.

— Le voilà ! je me sauve. Monsieur Axel, vous lui ferez entendre raison. »

Et la bonne Marthe regagna son laboratoire culinaire.

Je restai seul. Mais de faire entendre raison au plus irascible des professeurs, c'est ce que mon caractère un peu indécis ne me permettait pas. Aussi je me préparais à regagner prudemment ma petite chambre du haut, quand la porte de la rue cria sur ses gonds ; de grands pieds firent craquer l'escalier de bois, & le maître de la maison, traversant la salle à manger, se précipita aussitôt dans son cabinet de travail.

Mais, pendant ce rapide passage, il avait jeté dans un coin sa canne à tête de casse-noisette, sur la table son large chapeau à poils rebroussés, & à son neveu ces paroles retentissantes :

« Axel, suis-moi ! »

Je n'avais pas eu le temps de bouger que le professeur me criait déjà avec un vif accent d'impatience :

« Eh bien ! tu n'es pas encore ici ? »

Je m'élançai dans le cabinet de mon redoutable maître.

Otto Lidenbrock n'était pas un méchant homme, j'en conviens volontiers ; mais, à moins de changements improbables, il mourra dans la peau d'un terrible original.

Il était professeur au Johannæum, & faisait un cours de minéralogie pendant lequel il se mettait régulièrement en colère une fois ou deux. Non point qu'il se préoccupât d'avoir des élèves assidus à ses leçons, ni du degré d'attention qu'ils lui accordaient, ni du succès qu'ils pouvaient obtenir par la suite ; ces détails ne l'inquiétaient guère. Il professait « subjectivement, » suivant une expression de la philosophie allemande, pour lui & non pour les autres. C'était un savant égoïste, un puits de science dont la poulie grinçait quand on en voulait tirer quelque chose. En un mot, un avare.

Il y a quelques professeurs de ce genre en Allemagne.

Mon oncle, malheureusement, ne jouissait pas d'une extrême facilité de prononciation, sinon dans l'intimité, au moins quand il parlait en public, & c'est un défaut regrettable chez un orateur. En effet, dans ses démonstrations au Johannæum, souvent le professeur s'arrêtait court ; il luttait contre un mot récalcitrant qui ne voulait pas glisser entre ses lèvres, un de ces mots qui résistent, se gonflent & finissent par sortir sous la forme peu scientifique d'un juron. De là, grande colère.

Il y a en minéralogie bien des dénominations semi-grecques, semi-latines, difficiles à prononcer, de ces rudes appellations qui écorcheraient les lèvres d'un poëte. Je ne veux pas dire du mal de cette science. Loin de moi. Mais lorsqu'on se trouve en présence des cristallisations rhomboédriques, des résines rétinasphaltes, des ghélénites, des fangasites, des molybdates de plomb, des tungstates de manganèse & des titaniates de zircône, il est permis à la langue la plus adroite de fourcher.

Or, dans la ville, on connaissait cette pardonnable infirmité de mon oncle, & on en abusait, & on l'attendait aux passages dangereux, & il se mettait en fureur, & l'on riait, ce qui n'est pas de bon goût, même pour des Allemands. S'il y avait donc toujours grande affluence d'auditeurs aux cours de Lidenbrock, combien les suivaient assidûment qui venaient surtout pour se dérider aux belles colères du professeur !

Quoi qu'il en soit, mon oncle, je ne saurais trop le dire, était un véritable savant. Bien qu'il cassât parfois ses échantillons à les essayer trop brusquement, il joignait au génie du géologue l'œil du minéralogiste. Avec son marteau, sa pointe d'acier, son aiguille aimantée, son chalumeau & son flacon d'acide nitrique, c'était un homme très-fort. A la cassure, à l'aspect, à la dureté, à la fusibilité, au son, à l'odeur, au goût d'un minéral quelconque, il le classait sans hésiter parmi les six cents espèces que la science compte aujourd'hui.

Aussi le nom de Lidenbrock retentissait avec honneur dans les gymnases & les associations nationales. MM. Humphry Davy, de Humboldt, les capitaines Franklin & Sabine, ne manquèrent pas de lui rendre visite à leur passage à Hambourg. MM. Becquerel, Ebelmen, Brewster, Dumas, Milne-Edwards, aimaient à le consulter sur des questions les plus palpitantes de la chimie. Cette science lui devait d'assez belles découvertes, &, en 1853, il avait paru à Leipzig un *Traité de Cristallographie transcendante,* par le professeur Otto Lidenbrock, grand in-folio avec planches, qui cependant ne fit pas ses frais.

Ajoutez à cela que mon oncle était conservateur du musée minéralogique de M. Struve, ambassadeur de Russie, précieuse collection d'une renommée européenne.

Voilà donc le personnage qui m'interpellait avec tant d'impatience. Représentez-vous un homme grand, maigre, d'une santé de fer, & d'un blond juvénile qui lui ôtait dix bonnes années de sa cinquantaine. Ses gros yeux roulaient sans cesse derrière des lunettes considérables; son nez, long &

mince, ressemblait à une lame affilée; les méchants
prétendaient même qu'il était aimanté & qu'il attirait la limaille de fer. Pure calomnie; il n'attirait
que le tabac, mais en grande abondance, pour ne
point mentir.

Quand j'aurai ajouté que mon oncle faisait des
enjambées mathématiques d'une demi-toise, & si je
dis qu'en marchant il tenait ses poings solidement
fermés, signe d'un tempérament impétueux, on le
connaîtra assez pour ne pas se montrer friand de sa
compagnie.

Il demeurait dans sa petite maison de König-
strasse, une habitation moitié bois, moitié brique,
à pignon dentelé; elle donnait sur l'un de ces canaux
sinueux qui se croisent au milieu du plus ancien
quartier de Hambourg que l'incendie de 1842 a
heureusement respecté.

La vieille maison penchait un peu, il est vrai, &
tendait le ventre aux passants; elle portait son toit
incliné sur l'oreille, comme la casquette d'un étu-
diant de la Tugendbund; l'aplomb de ses lignes
laissait à désirer; mais, en somme, elle se tenait
bien, grâce à un vieil orme vigoureusement en-
castré dans la façade, qui poussait au printemps
ses bourgeons en fleurs à travers les vitraux des
fenêtres.

Mon oncle ne laissait pas d'être riche pour un
professeur allemand. La maison lui appartenait en

toute propriété, contenant & contenu. Le contenu,
c'était sa filleule Graüben, jeune Virlandaise de
dix-sept ans, la bonne Marthe & moi. En ma double qualité de neveu & d'orphelin, je devins son
aide-préparateur dans ses expériences.

J'avouerai que je mordis avec appétit aux sciences
géologiques; j'avais du sang de minéralogiste dans
les veines, & je ne m'ennuyais jamais en compagnie de mes précieux cailloux.

En somme, on pouvait vivre heureux dans cette
maisonnette de König-strasse, malgré les impatiences de son propriétaire, car, tout en s'y prenant
d'une façon un peu brutale, celui-ci ne m'en aimait
pas moins. Mais cet homme-là ne savait pas attendre, & il était plus pressé que nature.

Quand, en avril, il avait planté dans les pots de
faïence de son salon des pieds de réséda ou de volu-
bilis, chaque matin il allait régulièrement les tirer
par les feuilles afin de hâter leur croissance.

Avec un pareil original, il n'y avait qu'à obéir.
Je me précipitai donc dans son cabinet.

II

Ce cabinet était un véritable musée. Tous les échantillons du règne minéral s'y trouvaient étiquetés avec l'ordre le plus parfait, suivant les trois grandes divisions des minéraux inflammables, métalliques & lithoïdes.

Comme je les connaissais, ces bibelots de la science minéralogique! Que de fois, au lieu de muser avec les garçons de mon âge, je m'étais plu à épousseter ces graphytes, ces anthracites, ces houilles, ces lignites, ces tourbes! Et les bitumes, les résines, les sels organiques qu'il fallait préserver du moindre atome de poussière! Et ces métaux depuis le fer jusqu'à l'or, dont la valeur relative disparaissait devant l'égalité absolue des spécimens scientifiques! Et toutes ces pierres qui eussent suffi à reconstruire la maison de König-strasse, même avec une belle chambre de plus, dont je me serais si bien arrangé!

Mais, en entrant dans le cabinet, je ne songeais guère à ces merveilles. Mon oncle seul occupait ma pensée. Il était enfoui dans son large fauteuil garni de velours d'Utrecht, & tenait entre les mains un livre qu'il considérait avec la plus profonde admiration.

« Quel livre! quel livre! » s'écriait-il.

Cette exclamation me rappela que le professeur Lidenbrock était aussi bibliomane à ses moments perdus; mais un bouquin n'avait de prix à ses yeux qu'à la condition d'être introuvable, ou tout au moins illisible.

« Eh bien! me dit-il, tu ne vois donc pas? Mais c'est un trésor inestimable que j'ai rencontré ce matin en furetant dans la boutique du juif Hevelius.

— Magnifique! » répondis-je avec un enthousiasme de commande.

En effet, à quoi bon ce fracas pour un vieil in-quarto dont le dos & les plats semblaient faits d'un veau grossier, un bouquin jaunâtre auquel pendait un signet décoloré ?

Cependant les interjections admiratives du professeur ne discontinuaient pas.

« Vois, disait-il, en se faisant à lui-même demandes et réponses; est-ce assez beau? Oui, c'est admirable! Et quelle reliure! Ce livre s'ouvre-t-il facilement? Oui, car il reste ouvert à n'importe quelle page! Mais se ferme-t-il bien? Oui, car la couverture & les feuilles forment un tout bien uni, sans se séparer ni bâiller en aucun endroit! Et ce

1.

dos qui n'offre pas une seule brisure après sept
cents ans d'existence! Ah! voilà une reliure dont
Bozerian, Closs ou Purgold eussent été fiers! »

En parlant ainsi, mon oncle ouvrait & fermait
successivement le vieux bouquin. Je ne pouvais
faire moins que de l'interroger sur son contenu,
bien que cela ne m'intéressât aucunement.

« Et quel est donc le titre de ce merveilleux volume? demandai-je avec un empressement trop
enthousiaste pour n'être pas feint.

— Cet ouvrage! répondit mon oncle en s'animant,
c'est l'*Heims-Kringla* de Snorre Turleson, le fameux auteur islandais du douzième siècle; c'est la
Chronique des princes norvégiens qui régnèrent
en Islande.

— Vraiment! m'écriai-je de mon mieux, & sans
doute c'est une traduction en langue allemande?

— Bon! riposta vivement le professeur, une traduction! Et qu'en ferais-je de ta traduction! Qui se
soucie de ta traduction! Ceci est l'ouvrage original
en langue islandaise, ce magnifique idiome, riche
& simple à la fois, qui autorise les combinaisons
grammaticales les plus variées & de nombreuses
modifications de mots!

— Comme l'allemand, insinuai-je avec assez de
bonheur.

— Oui, répondit mon oncle en haussant les
épaules; mais avec cette différence que la langue is-

landaise admet les trois genres comme le grec &
décline les noms propres comme le latin!

— Ah! fis-je un peu ébranlé dans mon indifférence, & les caractères de ce livre sont-ils beaux?

— Des caractères! qui te parle de caractères, malheureux Axel! Il s'agit bien de caractères! Ah! tu
prends cela pour un imprimé! Mais, ignorant, c'est
un manuscrit, & un manuscrit runique!...

— Runique?

— Oui! Vas-tu me demander maintenant de
t'expliquer ce mot?

— Je m'en garderai bien,» répliquai-je avec l'accent d'un homme blessé dans son amour-propre.

Mais mon oncle continua de plus belle, & m'ins-
truisit, malgré moi, de choses que je ne tenais
guère à savoir.

« Les runes, reprit-il, étaient des caractères d'é-
criture usités autrefois en Islande, &, suivant la
tradition, ils furent inventés par Odin lui-même!
Mais regarde donc, admire donc, impie, ces types
qui sont sortis de l'imagination d'un dieu! »

Ma foi, faute de réplique, j'allais me prosterner,
genre de réponse qui doit plaire aux dieux comme
aux rois, car elle a l'avantage de ne jamais les em-
barrasser, quand un incident vint détourner le
cours de la conversation.

Ce fut l'apparition d'un parchemin crasseux qui
glissa du bouquin & tomba à terre.

Mon oncle se précipita sur ce brimborion avec une avidité facile à comprendre. Un vieux document, enfermé peut-être depuis un temps immémorial dans un vieux livre, ne pouvait manquer d'avoir un haut prix à ses yeux.

« Qu'est-ce que cela ? » s'écria-t-il.

Et, en même temps, il déployait soigneusement sur sa table un morceau de parchemin long de cinq pouces, large de trois, & sur lequel s'allongeaient, en lignes transversales, des caractères de grimoire.

En voici le fac-similé exact. Je tiens à faire connaître ces signes bizarres, car ils amenèrent le professeur Lidenbrock & son neveu à entreprendre la plus étrange expédition du dix-neuvième siècle :

```
ᛉ.ᛆᛚᛏᛘ       ᛏᛶᛆᛏᚿᛏᛐ      ᛶᛏᛏᚤᛒᛐ
ᛶᛀᛏᛶᛶᛦF      ᚿᛆᛏᛏᛁᛦF      ᛆᛁᛏᛒᛆᚱᛏ
ᚱᛏᛶᛁᛦᛆ      ᛁᛏᚼᛁᛏᛏᛶ      ᛶᚿ ᚱᛒᛆᛘᛆ
ᛏᛦᛏᛆᛁᛏᛁ      ᛆᚿᛁᛏᛦᛏ      ᛘᚼᛁᛐᛶᛁ
ᛁᛏᚿᛁᛁᛘ      .ᛆᛶᛦᛆᛦ       ᛁᛏᛁᛁᛒᛶ
ᛦᚱᛒᛆᛦᛁ      ᛏᛦᚿᛏᚿᛐ      Fᛆᛁᛆᛏᚿ
ᛒᛏ,ᛁᛁᚱ      ᛒᛶᛏᛁᛒᛐ       ᚤᛏᛒᛁᛁᛁ
```

Le professeur considéra pendant quelques instants cette série de caractères ; puis il dit en relevant ses lunettes :

« C'est du runique ; ces types sont absolument identiques à ceux du manuscrit de Snorre Turleson ! Mais... qu'est-ce que cela peut signifier ? »

Comme le runique me paraissait être une invention de savants pour mystifier le pauvre monde, je ne fus pas fâché de voir que mon oncle n'y comprenait rien. Du moins, cela me sembla ainsi au mouvement de ses doigts qui commençaient à s'agiter terriblement.

«C'est pourtant du vieil islandais!» murmurait-il entre ses dents.

Et le professeur Lidenbrock devait bien s'y connaître, car il passait pour être un véritable polyglotte. Non pas qu'il parlât couramment les deux mille langues & les quatre mille idiomes employés à la surface du globe, mais enfin il en savait sa bonne part.

Il allait donc, en présence de cette difficulté, se livrer à toute l'impétuosité de son caractère, & je prévoyais une scène violente, quand deux heures sonnèrent au petit cartel de la cheminée.

Aussitôt la bonne Marthe ouvrit la porte du cabinet en disant :

« La soupe est servie.

— Au diable la soupe, s'écria mon oncle, & celle qui l'a faite, & ceux qui la mangeront! »

Marthe s'enfuit; je volai sur ses pas, &, sans savoir comment, je me trouvai assis à ma place habituelle dans la salle à manger.

J'attendis quelques instants. Le professeur ne vint pas. C'était la première fois, à ma connaissance,

qu'il manquait à la solennité du dîner. Et quel dîner, cependant! une soupe au persil, une omelette
au jambon relevée d'oseille à la muscade, une longe
de veau à la compote de prunes, &, pour dessert,
des crevettes au sucre, le tout arrosé d'un joli vin
de la Moselle.

Voilà ce qu'un vieux papier allait coûter à mon
oncle. Ma foi, en qualité de neveu dévoué, je me
crus obligé de manger pour lui, & même pour moi.
Ce que je fis en conscience.

« Je n'ai jamais vu chose pareille! disait la bonne
Marthe en servant. M. Lidenbrock qui n'est pas à
table!

— C'est à ne pas le croire.

— Cela présage quelque événement grave! » reprenait la vieille servante en hochant la tête.

Dans mon opinion, cela ne présageait rien, sinon
une scène épouvantable, quand mon oncle trouverait son dîner dévoré.

J'en étais à ma dernière crevette, lorsqu'une voix
retentissante m'arracha aux voluptés du dessert. Je
ne fis qu'un bond de la salle dans le cabinet.

III

« C'est évidemment du runique, disait le professeur en fronçant le sourcil. Mais il y a un secret, & je le découvrirai, sinon... »

Un geste violent acheva sa pensée.

« Mets-toi là, ajouta-t-il en m'indiquant la table du poing, & écris. »

En un instant je fus prêt.

« Maintenant, je vais te dicter chaque lettre de notre alphabet qui correspond à l'un de ces caractères islandais. Nous verrons ce que cela donnera. Mais, par saint Michel ! garde-toi bien de te tromper ! »

La dictée commença. Je m'appliquai de mon mieux ; chaque lettre fut appelée l'une après l'autre, & forma l'incompréhensible succession des mots suivants :

m.rnlls	esreuel	seec.Jde
sgtssmf	unteief	niedrke
kt,samn	atrateS	Saodrrn
emtnaeI	nuaect	rril.Sa
Atvaar	.nscrc	ieaabs
ccdrmi	eeutul	frantu
dt,iac	oseibo	KediiI

Quand ce travail fut terminé, mon oncle prit vivement la feuille sur laquelle je venais d'écrire, & il l'examina longtemps avec attention.

« Qu'est-ce que cela veut dire? » répétait-il machinalement.

Sur l'honneur, je n'aurais pas pu le lui apprendre. D'ailleurs il ne m'interrogea pas à cet égard, & il continua de se parler à lui-même :

« C'est ce que nous appelons un cryptogramme disait-il, dans lequel le sens est caché sous des lettres brouillées à dessein, & qui convenablement disposées formeraient une phrase intelligible! Quand je pense qu'il y a là peut-être l'explication ou l'indication d'une grande découverte! »

Pour mon compte, je pensais qu'il n'y avait absolument rien, mais je gardai prudemment mon opinion.

Le professeur prit alors le livre & le parchemin, & les compara tous les deux.

« Ces deux écritures ne sont pas de la même main, dit-il ; le cryptogramme est postérieur au livre, & j'en vois tout d'abord une preuve irréfragable. En effet, la première lettre est une double M qu'on chercherait vainement dans le livre de Turleson, car elle ne fut ajoutée à l'alphabet islandais qu'au quatorzième siècle. Ainsi donc, il y a au moins deux cents ans entre le manuscrit & le document. »

Cela, j'en conviens, me parut assez logique.

« Je suis donc conduit à penser, reprit mon oncle, que l'un des possesseurs de ce livre aura tracé ces caractères mystérieux. Mais qui diable était ce possesseur? N'aurait-il point mis son nom à quelque endroit de ce manuscrit? »

Mon oncle releva ses lunettes, prit une forte loupe, & passa soigneusement en revue les premières pages du livre. Au verso de la seconde, celle du faux titre, il découvrit une sorte de macule, qui faisait à l'œil l'effet d'une tache d'encre. Cependant, en y regardant de près, on distinguait quelques caractères à demi effacés. Mon oncle comprit que là était le point intéressant; il s'acharna donc sur la macule &, sa grosse loupe aidant, il finit par reconnaître les signes que voici, caractères runiques qu'il lut sans hésiter :

ᛏᛉᛘ   ᛋᛏᚲᛚᚾᛉᛉᛏᚼ

« Arne Saknussemm ! s'écria-t-il d'un ton triomphant, mais c'est un nom cela, & un nom islandais encore! celui d'un savant du seizième siècle, d'un alchimiste célèbre ! »

Je regardai mon oncle avec une certaine admiration.

« Ces alchimistes, reprit-il, Avicenne, Bacon, Lulle, Paracelse, étaient les véritables, les seuls savants de leur époque. Ils ont fait des découvertes

dont nous avons le droit d'être étonnés. Pourquoi
ce Saknussemm n'aurait-il pas enfoui sous cet incompréhensible cryptogramme quelque surprenante
invention? Cela doit être ainsi. Cela est. »

L'imagination du professeur s'enflammait à cette
hypothèse.

« Sans doute, osai-je répondre, mais quel intérêt
pouvait avoir ce savant à cacher ainsi quelque merveilleuse découverte?

— Pourquoi? pourquoi? Eh! le sais-je? Galilée
n'en a-t-il pas agi ainsi pour Saturne? D'ailleurs,
nous verrons bien; j'aurai le secret de ce document, & je ne prendrai ni nourriture ni sommeil
avant de l'avoir deviné.

— Oh! pensai-je.

— Ni toi, non plus, Axel, reprit-il.

— Diable! me dis-je, il est heureux que j'aie dîné
pour deux!

— Et d'abord, fit mon oncle, il faut trouver
la langue de ce « chiffre. » Cela ne doit pas être
difficile. »

A ces mots, je relevai vivement la tête. Mon oncle reprit son soliloque :

« Rien n'est plus aisé. Il y a dans ce document
cent trente-deux lettres qui donnent soixante-dix-
neuf consonnes contre cinquante-trois voyelles. Or,
c'est à peu près suivant cette proportion que sont
formés les mots des langues méridionales, tandis

que les idiomes du nord sont infiniment plus riches en consonnes. Il s'agit donc d'une langue du
midi. »

Ces conclusions étaient fort justes.

« Mais quelle est cette langue? »

C'est là que j'attendais mon savant, chez lequel
cependant je découvrais un profond analyste.

« Ce Saknussemm, reprit-il, était un homme
instruit; or, dès qu'il n'écrivait pas dans sa langue
maternelle, il devait choisir de préférence la langue
courante entre les esprits cultivés du seizième
siècle, je veux dire le latin. Si je me trompe, je
pourrai essayer de l'espagnol, du français, de l'italien, du grec, de l'hébreu. Mais les savants du
seizième siècle écrivaient généralement en latin.
J'ai donc le droit de dire *à priori*: ceci est du latin. »

Je sautai sur ma chaise. Mes souvenirs de lati-
niste se révoltaient contre la prétention que cette
suite de mots baroques pût appartenir à la douce
langue de Virgile.

« Oui! du latin, reprit mon oncle, mais du latin
brouillé.

— A la bonne heure! pensai-je. Si tu le débrouilles,
tu seras fin, mon oncle.

— Examinons bien, dit-il en reprenant la feuille
sur laquelle j'avais écrit. Voilà une série de cent
trente-deux lettres qui se présentent sous un désor-

dre apparent. Il y a des mots où les consonnes **se**
rencontrent seules comme le premier « nrnlls, »
d'autres où les voyelles, au contraires, abondent,
le cinquième, par exemple, « uneeief, » ou l'avant-
dernier « oseibo. » Or, cette disposition n'a évidemment pas été combinée ; elle est donnée *mathéma-*
tiquement par la raison inconnue qui a présidé à
la succession de ces lettres. Il me paraît certain que
la phrase primitive a été écrite régulièrement, puis
retournée suivant une loi qu'il faut découvrir.
Celui qui posséderait la clef de ce «chiffre» le lirait
couramment. Mais quelle est cette clef? Axel, as-tu
cette clef?»

A cette question je ne répondis rien, & pour
cause. Mes regards s'étaient arrêtés sur un charmant portrait suspendu au mur, le portrait de
Graüben. La pupille de mon oncle se trouvait alors
à Altona, chez une de ses parentes, & son absence me rendait fort triste, car, je puis l'avouer
maintenant, la jolie Virlandaise & le neveu du
professeur s'aimaient avec toute la patience & toute
la tranquillité allemande; nous nous étions fiancés
à l'insu de mon oncle, trop géologue pour comprendre de pareils sentiments. Graüben était une
charmante jeune fille blonde aux yeux bleus, d'un
caractère un peu grave, d'un esprit un peu sérieux;
mais elle ne m'en aimait pas moins; pour mon
compte, je l'adorais, si toutefois ce verbe existe dans

la langue tudesque ! L'image de ma petite Virlandaise me rejeta donc, en un instant, du monde des réalités dans celui des chimères, dans celui des souvenirs.

Je revis la fidèle compagne de mes travaux & de mes plaisirs. Elle m'aidait à ranger chaque jour les précieuses pierres de mon oncle; elle les étiquetait avec moi. C'était une très-forte minéralogiste que mademoiselle Graüben ! Elle en eût remontré à plus d'un savant. Elle aimait à approfondir les questions ardues de la science. Que de douces heures nous avions passées à étudier ensemble; & combien j'enviai souvent le sort de ces pierres insensibles qu'elle maniait de ses charmantes mains.

Puis, l'instant de la récréation venue, nous sortions tous les deux; nous prenions par les allées touffues de l'Alster, & nous nous rendions de compagnie au vieux moulin goudronné qui fait si bon effet à l'extrémité du lac; chemin faisant, on causait en se tenant par la main; je lui racontais des choses dont elle riait de son mieux; on arrivait ainsi jusqu'au bord de l'Elbe, &, après avoir dit bonsoir aux cygnes qui nagent parmi les grands nénuphars blancs, nous revenions au quai par la barque à vapeur.

Or, j'en étais là de mon rêve, quand mon oncle, frappant la table du poing, me ramena violemment à la réalité.

« Voyons, dit-il, la première idée qui doit se présenter à l'esprit pour brouiller les lettres d'une phrase, c'est, il me semble, d'écrire les mots verticalement au lieu de les tracer horizontalement.

— Tiens ! pensai-je.

— Il faut voir ce que cela produit. Axel, jette une phrase quelconque sur ce bout de papier; mais, au lieu de disposer les lettres à la suite les unes des autres, mets-les successivement par colonnes verticales, de manière à les grouper en nombre de cinq ou six. »

Je compris ce dont il s'agissait, & immédiatement j'écrivis de haut en bas :

$$J \quad m \quad n \quad e \quad , \quad b$$
$$e \quad e \quad , \quad t \quad G \quad e$$
$$t' \quad b \quad m \quad i \quad r \quad n$$
$$a \quad i \quad a \quad t \quad a \quad !$$
$$i \quad e \quad p \quad e \quad \ddot{u}$$

« Bon, dit le professeur, sans avoir lu. Maintenant, dispose ces mots sur une ligne horizontale.

J'obéis, & j'obtins la phrase suivante :

Jmne,b   ee,tGe   t'bmirn   aiata !   iepeü

« Parfait ! fit mon oncle en m'arrachant le papier des mains, voilà qui a déjà la physionomie du vieux document; les voyelles sont groupées ainsi que les consonnes dans le même désordre; il y a même des majuscules au milieu des mots, ainsi que des virgules, tout comme dans le parchemin de Saknussemm ! »

Je ne pus m'empêcher de trouver ces remarques fort ingénieuses.

« Or, reprit mon oncle en s'adressant directement à moi, pour lire la phrase que tu viens d'écrire, & que je ne connais pas, il me suffira de prendre successivement la première lettre de chaque mot, puis la seconde, puis la troisième, ainsi de suite.

Et mon oncle, à son grand étonnement, & surtout au mien, lut :

Je t'aime bien, ma petite Graüben !

« Hein ! » fit le professeur.

Oui, sans m'en douter, en amoureux maladroit, j'avais tracé cette phrase compromettante !

« Ah ! tu aimes Graüben ! reprit mon oncle d'un véritable ton de tuteur !

— Oui... Non... balbutiai-je !

— Ah ! tu aimes Graüben, reprit-il machinalement. Eh bien, appliquons mon procédé au document en question ! »

Mon oncle, retombé dans son absorbante contemplation, oubliait déjà mes imprudentes paroles. Je dis imprudentes, car la tête du savant ne pouvait

comprendre les choses du cœur. Mais, heureusement, la grande affaire du document l'emporta.

Au moment de faire son expérience capitale, les
yeux du professeur Lidenbrock lancèrent des éclairs
à travers ses lunettes; ses doigts tremblèrent, lorsqu'il reprit le vieux parchemin; il était sérieusement ému. Enfin il toussa fortement, & d'une voix
grave, appelant successivement la première lettre,
puis la seconde de chaque mot, il me dicta la série
suivante :

mmessunkaSenrA.icefdoK.segnittamurtn

ecertserrette,rotaivsadua,ednecsedsadne

lacartniiiluJsiratracSarbmutabiledmek

meretarcsilucoYsleffenSnI

En finissant, je l'avouerai, j'étais émotionné, ces
lettres, nommées une à une, ne m'avaient pré-
senté aucun sens à l'esprit; j'attendais donc que
le professeur laissât se dérouler pompeusement
entre ses lèvres une phrase d'une magnifique lati-
nité.

Mais qui aurait pu le prévoir! Un violent coup
de poing ébranla la table. L'encre rejaillit, la plume
me sauta des mains.

« Ce n'est pas cela, s'écria mon oncle! cela n'a
pas le sens commun ! »

Puis, traversant le cabinet comme un boulet, descendant l'escalier comme une avalanche, il se précipita dans König-strasse, & s'enfuit à toutes jambes.

IV

« Il est parti? s'écria Marthe en accourant au bruit de la porte de la rue qui, violemment refermée, venait d'ébranler la maison tout entière.

— Oui! répondis-je, complétement parti!

— Eh bien! & son dîner? fit la vieille servante.

— Il ne dînera pas!

— Et son souper?

— Il ne soupera pas!

— Comment? dit Marthe en joignant les mains.

— Non, bonne Marthe, il ne mangera plus, ni personne dans la maison! Mon oncle Lidenbrock nous met tous à la diète jusqu'au moment où il aura déchiffré un vieux grimoire qui est absolument indéchiffrable!

— Jésus! nous n'avons donc plus qu'à mourir de faim! »

Je n'osai pas avouer qu'avec un homme aussi absolu que mon oncle, c'était un sort inévitable.

La vieille servante, sérieusement alarmée, retourna dans sa cuisine en gémissant.

Quand je fus seul, l'idée me vint d'aller tout conter à Graüben; mais comment quitter la maison? Le professeur pouvait rentrer d'un instant à l'autre? Et s'il m'appelait? Et s'il voulait recommencer ce travail logogryphique, qu'on eût vainement proposé au vieil Œdipe! Et si je ne répondais pas à son appel, qu'adviendrait-il?

Le plus sage était de rester. Justement, un minéralogiste de Besançon venait de nous adresser une collection de géodes siliceuses qu'il fallait classer. Je me mis au travail. Je triai, j'étiquetai, je disposai dans leur vitrine toutes ces pierres creuses au-dedans desquelles s'agitaient de petits cristaux.

Mais cette occupation ne m'absorbait pas; l'affaire du vieux document ne laissait point de me préoccuper étrangement. Ma tête bouillonnait, & je me sentais pris d'une vague inquiétude. J'avais le pressentiment d'une catastrophe prochaine.

Au bout d'une heure, mes géodes étaient étagées avec ordre. Je me laissai aller alors dans le grand fauteuil d'Utrecht, les bras ballants & la tête renversée. J'allumai ma pipe à long tuyau courbe, dont le fourneau sculpté représentait une naïade nonchalamment étendue; puis, je m'amusai à suivre les progrès de la carbonisation, qui de ma naïade faisait peu à peu une négresse accomplie. De temps

en temps, j'écoutais si quelque pas retentissait
dans l'escalier. Mais non. Où pouvait-être mon
oncle en ce moment? Je me le figurais courant sous
les beaux arbres de la route d'Altona, gesticulant,
tirant au mur avec sa canne, d'un bras violent
battant les herbes, décapitant les chardons & trou-
blant dans leur repos les cigognes solitaires.

Rentrerait-il triomphant ou découragé? Qui aurait
raison l'un de l'autre, du secret ou de lui? Je m'in-
terrogeais ainsi, &, machinalement, je pris entre
mes doigts la feuille de papier sur laquelle s'allongeait l'incompréhensible série des lettres tracées
par moi. Je me répétais :

« Qu'est-ce que cela signifie? »

Je cherchai à grouper ces lettres de manière
à former des mots. Impossible. Qu'on les réunit
par deux, trois, ou cinq, ou six, cela ne donnait
absolument rien d'intelligible; il y avait bien les
quatorzième, quinzième & seizième lettres qui
faisaient le mot anglais « ice », la quatre-vingt-
quatrième, la quatre-vingt-cinquième & la quatre-
vingt-sixième formaient le mot « sir ». Enfin, dans
le corps du document, & à la troisième ligne, je
remarquai aussi les mots latins « rota », « muta-
bile », « ira », « nec », « atra ».

« Diable, pensai-je, ces derniers mots semble-
raient donner raison à mon oncle sur la langue
du document! Et même, à la quatrième ligne,

j'aperçois encore le mot « luco » qui se traduit
par « bois sacré ». Il est vrai qu'à la troisième,
on lit le mot « tabiled » de tournure parfaitement
hébraïque, & à la dernière, les vocables « mer »,
« arc », « mère », qui sont purement français. »

Il y avait là de quoi perdre la tête! Quatre idiomes différents dans cette phrase absurde! Quel
rapport pouvait-il exister entre les mots « glace,
monsieur, colère, cruel, bois sacré, changeant,
mère, arc ou mer? » Le premier & le dernier seuls
se rapprochaient facilement; rien d'étonnant que,
dans un document écrit en Islande, il fût question
d'une « mer de glace ». Mais de là à comprendre
le reste du cryptogramme, c'était autre chose.

Je me débattais donc contre une insoluble difficulté; mon cerveau s'échauffait; mes yeux cli-
gnaient sur la feuille de papier; les cent trente-deux
lettres semblaient voltiger autour de moi, comme
ces larmes d'argent qui glissent dans l'air autour
de notre tête, lorsque le sang s'y est violemment
porté.

J'étais en proie à une sorte d'hallucination; j'é-
touffais; il me fallait de l'air. Machinalement, je
m'éventai avec la feuille de papier, dont le verso
& le recto se présentèrent successivement à mes
regards.

Quelle fut ma surprise, quand dans l'une de ces
voltes rapides, au moment où le verso se tournait

vers moi, je crus voir apparaître des mots parfaitement lisibles, des mots latins, entre autres « craterem » & « terrestre ».

Soudain une lueur se fit dans mon esprit; ces seuls indices me firent entrevoir la vérité; j'avais découvert la loi du chiffre. Pour lire ce document, il n'était pas même nécessaire de le lire à travers la feuille retournée! Non. Tel il était, tel il m'avait été dicté, tel il pouvait être épelé couramment. Toutes les ingénieuses combinaisons du professeur se réalisaient; il avait eu raison pour la disposition des lettres, raison pour la langue du document! Il s'en était fallu d'un « rien » qu'il pût lire d'un bout à l'autre cette phrase latine, & ce « rien », le hasard venait de me le donner!

On comprend si je fus ému! Mes yeux se troublèrent. Je ne pouvais m'en servir. J'avais étalé la feuille de papier sur la table. Il me suffisait d'y jeter un regard pour devenir possesseur du secret.

Enfin je parvins à calmer mon agitation. Je m'imposai la loi de faire deux fois le tour de la chambre pour apaiser mes nerfs, & je revins m'engouffrer dans le vaste fauteuil.

« Lisons, » m'écriai-je, après avoir refait dans mes poumons une ample provision d'air.

Je me penchai sur la table; je posai mon doigt successivement sur chaque lettre, &, sans m'arrêter,

2.

sans hésiter un instant, je prononçai à haute voix
la phrase tout entière.

Mais quelle stupéfaction, quelle terreur m'enva-
hit! Je restai d'abord comme frappé d'un coup
subit. Quoi! ce que je venais d'apprendre s'était
accompli! un homme avait eu assez d'audace pour
pénétrer!...

« Ah! m'écriai-je en bondissant! mais non!
mais non! mon oncle ne le saura pas! Il ne man-
querait plus qu'il vînt à connaître un semblable
voyage! Il voudrait en goûter aussi! Rien ne
pourrait l'arrêter! Un géologue si déterminé! il
partirait quand même, malgré tout, en dépit de
tout! Et il m'emmènerait avec lui, & nous n'en
reviendrions pas! Jamais! jamais! »

J'étais dans une surexcitation difficile à peindre.

« Non! non! ce ne sera pas, dis-je avec énergie, &, puisque je peux empêcher qu'une pareille
idée vienne à l'esprit de mon tyran, je le ferai. A
tourner & retourner ce document, il pourrait par
hasard en découvrir la clef! Détruisons-le. »

Il y avait un reste de feu dans la cheminée. Je
saisis non-seulement la feuille de papier, mais le
parchemin de Saknussemm; d'une main fébrile
j'allais précipiter le tout sur les charbons & anéan-
tir ce dangereux secret, quand la porte du cabinet
s'ouvrit. Mon oncle parut.

V

Je n'eus que le temps de replacer sur la table le malencontreux document.

Le professeur Lidenbrock paraissait profondément absorbé. Sa pensée dominante ne lui laissait pas un instant de répit; il avait évidemment scruté, analysé l'affaire, mis en œuvre toutes les ressources de son imagination pendant sa promenade, & il revenait appliquer quelque combinaison nouvelle.

En effet, il s'assit dans son fauteuil, &, la plume à la main, il commença à établir des formules qui ressemblaient à un calcul algébrique.

Je suivais du regard sa main frémissante; je ne perdais pas un seul de ses mouvements. Quelque résultat inespéré allait-il donc inopinément se produire? Je tremblais, & sans raison, puisque la vraie combinaison, la « seule » étant déjà trouvée, toute autre recherche devenait forcément vaine.

Pendant trois longues heures, mon oncle travailla sans parler, sans lever la tête, effaçant, reprenant, raturant, recommençant mille fois.

Je savais bien que, s'il parvenait à arranger ces
lettres suivant toutes les positions relatives qu'elles
pouvaient occuper, la phrase se trouverait faite. Mais
je savais aussi que vingt lettres seulement peuvent
former deux quintillions, quatre cent trente-deux
quatrillions, neuf cent deux trillions, huit mil-
liards, cent soixante-seize millions, six cent quarante mille combinaisons. Or, il y avait cent trente-
deux lettres dans la phrase, & ces cent trente-deux
lettres donnaient un nombre de phrases différentes
composé de cent trente - trois chiffres au moins,
nombre presque impossible à énumérer & qui
échappe à toute appréciation.

J'étais rassuré sur ce moyen héroïque de résoudre
le problème.

Cependant le temps s'écoulait; la nuit se fit;
les bruits de la rue s'apaisèrent; mon oncle, toujours courbé sur sa tâche, ne vit rien, pas même la
bonne Marthe qui entr'ouvrit la porte; il n'entendit
rien, pas même la voix de cette digne servante,
disant :

« Monsieur soupera-t-il ce soir ? »

Aussi Marthe dut-elle s'en aller sans réponse;
pour moi, après avoir résisté pendant quelque
temps, je fus pris d'un invincible sommeil, & je
m'endormis sur un bout du canapé, tandis que
mon oncle Lidenbrock calculait & raturait toujours.

Quand je me réveillai, le lendemain, l'infatigable piocheur était encore au travail. Ses yeux rouges, son teint blafard, ses cheveux entremêlés sous sa main fiévreuse, ses pommettes empourprées indiquaient assez sa lutte terrible avec l'impossible, & dans quelles fatigues de l'esprit, dans quelle contention du cerveau, les heures durent s'écouler pour lui.

Vraiment, il me fit pitié. Malgré les reproches que je croyais être en droit de lui faire, une certaine émotion me gagnait. Le pauvre homme était tellement possédé de son idée, qu'il oubliait de se mettre en colère ; toutes ses forces vives se concentraient sur un seul point, &, comme elles ne s'échappaient pas par leur exutoire ordinaire, on pouvait craindre que leur tension ne le fît éclater d'un instant à l'autre.

Je pouvais d'un geste desserrer cet étau de fer qui lui serrait le crâne, d'un mot seulement ! Et je n'en fis rien.

Cependant j'avais bon cœur. Pourquoi restai-je muet en pareille circonstance ? Dans l'intérêt même de mon oncle.

« Non, non, répétai-je, non, je ne parlerai pas ! Il voudrait y aller, je le connais ; rien ne saurait l'arrêter. C'est une imagination volcanique, &, pour faire ce que d'autres géologues n'ont point fait, il risquerait sa vie. Je me tairai ;

je garderai ce secret dont le hasard m'a rendu
maître ; le découvrir, ce serait tuer le professeur
Lidenbrock. Qu'il le devine, s'il le peut ; je ne veux
pas me reprocher un jour de l'avoir conduit à sa
perte ! »

Ceci bien résolu , je me croisai les bras, & j'attendis. Mais j'avais compté sans un incident qui
se produisit à quelques heures de là.

Lorsque la bonne Marthe voulut sortir de la
maison pour se rendre au marché , elle trouva la
porte close ; la grosse clef manquait à la serrure.
Qui l'avait ôtée ? Mon oncle évidemment , quand
il rentra la veille après son excursion précipitée.

Était-ce à dessein ? Était-ce par mégarde ? Voulait-il nous soumettre aux rigueurs de la faim ?
Cela m'eût paru un peu fort. Quoi ! Marthe &
moi , nous serions victimes d'une situation qui ne
nous regardait pas le moins du monde ? Sans doute,
& je me souvins d'un précédent de nature à nous
effrayer. En effet , il y a quelques années , à une
époque où mon oncle travaillait à sa grande classifi-
cation minéralogique , il demeura quarante-huit
heures sans manger, & toute sa maison dut se conformer à cette diète scientifique. Pour mon compte,
j'y gagnai des crampes d'estomac fort peu récréa-
tives chez un garçon d'un naturel assez vorace.

Or, il me parut que le déjeuner allait faire défaut
comme le souper de la veille. Cependant je résolus

d'être héroïque & de ne pas céder devant les exi-
gences de la faim. Marthe prenait cela très au sérieux & se désolait, la bonne femme. Quant à moi,
l'impossibilité de quitter la maison me préoccupait
davantage & pour cause. On me comprend bien.

Mon oncle travaillait toujours; son imagination
se perdait dans le monde idéal des combinaisons; il
vivait loin de la terre, & véritablement en dehors
des besoins terrestres.

Vers midi, la faim m'aiguillonna sérieusement;
Marthe, très-innocemment, avait dévoré la veille
les provisions du garde-manger; il ne restait plus
rien à la maison. Cependant je tins bon. J'y mettais une sorte de point d'honneur.

Deux heures sonnèrent. Cela devenait ridicule,
intolérable même; j'ouvrais des yeux démesurés. Je
commençai à me dire que j'exagérais l'importance
du document; que mon oncle n'y ajouterait pas foi;
qu'il verrait là une simple mystification; qu'au
pis aller on le retiendrait malgré lui, s'il voulait
tenter l'aventure; qu'enfin, il pouvait découvrir
lui-même la clef du « chiffre, » & que j'en serais
alors pour mes frais d'abstinence.

Ces raisons me parurent excellentes, que j'eusse
rejetées la veille avec indignation; je trouvai même
parfaitement absurde d'avoir attendu si longtemps,
& mon parti fut pris de tout dire.

Je cherchais donc une entrée en matière, pas trop

brusque, quand le professeur se leva, mit son chapeau & se prépara à sortir.

Quoi! quitter la maison, & nous enfermer encore! Jamais.

« Mon oncle! » dis-je.

Il ne parut pas m'entendre.

« Mon oncle Lidenbrock? répétai-je en élevant la voix.

— Hein? fit-il comme un homme subitement réveillé.

— Eh bien! cette clef?

— Quelle clef? La clef de la porte?

— Mais non, m'écriai-je, la clef du document! »

Le professeur me regarda par-dessus ses lunettes; il remarqua sans doute quelque chose d'insolite dans ma physionomie, car il me saisit vivement le bras, &, sans pouvoir parler, il m'interrogea du regard. Cependant jamais demande ne fut formulée d'une façon plus nette.

Je remuai la tête de haut en bas.

Il secoua la sienne avec une sorte de pitié, comme s'il avait affaire à un fou.

Je fis un geste plus affirmatif.

Ses yeux brillèrent d'un vif éclat; sa main devint menaçante.

Cette conversation muette dans ces circonstances eût intéressé le spectateur le plus indifférent. Et vraiment j'en arrivais à ne plus oser parler, tant je craignais que mon oncle ne m'étouffât dans les premiers embrassements de sa joie. Mais il devint si pressant qu'il fallut répondre.

« Oui, cette clef!... le hasard!...

— Que dis-tu ? s'écria-t-il avec une indescriptible émotion.

— Tenez, dis-je en lui présentant la feuille de papier sur laquelle j'avais écrit, lisez.

— Mais cela ne signifie rien! répondit-il en froissant la feuille.

— Rien, en commençant à lire par le commencement, mais par la fin...

Je n'avais pas achevé ma phrase que le professeur poussait un cri, mieux qu'un cri, un véritable rugissement! Une révélation venait de se faire dans son esprit. Il était transfiguré.

« Ah! ingénieux Saknussemm! s'écria-t-il, tu avais donc d'abord écrit ta phrase à l'envers? »

Et se précipitant sur la feuille de papier, l'œil trouble, la voix émue, il lut le document tout entier, en remontant de la dernière lettre à la première.

Il était conçu en ces termes :

*In Sneffels Yoculis craterem kem delibat
umbra Scartaris Julii intra calendas descende,
audas viator, et terrestre centrum attinges.
Kod feci. Arne Saknussemm.*

Ce qui, de ce mauvais latin, peut être traduit ainsi :

> *Descends dans le cratère du Yocul de*
> *Sneffels que l'ombre du Scartaris vient*
> *caresser avant les calendes de Juillet,*
> *voyageur audacieux, et tu parviendras*
> *au centre de la Terre. Ce que j'ai fait.*
> *Arne Saknussemm.*

Mon oncle, à cette lecture, bondit comme s'il eût inopinément touché une bouteille de Leyde. Il était magnifique d'audace, de joie & de conviction. Il allait & venait; il prenait sa tête à deux mains; il déplaçait les siéges; il empilait ses livres; il jonglait, c'est à ne pas le croire, avec ses précieuses géodes; il lançait un coup de poing par-ci, une tape par-là. Enfin ses nerfs se calmèrent &, comme un homme épuisé par une trop grande dépense de fluide, il retomba dans son fauteuil.

« Quelle heure est-il donc? demanda-t-il après quelques instants de silence.

— Trois heures, répondis-je.

— Tiens! mon dîner a passé vite. Je meurs de faim. A table. Puis ensuite...

— Ensuite ?

— Tu feras ma malle.

— Hein! m'écriai-je.

— Et la tienne! répondit l'impitoyable professeur en entrant dans la salle à manger.

VI

A ces paroles un frisson me passa par tout le corps. Cependant je me contins. Je résolus même de faire bonne figure. Des arguments scientifiques pouvaient seuls arrêter le professeur Lidenbrock; or, il y en avait, & de bons, contre la possibilité d'un pareil voyage. Aller au centre de la terre! Quelle folie! Je réservai ma dialectique pour le moment opportun, & je m'occupai du repas.

Inutile de rapporter les imprécations de mon oncle devant la table desservie. Tout s'expliqua. La liberté fut rendue à la bonne Marthe. Elle courut au marché & fit si bien, qu'une heure après ma faim était calmée, & je revenais au sentiment de la situation.

Pendant le repas, mon oncle fut presque gai; il lui échappait de ces plaisanteries de savant qui ne sont jamais bien dangereuses. Après le dessert il me fit signe de le suivre dans son cabinet.

J'obéis. Il s'assit à un bout de sa table de travail, & moi à l'autre.

« Axel, dit-il d'une voix assez douce, tu es un garçon très-ingénieux ; tu m'as rendu là un fier service, quand, de guerre lasse, j'allais abandonner cette combinaison. Où me serais-je égaré ? Nul ne peut le savoir ! Je n'oublierai jamais cela, mon garçon, & de la gloire que nous allons acquérir tu auras ta part.

— Allons ! pensai-je, il est de bonne humeur ; le moment est venu de discuter cette gloire.

— Avant tout, reprit mon oncle, je te recommande le secret le plus absolu, tu m'entends ? Je ne manque pas d'envieux dans le monde des savants, & beaucoup voudraient entreprendre ce voyage, qui ne s'en douteront qu'à notre retour.

— Croyez-vous, dis-je, que le nombre de ces audacieux fût si grand ?

— Certes ! qui hésiterait à conquérir une telle renommée ? Si ce document était connu, une armée entière de géologues se précipiterait sur les traces d'Arne Saknussemm !

— Voilà ce dont je ne suis pas persuadé, mon oncle, car rien ne prouve l'authenticité de ce document.

— Comment ! Et le livre dans lequel nous l'avons découvert !

— Bon ! j'accorde que ce Saknussemm ait écrit

ces lignes, mais s'ensuit-il qu'il ait réellement accompli ce voyage, & ce vieux parchemin ne peut-il renfermer une mystification ? »

Ce dernier mot, un peu hasardé, je regrettai presque de l'avoir prononcé; le professeur fronça son épais sourcil, & je craignais d'avoir compromis les suites de cette conversation. Heureusement il n'en fut rien. Mon sévère interlocuteur ébaucha une sorte de sourire sur ses lèvres & répondit :

« C'est ce que nous verrons.

— Ah! fis-je un peu vexé; mais permettez-moi d'épuiser la série des objections relatives à ce document.

— Parle, mon garçon, ne te gêne pas. Je te laisse toute liberté d'exprimer ton opinion. Tu n'es plus mon neveu, mais mon collègue. Ainsi, va.

— Eh bien, je vous demanderai d'abord ce que sont ce Yocul, ce Sneffels & ce Scartaris, dont je n'ai jamais entendu parler?

— Rien n'est plus facile. J'ai précisément reçu, il y a quelque temps, une carte de mon ami Augustus Peterman de Leipzig; elle ne pouvait arriver plus à propos. Prends le troisième atlas dans la seconde travée de la grande bibliothèque, série Z, planche 4. »

Je me levai, &, grâce à ces indications précises, je trouvai rapidement l'atlas demandé. Mon oncle l'ouvrit & dit :

« Voici une des meilleures cartes de l'Islande, celle de Handerson, & je crois qu'elle va nous donner la solution de toutes tes difficultés. »

Je me penchai sur la carte.

« Vois cette île composée de volcans, dit le professeur, & remarque qu'ils portent tous le nom de Yokul. Ce mot veut dire « glacier » en islandais, &, sous la latitude élevée de l'Islande, la plupart des éruptions se font jour à travers les couches de glace. De là cette dénomination de Yokul appliquée à tous les monts ignivomes de l'île.

— Bien, répondis-je, mais qu'est-ce que le Sneffels ? »

J'espérais qu'à cette demande il n'y aurait pas de réponse. Je me trompais. Mon oncle reprit :

« Suis-moi sur la côte occidentale de l'Islande. Aperçois-tu Reykjawik, sa capitale ? Oui. Bien. Remonte les fjörds innombrables de ces rivages rongés par la mer, & arrête-toi un peu au-dessous du soixante-cinquième degré de latitude. Que vois-tu là ?

— Une sorte de presqu'île semblable à un os décharné, que termine une énorme rotule.

— La comparaison est juste, mon garçon ; maintenant, n'aperçois-tu rien sur cette rotule ?

— Si, un mont qui semble avoir poussé en mer.

— Bon ! c'est le Sneffels.

— Le Sneffels ?

— Lui-même, une montagne haute de cinq mille pieds, l'une des plus remarquables de l'île, & à coup sûr la plus célèbre du monde entier, si son cratère aboutit au centre du globe.

— Mais c'est impossible! m'écriai-je en haussant les épaules & révolté contre une pareille supposition.

— Impossible! répondit le professeur Lidenbrock d'un ton sévère. Et pourquoi cela?

— Parce que ce cratère est évidemment obstrué par les laves, les roches brûlantes, & qu'alors...

— Et si c'est un cratère éteint?

— Éteint?

— Oui. Le nombre des volcans en activité à la surface du globe n'est actuellement que de trois cents environ; mais il existe une bien plus grande quantité de volcans éteints. Or le Sneffels compte parmi ces derniers, &, depuis les temps historiques, il n'a eu qu'une seule éruption, celle de 1219; à partir de cette époque, ses rumeurs se sont apaisées peu à peu, & il n'est plus au nombre des volcans actifs. »

A ces affirmations positives je n'avais absolument rien à répondre; je me rejetai donc sur les autres obscurités que renfermait le document.

« Que signifie ce mot Scartaris, demandai-je, & que viennent faire là les calendes de juillet?

Mon oncle prit quelques moments de réflexion.

J'eus un instant d'espoir, mais un seul, car bientôt
il me répondit en ces termes :

« Ce que tu appelles obscurité est pour moi lumière. Cela prouve les soins ingénieux avec lesquels Saknussemm a voulu préciser sa découverte.
Le Sneffels est formé de plusieurs cratères ; il y,
avait donc nécessité d'indiquer celui d'entre eux
qui mène au centre du globe. Qu'a fait le savant Islandais ? Il a remarqué qu'aux approches
des calendes de juillet, c'est-à-dire vers les derniers jours du mois de juin, un des pics de
la montagne, le Scartaris, projetait son ombre
jusqu'à l'ouverture du cratère en question, & il a
consigné le fait dans son document. Pouvait-il
imaginer une indication plus exacte, & une fois
arrivés au sommet du Sneffels, nous sera-t-il possible d'hésiter sur le chemin à prendre ? »

Décidément mon oncle avait réponse à tout. Je
vis bien qu'il était inattaquable sur les mots du
vieux parchemin. Je cessai donc de le presser à ce
sujet, &, comme il fallait le convaincre avant tout,
je passai aux objections scientifiques, bien autrement graves, à mon avis.

« Allons, dis-je, je suis forcé d'en convenir, la
phrase de Saknussemm est claire & ne peut laisser
aucun doute à l'esprit. J'accorde même que le document a un air de parfaite authenticité. Ce savant
est allé au fond du Sneffels ; il a vu l'ombre du Scar-

taris caresser les bords du cratère avant les calendes de juillet; il a même entendu raconter dans
les récits légendaires de son temps que ce cratère
aboutissait au centre de la terre; mais quant à y
être parvenu lui-même, quant à avoir fait le voyage
& à en être revenu, s'il l'a entrepris, non, cent
fois non !

— Et la raison? dit mon oncle d'un ton singulièrement moqueur.

— C'est que toutes les théories de la science dé-
montrent qu'une pareille entreprise est imprati-
cable!

— Toutes les théories disent cela? répondit le
professeur en prenant un air bonhomme. Ah! les
vilaines théories! comme elles vont nous gêner,
ces pauvres théories ! »

Je vis qu'il se moquait de moi, mais je continuai
néanmoins.

« Oui! il est parfaitement reconnu que la chaleur
augmente environ d'un degré par soixante-dix pieds
de profondeur au-dessous de la surface du globe;
or, en admettant cette proportionnalité constante,
le rayon terrestre étant de quinze cents lieues,
il existe au centre une température de deux millions de degrés. Les matières de l'intérieur de la
terre se trouvent donc à l'état de gaz incandescent,
car les métaux, l'or, le platine, les roches les plus
dures, ne résistent pas à une pareille chaleur. J'ai

3.

donc le droit de demander s'il est possible de pénétrer dans un semblable milieu !

— Ainsi, Axel, c'est la chaleur qui t'embarrasse?

— Sans doute. Si nous arrivions à une profondeur de dix lieues seulement, nous serions parvenus à la limite de l'écorce terrestre, car déjà la température est supérieure à treize cents degrés.

— Et tu as peur d'entrer en fusion?

— Je vous laisse la question à décider, répondis-je avec humeur.

— Voici ce que je décide, répliqua le professeur Lidenbrock en prenant ses grands airs; c'est que ni toi ni personne ne sait d'une façon certaine ce qui se passe à l'intérieur du globe, attendu qu'on connaît à peine la douze millième partie de son rayon; c'est que la science est éminemment perfectible & que chaque théorie est incessamment détruite par une théorie nouvelle. N'a-t-on pas cru jusqu'à Fourier que la température des espaces planétaires allait toujours diminuant, & ne sait-on pas aujourd'hui que les plus grands froids des régions éthérées ne dépassent pas quarante ou cinquante degrés au-dessous de zéro? Pourquoi n'en serait-il pas ainsi de la chaleur interne? Pourquoi, à une certaine profondeur, n'atteindrait-elle pas une limite infranchissable, au lieu de s'élever jusqu'au degré de fusion des minéraux les plus réfractaires? »

Mon oncle plaçant la question sur le terrain des hypothèses, je n'eus rien à répondre.

« Eh bien, je te dirai que de véritables savants, Poisson entre autres, ont prouvé que, si une chaleur de deux millions de degrés existait à l'intérieur du globe, les gaz incandescents provenant des matières fondues acquerraient une élasticité telle que l'écorce terrestre ne pourrait y résister & éclaterait comme les parois d'une chaudière sous l'effort de la vapeur.

— C'est l'avis de Poisson, mon oncle, voilà tout.

— D'accord, mais c'est aussi l'avis d'autres géologues distingués, que l'intérieur du globe n'est formé ni de gaz, ni d'eau, ni des plus lourdes pierres que nous connaissions, car, dans ce cas, la terre aurait un poids deux fois moindre.

— Oh! avec les chiffres on prouve tout ce qu'on veut!

— Et avec les faits, mon garçon, en est-il de même? N'est-il pas constant que le nombre des volcans a considérablement diminué depuis les premiers jours du monde, &, si chaleur centrale il y a, ne peut-on en conclure qu'elle tend à s'affaiblir?

— Mon oncle, si vous entrez dans le champ des suppositions, je n'ai plus à discuter.

— Et moi j'ai à dire qu'à mon opinion se joignent les opinions de gens fort compétents. Te

souviens-tu d'une visite que me fit le célèbre chi-
miste anglais Humphry Davy en 1825 ?

— Aucunement, car je ne suis venu au monde
que dix-neuf ans après.

— Eh bien, Humphry Davy vint me voir à son
passage à Hambourg. Nous discutâmes longtemps,
entre autres questions, l'hypothèse de la liquidité
du noyau intérieur de la terre. Nous étions tous
deux d'accord que cette liquidité ne pouvait exister,
par une raison à laquelle la science n'a jamais
trouvé de réponse.

— Et laquelle ? dis-je un peu étonné.

— C'est que cette masse liquide serait sujette,
comme l'Océan, à l'attraction de la lune, & conséquemment, deux fois par jour, il se produirait des
marées intérieures qui, soulevant l'écorce terrestre,
donneraient lieu à des tremblements de terre pé-
riodiques !

— Mais il est pourtant évident que la surface
du globe a été soumise à la combustion, & il est
permis de supposer que la croûte extérieure s'est
refroidie d'abord, tandis que la chaleur se réfugiait
au centre.

— Erreur, répondit mon oncle ; la terre a été
échauffée par la combustion de sa surface, & non
autrement. Sa surface était composée d'une grande
quantité de métaux, tels que le potassium, le so-
dium, qui ont la propriété de s'enflammer au seul

contact de l'air & de l'eau ; ces métaux prirent feu
quand les vapeurs atmosphériques se précipitèrent
en pluie sur le sol, & peu à peu, lorsque les eaux
pénétrèrent dans les fissures de l'écorce terrestre,
elles déterminèrent de nouveaux incendies avec explosions & éruptions. De là les volcans si nombreux
aux premiers jours du monde.

— Mais voilà une ingénieuse hypothèse ! m'é-
criai-je un peu malgré moi.

— Et qu'Humphry Davy me rendit sensible, ici
même, par une expérience bien simple. Il composa
une boule métallique faite principalement des métaux dont je viens de parler, & qui figurait parfaitement notre globe ; lorsqu'on faisait tomber une fine
rosée à sa surface, celle-ci se boursouflait, s'oxydait
& formait une petite montagne ; un cratère s'ouvrait à son sommet ; l'éruption avait lieu & com-
muniquait à toute la boule une chaleur telle qu'il
devenait impossible de la tenir à la main. »

Vraiment, je commençais à être ébranlé par les
arguments du professeur ; il les faisait valoir d'ailleurs avec sa passion & son enthousiasme habi-
tuels.

« Tu le vois, Axel, ajouta-t-il, l'état du noyau
central a soulevé des hypothèses diverses entre les
géologues ; rien de moins prouvé que ce fait d'une
chaleur interne ; suivant moi, elle n'existe pas ;
elle ne saurait exister ; nous le verrons, d'ail-

leurs, &, comme Arne Saknussemm, nous saurons à quoi nous en tenir sur cette grande question.

— Eh bien! oui, répondis-je en me sentant gagner à cet enthousiasme; oui, nous le verrons, si on y voit toutefois.

— Et pourquoi pas ? Ne pouvons-nous compter sur des phénomènes électriques pour nous éclairer, & même sur l'atmosphère, que sa pression peut rendre lumineuse en s'approchant du centre ?

— Oui, dis-je, oui! cela est possible, après tout.

— Cela est certain, répondit triomphalement mon oncle; mais silence, entends-tu ? silence sur tout ceci, & que personne n'ait l'idée de découvrir avant nous le centre de la terre. »

VII

Ainsi se termina cette mémorable séance. Cet entretien me donna la fièvre. Je sortis du cabinet de mon oncle comme étourdi, & il n'y avait pas assez d'air dans les rues de Hambourg pour me remettre.

Je gagnai donc les bords de l'Elbe, du côté du bac à vapeur qui met la ville en communication avec le chemin de fer de Harbourg.

Étais-je convaincu de ce que je venais d'apprendre? N'avais-je pas subi la domination du professeur Lidenbrock? Devais-je prendre au sérieux sa résolution d'aller au centre du massif terrestre? Venais-je d'entendre les spéculations insensées d'un fou ou les déductions scientifiques d'un grand génie? En tout cela, où s'arrêtait la vérité, où commençait l'erreur?

Je flottais entre mille hypothèses contradictoires, sans pouvoir m'accrocher à aucune.

Cependant je me rappelais avoir été convaincu, quoique mon enthousiasme commençât à se modérer; mais j'aurais voulu partir immédiatement & ne pas prendre le temps de la réflexion. Oui, le courage ne m'eût pas manqué pour boucler ma valise en ce moment.

Il faut pourtant l'avouer, une heure après, cette surexcitation tomba; mes nerfs se détendirent, & des profonds abîmes de la terre je remontai à sa surface.

« C'est absurde ! m'écriai-je ; cela n'a pas le sens commun ! Ce n'est pas une proposition sérieuse à faire à un garçon sensé. Rien de tout cela n'existe. J'ai mal dormi, j'ai fait un mauvais rêve. »

Cependant j'avais suivi les bords de l'Elbe &

tourné la ville. Après avoir remonté le port j'étais arrivé à la route d'Altona. Un pressentiment me conduisait, pressentiment justifié, car j'aperçus bientôt ma petite Graüben qui, de son pied leste, revenait bravement à Hambourg.

« Graüben ! » lui criai-je de loin.

La jeune fille s'arrêta, un peu troublée, j'imagine, de s'entendre appeler ainsi sur une grande route. En dix pas je fus près d'elle.

« Axel ! fit-elle surprise. Ah ! tu es venu à ma rencontre ! C'est bien cela, monsieur. »

Mais, en me regardant, Graüben ne put se méprendre à mon air inquiet, bouleversé.

« Qu'as-tu donc ? dit-elle en me tendant la main.

— Ce que j'ai, Graüben ! » m'écriai-je.

En deux secondes & en trois phrases ma jolie Virlandaise était au courant de la situation. Pendant quelques instants elle garda le silence. Son cœur palpitait-il à l'égal du mien ? je l'ignore, mais sa main ne tremblait pas dans la mienne. Nous fîmes une centaine de pas sans parler.

« Axel ! me dit-elle enfin.

— Ma chère Graüben !

— Ce sera là un beau voyage. »

Je bondis à ces mots.

« Oui, Axel, & digne du neveu d'un savant. Il est bien qu'un homme se soit distingué par quelque grande entreprise !

« — Quoi! Graüben, tu ne me détournes pas de tenter une pareille expédition?

— Non, cher Axel, & ton oncle & toi, je vous accompagnerais volontiers, si une pauvre fille ne devait être un embarras pour vous.

— Dis-tu vrai?

— Je dis vrai. »

Ah! femmes, jeunes filles, cœurs féminins toujours incompréhensibles! Quand vous n'êtes pas les plus timides des êtres, vous en êtes les plus braves! La raison n'a que faire auprès de vous. Quoi! cette enfant m'encourageait à prendre part à cette expédition! Elle n'eût pas craint de tenter l'aventure. Elle m'y poussait, moi qu'elle aimait cependant!

J'étais déconcerté &, pourquoi ne pas le dire, honteux.

« Graüben, repris-je, nous verrons si demain tu parleras de cette manière.

— Demain, cher Axel, je parlerai comme aujourd'hui. »

Graüben & moi, nous tenant par la main, mais gardant un profond silence, nous continuâmes notre chemin. J'étais brisé par les émotions de la journée.

« Après tout, pensai-je, les calendes de juillet sont encore loin &, d'ici là, bien des événements se passeront qui guériront mon oncle de sa manie de voyager sous terre. »

La nuit était venue quand nous arrivâmes à la maison de König-strasse. Je m'attendais à trouver la demeure tranquille, mon oncle couché suivant son habitude & la bonne Marthe donnant à la salle à manger le dernier coup de plumeau du soir.

Mais j'avais compté sans l'impatience du professeur. Je le trouvai criant, s'agitant au milieu d'une troupe de porteurs qui déchargeaient certaines marchandises dans l'allée; la vieille servante ne savait où donner de la tête.

« Mais viens donc, Axel; hâte-toi donc, malheureux! s'écria mon oncle du plus loin qu'il m'aperçut, & ta malle qui n'est pas faite, & mes papiers qui ne sont pas en ordre, & mon sac de voyage dont je ne trouve pas la clef, & mes guêtres qui n'arrivent pas!»

Je demeurai stupéfait. La voix me manquait pour parler. C'est à peine si mes lèvres purent articuler ces mots :

« Nous partons donc?

— Oui, malheureux garçon, qui vas te promener au lieu d'être là !

— Nous partons? répétai-je d'une voix affaiblie.

— Oui, après-demain matin, à la première heure.»

Je ne pus en entendre davantage, & je m'enfuis dans ma petite chambre.

Il n'y avait plus à en douter; mon oncle venait d'employer son après-midi à se procurer une partie des objets & ustensiles nécessaires à son voyage;

l'allée était encombrée d'échelles de cordes, de cordes à nœuds, de torches, de gourdes, de crampons de fer, de pics, de bâtons ferrés, de pioches, de quoi charger dix hommes au moins.

Je passai une nuit affreuse. Le lendemain je m'entendis appeler de bonne heure. J'étais décidé à ne pas ouvrir ma porte. Mais le moyen de résister à la douce voix qui prononçait ces mots : « Mon cher Axel? »

Je sortis de ma chambre. Je pensai que mon air défait, ma pâleur, mes yeux rougis par l'insomnie allaient produire leur effet sur Graüben & changer ses idées.

« Ah! mon cher Axel, me dit-elle, je vois que tu te portes mieux & que la nuit t'a calmé.

— Calmé! » m'écriai-je.

Je me précipitai vers mon miroir. Eh bien, j'avais moins mauvaise mine que je ne le supposais. C'était à n'y pas croire.

« Axel, me dit Graüben, j'ai longtemps causé avec mon tuteur. C'est un hardi savant, un homme de grand courage, & tu te souviendras que son sang coule dans tes veines. Il m'a raconté ses projets, ses espérances, pourquoi & comment il espère atteindre son but. Il y parviendra, je n'en doute pas. Ah! cher Axel, c'est beau de se dévouer ainsi à la science! Quelle gloire attend M. Lidenbrock & rejaillira sur son compagnon! Au retour, Axel, tu

seras un homme, son égal, libre de parler, libre
d'agir, libre enfin de...»

La jeune fille, rougissante, n'acheva pas. Ses
paroles me ranimaient. Cependant je ne voulais
pas croire encore à notre départ. J'entrainai Graüben vers le cabinet du professeur.

« Mon oncle, dis-je, il est donc bien décidé que
nous partons ?

— Comment ! tu en doutes ?

— Non, dis-je afin de ne pas le contrarier. Seulement, je vous demanderai ce qui nous presse.

— Mais le temps ! le temps qui fuit avec une irréparable vitesse !

— Cependant nous ne sommes qu'au 26 mai, &
jusqu'à la fin de juin...

— Eh ! crois-tu donc, ignorant, qu'on se rende si
facilement en Islande? Si tu ne m'avais pas quitté
comme un fou, je t'aurais emmené au bureau-
office de Copenhague, chez Liffender & Co. Là,
tu aurais vu que de Copenhague à Reykjawik il n'y
a qu'un service, le 22 de chaque mois.

— Eh bien?

— Eh bien! si nous attendions au 22 juin, nous
arriverions trop tard pour voir l'ombre du Scataris
caresser le cratère du Sneffels; il faut donc gagner
Copenhague au plus vite pour y chercher un moyen
de transport. Va faire ta malle ! »

Il n'y avait pas un mot à répondre. Je remontai

dans ma chambre. Graüben me suivit. Ce fut elle qui se chargea de mettre en ordre, dans une petite valise, les objets nécessaires à mon voyage. Elle n'était pas plus émue que s'il se fût agi d'une promenade à Lubeck ou à Heligoland ; ses petites mains allaient & venaient sans précipitation ; elle causait avec calme ; elle me donnait les raisons les plus sensées en faveur de notre expédition. Elle m'enchantait, & je me sentais une grosse colère contre elle. Quelquefois je voulais m'emporter, mais elle n'y prenait garde & continuait méthodiquement sa tranquille besogne.

Enfin la dernière courroie de la valise fut bouclée. Je descendis au rez-de-chaussée.

Pendant cette journée les fournisseurs d'instruments de physique, d'armes, d'appareils électriques s'étaient multipliés. La bonne Marthe en perdait la tête.

« Est-ce que Monsieur est fou ? » me dit-elle.

Je fis un signe affirmatif.

« Et il vous emmène avec lui ? »

Même affirmation.

« Où cela ? dit-elle. »

J'indiquai du doigt le centre de la terre.

« A la cave ? s'écria la vieille servante.

— Non, dis-je enfin, plus bas ! »

Le soir arriva. Je n'avais plus conscience du **temps** écoulé.

« A demain matin, dit mon oncle, nous partons à six heures précises. »

A dix heures je tombai sur mon lit comme une masse inerte.

Pendant la nuit mes terreurs me reprirent.

Je la passai à rêver de gouffres! J'étais en proie au délire. Je me sentais étreint par la main vigoureuse du professeur, entraîné, abîmé, enlisé! Je tombais au fond d'insondables précipices avec cette vitesse croissante des corps abandonnés dans l'espace. Ma vie n'était plus qu'une chute interminable.

Je me réveillai à cinq heures, brisé de fatigue et d'émotion. Je descendis à la salle à manger. Mon oncle était à table. Il dévorait. Je le regardai avec un sentiment d'horreur. Mais Graüben était là. Je ne dis rien. Je ne pus manger.

A cinq heures & demie, un roulement se fit entendre dans la rue. Une large voiture arrivait pour nous conduire au chemin de fer d'Altona. Elle fut bientôt encombrée des colis de mon oncle.

« Et ta malle? me dit-il.

— Elle est prête, répondis-je en défaillant.

— Dépêche-toi donc de la descendre, ou tu vas nous faire manquer le train! »

Lutter contre ma destinée me parut alors impossible. Je remontai dans ma chambre, &, laissant glisser ma valise sur les marches de l'escalier, je m'élançai à sa suite.

En ce moment mon oncle remettait solennelle-
ment entre les mains de Graüben « les rênes » de sa
maison. Ma jolie Virlandaise conservait son calme
habituel. Elle embrassa son tuteur, mais elle ne
put retenir une larme en effleurant ma joue de ses
douces lèvres.

« Graüben! m'écriai-je.

— Va, mon cher Axel, va, me dit-elle, tu
quittes ta fiancée, mais tu trouveras ta femme au
retour. »

Je serrai Graüben dans mes bras, & je pris place
dans la voiture. Marthe & la jeune fille, du seuil de
la porte, nous adressèrent un dernier adieu; puis les
deux chevaux, excités par le sifflement de leur con-
ducteur, s'élancèrent au galop sur la route d'Altona.

VIII

Altona, véritable banlieue de Hambourg, est tête
de ligne du chemin de fer de Kiel, qui devait nous
conduire au rivage des Belt. En moins de vingt
minutes, nous entrions sur le territoire du Holstein.

A six heures & demie la voiture s'arrêta devant la gare; les nombreux colis de mon oncle,
ses volumineux articles de voyage furent déchargés,
transportés, pesés, étiquetés*, rechargés dans le
wagon de bagages, & à sept heures nous étions
assis l'un vis-à-vis de l'autre dans le même com-
partiment. La vapeur siffla, la locomotive se mit
en mouvement. Nous étions partis.

Étais-je résigné? Pas encore. Cependant l'air frais
du matin, les détails de la route rapidement renou-
velés par la vitesse du train me distrayaient de ma
grande préoccupation.

Quant à la pensée du professeur, elle devançait
évidemment, ce convoi trop lent au gré de son impatience. Nous étions seuls dans le wagon, mais
sans parler. Mon oncle revisitait ses poches & son
sac de voyage avec une minutieuse attention. Je
vis bien que rien ne lui manquait des pièces nécessaires à l'exécution de ses projets.

Entre autres, une feuille de papier, pliée avec
soin, portait l'entête de la chancellerie danoise, avec
la signature de M. Christiensen, consul à Hambourg
& l'ami du professeur. Cela devait nous donner
toute facilité d'obtenir à Copenhague des recommandations pour le gouverneur de l'Islande.

J'aperçus aussi le fameux document précieusement enfoui dans la plus secrète poche du porte-
feuille. Je le maudis du fond du cœur, & je me

remis à examiner le pays. C'était une vaste suite
de plaines peu curieuses, monotones, limoneuses
& assez fécondes : une campagne très-favorable à
l'établissement d'un railway & propice à ces lignes droites si chères aux Compagnies de chemin
de fer.

Mais cette monotonie n'eut pas le temps de
me fatiguer, car, trois heures après notre départ, le train s'arrêtait à Kiel, à deux pas de la
mer.

Nos bagages étant enregistrés pour Copenhague,
il n'y eut pas à s'en occuper. Cependant le professeur
les suivit d'un œil inquiet pendant leur transport
au bateau à vapeur. Là ils disparurent à fond de
cale.

Mon oncle, dans sa précipitation, avait si bien
calculé les heures de correspondance du chemin de
fer & du bateau, qu'il nous restait une journée
entière à perdre. Le steamer *l'Ellenora* ne partait
pas avant la nuit. De là une fièvre de neuf
heures, pendant laquelle l'irascible voyageur envoya à tous les diables l'administration des ba-
teaux & des railways & les gouvernements qui
toléraient de pareils abus. Je dus faire chorus avec
lui quand il entreprit le capitaine de *l'Ellenora* à
ce sujet. Il voulait l'obliger à chauffer sans perdre
un instant. L'autre l'envoya promener.

A Kiel, comme ailleurs, il faut bien qu'une

4

journée se passe. A force de nous promener sur les rivages verdoyants de la baie au fond de laquelle s'élève la petite ville, de parcourir les bois touffus qui lui donnent l'apparence d'un nid dans un faisceau de branches, d'admirer les villas pourvues chacune de leur petite maison de bain froid, enfin de courir & de maugréer, nous atteignîmes dix heures du soir.

Les tourbillons de la fumée de l'*Ellenora* se développaient dans le ciel; le pont tremblotait sous les frissonnements de la chaudière; nous étions à bord & propriétaires de deux couchettes étagées dans l'unique chambre du bateau.

A dix heures un quart les amarres furent larguées, & le steamer fila rapidement sur les sombres eaux du grand Belt.

La nuit était noire; il y avait belle brise & forte mer; quelques feux de la côte apparurent dans les ténèbres; plus tard, je ne sais où, un phare à éclats étincela au-dessus des flots; ce fut tout ce qui resta dans mon souvenir de cette première traversée.

A sept heures du matin nous débarquions à Korsör, petite ville située sur la côte occidentale du Seeland. Là nous sautions du bateau dans un nouveau chemin de fer, qui nous emportait à travers un pays non moins plat que les campagnes du Holstein

C'était encore trois heures de voyage avant d'atteindre la capitale du Danemark. Mon oncle n'avait pas fermé l'œil de la nuit. Dans son impatience, je crois qu'il poussait le wagon avec ses pieds.

Enfin il aperçut une échappée de mer.

« Le Sund ! » s'écria-t-il.

Il y avait sur notre gauche une vaste construction qui ressemblait à un hôpital.

« C'est une maison de fous, dit un de nos compagnons de voyage.

— Bon, pensai-je, voilà un établissement où nous devrions finir nos jours ! Et, si grand qu'il fût, cet hôpital serait encore trop petit pour contenir toute la folie du professeur Lidenbrock ! »

Enfin, à dix heures du matin, nous prenions pieds à Copenhague ; les bagages furent chargés sur une voiture & conduits avec nous à l'hôtel du Phœnix dans Bred-Gade. Ce fut l'affaire d'une demi-heure, car la gare est située en dehors de la ville. Puis mon oncle, faisant une toilette sommaire, m'entraîna à sa suite. Le portier de l'hôtel parlait l'allemand & l'anglais ; mais le professeur, en sa qualité de polyglotte, l'interrogea en bon danois, & ce fut en bon danois que ce personnage lui indiqua la situation du Muséum des Antiquités du Nord.

Le directeur de ce curieux établissement, où sont entassées des merveilles qui permettraient de re-

construire l'histoire du pays avec ses vieilles armes
de pierre, ses hanaps & ses bijoux, était un savant, l'ami du consul de Hambourg, M. le professeur Thomson.

Mon oncle avait pour lui une chaude lettre de
recommandation. En général, un savant en reçoit
assez mal un autre. Mais ici ce fut tout autrement. M. Thomson, en homme serviable, fit un
cordial accueil au professeur Lidenbrock, & même
à son neveu. Dire que notre secret fut gardé vis-
à-vis de l'excellent directeur du Muséum, c'est à
peine nécessaire. Nous voulions tout bonnement
visiter l'Islande en amateurs désintéressés.

M. Thomson se mit entièrement à notre disposition, & nous courûmes les quais afin de chercher
un navire en partance.

J'espérais que les moyens de transport manqueraient absolument; mais il n'en fut rien. Une petite
goëlette danoise, la *Valkyrie*, devait mettre à la
voile le 2 juin pour Reykjawik. Le capitaine,
M. Bjarne, se trouvait à bord; son futur passager,
dans sa joie, lui serra les mains à les briser. Ce brave
homme fut un peu étonné d'une pareille étreinte. Il
trouvait tout simple d'aller en Islande, puisque c'é-
tait son métier. Mon oncle trouvait cela sublime.
Le digne capitaine profita de cet enthousiasme
pour nous faire payer double le passage sur son
bâtiment. Mais nous n'y regardions pas de si près.

« Soyez à bord mardi, à sept heures du matin, » dit M. Bjarne après avoir empoché un nombre respectable de species-dollars.

Nous remerciâmes alors M. Thomson de ses bons soins, & nous revînmes à l'hôtel du Phœnix.

« Cela va bien! cela va très-bien! répétait mon oncle. Quel heureux hasard d'avoir trouvé ce bâtiment prêt à partir! Maintenant déjeunons, & allons visiter la ville. »

Nous nous rendîmes à Kongens-Nye-Torw, place irrégulière où se trouve un poste avec deux innocents canons braqués qui ne font peur à personne. Tout près, au nº 5, il y avait une « restauration » française, tenue par un cuisinier nommé Vincent; nous y déjeunâmes suffisamment pour le prix modéré de quatre marks chacun (1).

Puis je pris un plaisir d'enfant à parcourir la ville; mon oncle se laissait promener; d'ailleurs il ne vit rien, ni l'insignifiant palais du roi, ni le joli pont du dix-septième siècle qui enjambe le canal devant le Muséum, ni cet immense cénotaphe de Torwaldsen, orné de peintures murales horribles & qui contient à l'intérieur les œuvres de ce statuaire, ni, dans un assez beau parc, le château bonbonnière de Rosenborg, ni l'admirable édifice renaissance de la

(1) 2 fr. 75 c. environ.

4.

Bourse, ni son clocher fait avec les queues entrela-
cées de quatre dragons de bronze, ni les grands
moulins des remparts, dont les vastes ailes s'enflaient
comme les voiles d'un vaisseau au vent de la mer.

Quelles délicieuses promenades nous eussions
faites, ma jolie Virlandaise & moi, du côté du port
où les deux-ponts & les frégates dormaient paisi-
blement sous leur toiture rouge, sur les bords
verdoyants du détroit, à travers ces ombrages touffus au sein desquels se cache la citadelle, dont les
canons allongent leur gueule noirâtre entre les
branches des sureaux & des saules!

Mais, hélas! elle était loin, ma pauvre Graüben,
& pouvais-je espérer de la revoir jamais?

Cependant, si mon oncle ne remarqua rien de ces
sites enchanteurs, il fut vivement frappé par la vue
d'un certain clocher situé dans l'île d'Amak, qui
forme le quartier sud-ouest de Copenhague.

Je reçus l'ordre de diriger nos pas de ce côté; je
montai dans une petite embarcation à vapeur qui
faisait le service des canaux, &, en quelques instants, elle accosta le quai de Dock-Yard.

Après avoir traversé quelques rues étroites où
des galériens, vêtus de pantalons mi-partis jaunes
& gris, travaillaient sous le bâton des argousins,
nous arrivâmes devant Vor-Frelsers-Kirk. Cette
église n'offrait rien de remarquable. Mais voici
pourquoi son clocher assez élevé avait attiré l'at-

tention du professeur : à partir de la plate-forme, un escalier extérieur circulait autour de sa flèche, & ses spirales se déroulaient en plein ciel.

« Montons, dit mon oncle.

— Mais, le vertige ? répliquai-je.

— Raison de plus, il faut s'y habituer.

— Cependant...

— Viens, te dis-je, ne perdons pas de temps. »

Il fallut obéir. Un gardien, qui demeurait de l'autre côté de la rue, nous remit une clef, & l'ascension commença.

Mon oncle me précédait d'un pas alerte. Je le suivais non sans terreur, car la tête me tournait avec une déplorable facilité. Je n'avais ni l'aplomb des aigles ni l'insensibilité de leurs nerfs.

Tant que nous fûmes emprisonnés dans la vis intérieure, tout alla bien ; mais après cent cinquante marches l'air vint me frapper au visage ; nous étions parvenus à la plate-forme du clocher. Là commençait l'escalier aérien, gardé par une frêle rampe, & dont les marches, de plus en plus étroites, semblaient monter vers l'infini.

« Je ne pourrai jamais ! m'écriai-je.

— Serais-tu poltron, par hasard ? Monte ! » répondit impitoyablement le professeur.

Force fut de le suivre en me cramponnant. Le grand air m'étourdissait ; je sentais le clocher osciller sous les rafales ; mes jambes se dérobaient ;

je grimpai bientôt sur les genoux, puis sur le ventre ; je fermais les yeux ; j'éprouvais le mal de l'espace.

Enfin, mon oncle me tirant par le collet, j'arrivai près de la boule.

« Regarde, me dit-il, & regarde bien ! il faut prendre *des leçons d'abîme !* »

Je dus ouvrir les yeux. J'apercevais les maisons aplaties & comme écrasées par une chute, au milieu du brouillard des fumées. Au-dessus de ma tête passaient des nuages échevelés, &, par un renversement d'optique, ils me paraissaient immobiles, tandis que le clocher, la boule, moi, nous étions entraînés avec une fantastique vitesse. Au loin, d'un côté s'étendait la campagne verdoyante ; de l'autre étincelait la mer sous un faisceau de rayons. Le Sund se déroulait à la pointe d'Elseneur, avec quelques voiles blanches, véritables ailes de goëland, & dans la brume de l'est ondulaient les côtes à peine estompées de la Suède. Toute cette immensité tourbillonnait à mes regards.

Néanmoins il fallut me lever, me tenir droit & regarder. Ma première leçon de vertige dura une heure. Quand enfin il me fut permis de redescendre & de toucher du pied le pavé solide des rues, j'étais courbaturé.

« Nous recommencerons demain, » dit mon professeur.

Et en effet, pendant cinq jours, je repris cet exercice vertigineux, &, bon gré mal gré, je fis des progrès sensibles dans l'art « des hautes contemplations. »

IX

Le jour du départ arriva. La veille, le complaisant M. Thomson nous avait apporté des lettres de recommandations pressantes pour le comte Trampe, gouverneur de l'Islande, M. Pictursson, le coadjuteur de l'évêque, & M. Finsen, maire de Reykjawik. En retour, mon oncle lui octroya les plus chaleureuses poignées de main.

Le 2, à six heures du matin, nos précieux bagages étaient rendus à bord de la *Valkyrie*. Le capitaine nous conduisit à des cabines assez étroites & disposées sous une espèce de rouf.

« Avons-nous bon vent ? demanda mon oncle.

— Excellent, répondit le capitaine Bjarne. Un vent de sud-est. Nous allons sortir du Sund grand largue & toutes voiles dehors. »

Quelques instants plus tard la goëlette, sous sa misaine, sa brigantine, son hunier & son perro-

quet, appareilla & donna à pleine toile dans le
détroit. Une heure après la capitale du Danemark
semblait s'enfoncer dans les flots éloignés & la *Valkyrie* rasait la côte d'Elseneur. Dans la disposition
nerveuse où je me trouvais, je m'attendais à voir
l'ombre d'Hamlet errant sur la terrasse légendaire.

« Sublime insensé! disais-je, tu nous approuverais sans doute! tu nous suivrais peut-être pour
venir au centre du globe chercher une solution
à ton doute éternel! »

Mais rien ne parut sur les antiques murailles; le
château est, d'ailleurs, beaucoup plus jeune que l'héroïque prince de Danemark. Il sert maintenant de
loge somptueuse au portier de ce détroit du Sund
où passent chaque année quinze mille navires de
toutes les nations.

Le château de Krongborg disparut bientôt dans
la brume, ainsi que la tour d'Helsinborg, élevée sur
la rive suédoise, & la goëlette s'inclina légèrement
sous les brises du Cattégat.

La *Valkyrie* était fine voilière, mais avec un navire à voiles on ne sait jamais trop sur quoi compter.
Elle transportait à Reykjawik du charbon, des ustensiles de ménage, de la poterie, des vêtements de
laine & une cargaison de blé; cinq hommes d'é-
quipage, tous Danois, suffisaient à la manœuvrer.

« Quelle sera la durée de la traversée? demanda
mon oncle au capitaine.

— Une dizaine de jours, répondit ce dernier, si nous ne rencontrons pas trop de grains de nord-ouest par le travers des Feroë.

— Mais, enfin, vous n'êtes pas sujet à éprouver des retards considérables?

— Non, monsieur Lidenbrock; soyez tranquille, nous arriverons. »

Vers le soir la goëlette doubla le cap Skagen à la pointe nord du Danemark, traversa pendant la nuit le Skager-Rak, rangea l'extrémité de la Norvége par le travers du cap Lindness & donna dans la mer du Nord.

Deux jours après, nous avions connaissance des côtes d'Écosse à la hauteur de Peterheade, & la *Valkyrie* se dirigea vers les Feroë en passant entre les Orcades & les Seethland.

Bientôt notre goëlette fut battue par les vagües de l'Atlantique; elle dut louvoyer contre le vent du nord & n'atteignit pas sans peine les Feroë. Le 8, le capitaine reconnut Myganness, la plus orientale de ces îles, &, à partir de ce moment, il marcha droit au cap Portland, situé sur la côte méridionale de l'Islande.

La traversée n'offrit aucun incident remarquable. Je supportai assez bien les épreuves de la mer; mon oncle, à son grand dépit, & à sa honte plus grande encore, ne cessa pas d'être malade.

Il ne put donc entreprendre le capitaine Bjarne

sur la question du Sneffels, sur les moyens de communication, sur les facilités de transport; il dut remettre ces explications à son arrivée & passa tout son temps étendu dans sa cabine, dont les cloisons craquaient par les grands coups de tangage. Il faut l'avouer, il méritait un peu son sort.

Le 11, nous relevâmes le cap Portland; le temps, clair alors, permit d'apercevoir le Myrdals Yokul, qui le domine. Le cap se compose d'un gros morne, à pentes roides, & planté tout seul sur la plage.

La *Valkyrie* se tint à une distance raisonnable des côtes, en les prolongeant vers l'ouest, au milieu de nombreux troupeaux de baleines & de requins. Bientôt apparut un immense rocher percé à jour, au travers duquel la mer écumeuse donnait avec furie. Les îlots de Westman semblèrent sortir de l'Océan, comme une semée de rocs sur la plaine liquide. A partir de ce moment, la goëlette prit du champ pour tourner à bonne distance le cap Reykjaness, qui forme l'angle occidental de l'Islande.

La mer, très-forte, empêchait mon oncle de monter sur le pont pour admirer ces côtes déchiquetées & battues par les vents du sud-ouest.

Quarante-huit heures après, en sortant d'une tempête qui força la goëlette de fuir à sec de toile, on releva dans l'est la balise de la pointe de Skagen, dont les roches dangereuses se prolongent à une grande distance sous les flots. Un pilote islándais vint à bord, &, trois heures plus tard, la *Valkyrie* mouillait devant Reykjawik dans la baie de Faxa.

Le professeur sortit enfin de sa cabine, un peu pâle, un peu défait, mais toujours enthousiaste, & avec un regard de satisfaction dans les yeux.

La population de la ville, singulièrement intéressée par l'arrivée d'un navire dans lequel chacun a quelque chose à prendre, se groupait sur le quai.

Mon oncle avait hâte d'abandonner sa prison flottante, pour ne pas dire son hôpital. Mais avant de quitter le pont de la goëlette il m'entraîna à l'avant, & là, du doigt, il me montra, à la partie septentrionale de la baie, une haute montagne à deux pointes, un double cône couvert de neiges éternelles.

« Le Sneffels! s'écria-t-il, le Sneffels! »

Puis, après m'avoir recommandé du geste un silence absolu, il descendit dans le canot qui l'attendait. Je le suivis, & bientôt nous foulions du pied le sol de l'Islande.

Tout d'abord apparut un homme de bonne figure & revêtu d'un costume de général. Ce n'était cependant qu'un simple magistrat, le gouverneur de l'île, M. le baron Trampe en personne. Le professeur reconnut à qui il avait affaire. Il remit au gouverneur ses lettres de Copenhague, & il s'établit en danois une courte conversation à laquelle

5

je demeurai absolument étranger, & pour cause.
Mais de ce premier entretien il résulta ceci : que le
baron Trampe se mettait entièrement à la disposition du professeur Lidenbrock.

Mon oncle reçut un accueil fort aimable du maire,
M. Finsen, non moins militaire par le costume que
le gouverneur, mais aussi pacifique par tempérament & par état.

Quant au coadjuteur, M. Pictursson, il faisait actuellement une tournée épiscopale dans le Bailliage
du nord ; nous devions renoncer provisoirement à
lui être présentés. Mais un charmant homme, &
dont le concours nous devint fort précieux, ce fut
M. Fridriksson, professeur de sciences naturelles
à l'école de Reykjawik. Ce savant modeste ne
parlait que l'islandais & le latin ; il vint m'offrir
ses services dans la langue d'Horace, & je sentis
que nous étions faits pour nous comprendre. Ce
fut, en effet, le seul personnage avec lequel je pus
m'entretenir pendant mon séjour en Islande.

Sur trois chambres dont se composait sa maison,
cet excellent homme en mit deux à notre disposition, & bientôt nous y fûmes installés avec nos
bagages, dont la quantité étonna un peu les habitants de Reykjawik.

« Eh bien, Axel, me dit mon oncle, cela va, &
le plus difficile est fait.

— Comment, le plus difficile ? m'écriai-je.

— Sans doute, nous n'avons plus qu'à descendre!

— Si vous le prenez ainsi, vous avez raison; mais enfin, après avoir descendu, il faudra remonter, j'imagine?

— Oh! cela ne m'inquiète guère! Voyons! il n'y a pas de temps à perdre. Je vais me rendre à la bibliothèque. Peut-être s'y trouve-t-il quelque manuscrit de Saknussemm, & je serais bien aise de le consulter.

— Alors, pendant ce temps, je vais visiter la ville. Est-ce que vous n'en ferez pas autant?

— Oh! cela m'intéresse médiocrement. Ce qui est curieux dans cette terre d'Islande n'est pas dessus, mais dessous. »

Je sortis & j'errai au hasard.

S'égarer dans les deux rues de Reykjawik n'eût pas été chose facile. Je ne fus donc pas obligé de demander mon chemin, ce qui, dans la langue des gestes, expose à beaucoup de mécomptes.

La ville s'allonge sur un sol assez bas & marécageux, entre deux collines. Une immense coulée de laves la couvre d'un côté & descend en rampes assez douces vers la mer. De l'autre s'étend cette vaste baie de Faxa bornée au nord par l'énorme glacier du Sneffels, & dans laquelle la *Valkyrie* setrouvait seule à l'ancre en ce moment. Ordinairement, les gardes-pêches anglais & français s'y

tiennent mouillés au large; mais ils étaient alors
en service sur les côtes orientales de l'île.

La plus longue des deux rues de Reykjawik est
parallèle au rivage; là demeurent les marchands &
les négociants, dans des cabanes de bois faites de
poutres rouges horizontalement disposées; l'autre
rue, située plus à l'ouest, court vers un petit lac,
entre les maisons de l'évêque & des autres person-
nages étrangers au commerce.

J'eus bientôt arpenté ces voies mornes & tristes;
j'entrevoyais parfois un bout de gazon décoloré,
comme un vieux tapis de laine râpé par l'usage, ou
bien quelque apparence de verger, dont les rares
légumes, pommes de terre, choux & laitues,
eussent figuré à l'aise sur une table lilliputienne;
quelques giroflées maladives essayaient aussi de
prendre un petit air de soleil.

Vers le milieu de la rue non commerçante, je
trouvai le cimetière public enclos d'un mur en
terre, & dans lequel la place ne manquait pas.
Puis, en quelques enjambées, j'arrivai à la maison
du gouverneur, une masure comparée à l'hôtel
de ville de Hambourg, un palais auprès des huttes
de la population islandaise.

Entre le petit lac & la ville s'élevait l'église,
bâtie dans le goût protestant & construite en
pierres calcinées dont les volcans font eux-mêmes
les frais d'extraction; par les grand vents d'ouest,

son toit de tuiles rouges devait évidemment se dis-
perser dans les airs au grand dommage des fidèles.

Sur une éminence voisine, j'aperçus l'École Natio-
nale, où, comme je l'appris plus tard de notre hôte,
on professait l'hébreux, l'anglais, le français & le
danois, quatre langues dont, à ma honte, je ne connaissais pas le premier mot. J'aurais été le dernier
des quarante élèves que comptait ce petit collége,
& indigne de coucher avec eux dans ces armoires
à deux compartiments où de plus délicats étouffe-
raient dès la première nuit.

En trois heures j'eus visité non-seulement la
ville, mais ses environs. L'aspect général en était
singuliérement triste. Pas d'arbres, pas de végétation, pour ainsi dire. Partout les arêtes vives des
roches volcaniques. Les huttes des Islandais sont
faites de terre & de tourbe, & leurs murs inclinés
en dedans ; elles ressemblent à des toits posés sur
le sol. Seulement ces toits sont des prairies relativement fécondes. Grâce à la chaleur de l'habitation,
l'herbe y pousse avec assez de perfection, & on la
fauche soigneusement à l'époque de la fenaison,
sans quoi les animaux domestiques viendraient
paître sur ces demeures verdoyantes.

Pendant mon excursion, je rencontrai peu d'habitants; en revenant à la rue commerçante, je vis la
plus grande partie de la population occupée à sé-
cher, saler & charger des morues, principal article

d'exportation. Les hommes paraissaient robustes,
mais lourds, des espèces d'Allemands blonds à
l'œil pensif, qui se sentent un peu en dehors de
l'humanité, pauvres exilés relégués sur cette terre
de glace, dont la nature aurait bien dû faire des
Esquimaux, puisqu'elle les condamnait à vivre sur
la limite du cercle polaire! J'essayais en vain de
surprendre un sourire sur leur visage; ils riaient
quelquefois par une sorte de contraction involon-
taire des muscles, mais ils ne souriaient jamais.

Leur costume consistait en une grossière vareuse
de laine noire connue dans tous les pays scandinaves sous le nom de « vadmel », un chapeau à
vastes bords, un pantalon à liséré rouge & un
morceau de cuir replié en manière de chaussure.

Les femmes, à figure triste & résignée, d'un
type assez agréable, mais sans expression, étaient
vêtues d'un corsage & d'une jupe de « vadmel »
sombre : filles, elles portaient sur leurs cheveux tres-
sés en guirlandes un petit bonnet de tricot brun ;
mariées, elles entouraient leur tête d'un mouchoir
de couleur, surmonté d'un cimier de toile blanche.

Après une bonne promenade, lorsque je rentrai
dans la maison de M. Fridriksson, mon oncle s'y
trouvait déjà en compagnie de son hôte.

X

Le dîner était prêt ; il fut dévoré avec avidité par le professeur Lidenbrock, dont la diète forcée du bord avait changé l'estomac en un gouffre profond. Ce repas, plus danois qu'islandais, n'eut rien de remarquable en lui-même ; mais notre hôte, plus islandais que danois, me rappela les héros de l'antique hospitalité. Il me parut évident que nous étions chez lui plus que lui-même.

La conversation se fit en langue indigène, que mon oncle entremêlait d'allemand & M. Fridriksson de latin, afin que je pusse la comprendre. Elle roula sur des questions scientifiques, comme il convient à des savants ; mais le professeur Lidenbrock se tint sur la plus excessive réserve, & ses yeux me recommandaient, à chaque phrase, un silence absolu touchant nos projets à venir.

Tout d'abord, M. Fridriksson s'enquit auprès de mon oncle du résultat de ses recherches à la bibliothèque.

« Votre bibliothèque ! s'écria ce dernier, elle ne

se compose que de livres dépareillés sur des rayons presque déserts.

— Comment! répondit M. Fridriksson, nous possédons huit mille volumes, dont beaucoup sont précieux & rares, des ouvrages en vieille langue scandinave, & toutes les nouveautés dont Copenhague nous approvisionne chaque année.

— Où prenez-vous ces huit mille volumes? Pour mon compte...

— Oh! monsieur Lidenbrock, ils courent le pays; on a le goût de l'étude dans notre vieille île de glace! Pas un fermier, pas un pêcheur qui ne sache lire & qui ne lise. Nous pensons que des livres, au lieu de moisir derrière une grille de fer, loin des regards curieux, sont destinés à s'user sous les yeux des lecteurs. Aussi ces volumes passent-ils de main en main, feuilletés, lus & relus, & souvent ils ne reviennent à leur rayon qu'après un an ou deux d'absence.

— En attendant, répondit mon oncle avec un certain dépit, les étrangers...

— Que voulez-vous! les étrangers ont chez eux leurs bibliothèques, &, avant tout, il faut que nos paysans s'instruisent. Je vous le répète, l'amour de l'étude est dans le sang islandais. Aussi, en 1816, nous avons fondé une Société Littéraire qui va bien; des savants étrangers s'honorent d'en faire partie; elle publie des livres destinés à l'éducation de nos compatriotes & rend de véritables services au pays. Si vous voulez être un de nos membres correspondants, monsieur Lidenbrock, vous nous ferez le plus grand plaisir. »

Mon oncle, qui appartenait déjà à une centaine de sociétés scientifiques, accepta avec une bonne grâce dont fut touché M. Fridriksson.

« Maintenant, reprit celui-ci, veuillez m'indiquer les livres que vous espériez trouver à notre bibliothèque, & je pourrai peut-être vous renseigner à leur égard. »

Je regardai mon oncle. Il hésita à répondre. Cela touchait directement à ses projets. Cependant, après avoir réfléchi, il se décida à parler.

« Monsieur Fridriksson, dit-il, je voulais savoir si, parmi les ouvrages anciens, vous possédiez ceux d'Arne Saknussemm ?

— Arne Saknussemm ! répondit le professeur de Reykjawik ; vous voulez parler de ce savant du seizième siècle, à la fois grand naturaliste, grand alchimiste & grand voyageur ?

— Précisément.

— Une des gloires de la littérature & de la science islandaises ?

— Comme vous dites.

— Un homme illustre entre tous ?

— Je vous l'accorde.

— Et dont l'audace égalait le génie ?

5.

— Je vois que vous le connaissez bien. »

Mon oncle nageait dans la joie à entendre parler ainsi de son héros. Il dévorait des yeux M. Fridriksson.

« Eh bien ! demanda-t-il, ses ouvrages?

— Ah ! ses ouvrages, nous ne les avons pas.

— Quoi ! en Islande ?

— Ils n'existent ni en Islande ni ailleurs.

— Et pourquoi ?

— Parce que Arne Saknussemm fut persécuté pour cause d'hérésie, & qu'en 1573 ses ouvrages furent brûlés à Copenhague par la main du bourreau.

—Très-bien ! Parfait ! s'écria mon oncle, au grand scandale du professeur de sciences naturelles.

— Hein? fit ce dernier.

— Oui ! tout s'explique, tout s'enchaîne, tout est clair, & je comprends pourquoi Saknussemm, mis à l'index & forcé de cacher les découvertes de son génie, a dû enfouir dans un incompréhensible cryptogramme le secret...

— Quel secret? demanda vivement M. Fridriksson.

— Un secret qui... dont..., répondit mon oncle en balbutiant.

— Est-ce que vous auriez quelque document particulier ? reprit notre hôte.

— Non... Je faisais une pure supposition.

— Bien, répondit M. Fridriksson, qui eut la bonté de ne pas insister en voyant le trouble de son interlocuteur. J'espère, ajouta-t-il, que vous ne quitterez pas notre île sans avoir puisé à ses richesses minéralogiques?

— Certes, répondit mon oncle; mais j'arrive un peu tard; des savants ont déjà passé par ici?

— Oui, monsieur Lidenbrock; les travaux de MM. Olafsen & Povelsen exécutés par ordre du roi, les études de Troïl, la mission scientifique de MM. Gaimard & Robert, à bord de la corvette française *la Recherche* (1), & dernièrement, les observations des savants embarqués sur la frégate *la Reine-Hortense*, ont puissamment contribué à la reconnaissance de l'Island Mais, croyez-moi, il y a encore à faire.

— Vous pensez? demanda mon oncle d'un air bonhomme, en essayant de modérer l'éclair de ses yeux.

— Oui. Que de montagnes, de glaciers, de volcans à étudier, qui sont peu connus! Et tenez, sans aller plus loin, voyez ce mont qui s'élève à l'horizon; c'est le Sneffels.

— Ah! fit mon oncle, le Sneffels.

(1) *La Recherche* fut envoyée en 1835 par l'amiral Duperré pour retrouver les traces d'une expédition perdue, celle de M. de Blosseville & de *la Lilloise*, dont on n'a jamais eu de nouvelles.

— Oui, l'un des volcans les plus curieux & dont on visite rarement le cratère.

— Éteint?

— Oh! éteint depuis cinq cents ans.

— Eh bien! répondit mon oncle, qui se croisait frénétiquement les jambes pour ne pas sauter en l'air, j'ai envie de commencer mes études géologiques par ce Seffel... Fessel... comment dites-vous?

— Sneffels, reprit l'excellent M. Fridriksson. »

Cette partie de la conversation avait eu lieu en latin; j'avais tout compris, & je gardais à peine mon sérieux à voir mon oncle contenir sa satisfaction qui débordait de toutes parts; il prenait un petit air innocent qui ressemblait à la grimace d'un vieux diable.

« Oui, fit-il, vos paroles me décident; nous essayerons de gravir ce Sneffels, peut-être même d'étudier son cratère!

— Je regrette bien, répondit M. Fridriksson, que mes occupations ne me permettent pas de m'absenter; je vous aurais accompagné avec plaisir & profit.

— Oh! non, oh! non, répondit vivement mon oncle; nous ne voulons déranger personne, monsieur Fridriksson; je vous remercie de tout mon cœur. La présence d'un savant tel que vous eût été très-utile, mais les devoirs de votre profession... »

J'aime à penser que notre hôte, dans l'innocence

de son âme islandaise, ne comprit pas les grosses malices de mon oncle.

« Je vous approuve fort, monsieur Lidenbrock, dit-il, de commencer par ce volcan; vous serez là une ample moisson d'observations curieuses. Mais, dites-moi, comment comptez-vous gagner la presqu'île du Sneffels?

— Par mer, en traversant la baie. C'est la route la plus rapide.

— Sans doute; mais elle est impossible à prendre.

— Pourquoi?

— Parce que nous n'avons pas un seul canot à Reykjawik.

— Diable!

— Il faudra aller par terre, en suivant la côte. Ce sera plus long, mais plus intéressant.

— Bon. Je verrai à me procurer un guide.

— J'en ai précisément un à vous offrir.

— Un homme sûr, intelligent?

— Oui, un habitant de la presqu'île. C'est un chasseur d'eider, fort habile, & dont vous serez content. Il parle parfaitement le danois.

— Et quand pourrai-je le voir?

— Demain, si cela vous plaît.

— Pourquoi pas aujourd'hui?

— C'est qu'il n'arrive que demain.

— A demain donc, » répondit mon oncle avec un soupir.

Cette importante conversation se termina quelques instants plus tard par de chaleureux remercîments du professeur allemand au professeur islandais. Pendant ce dîner, mon oncle venait d'apprendre des choses importantes, entre autres l'histoire de Saknussemm, la raison de son document mystérieux, comme quoi son hôte ne l'accompagnerait pas dans son expédition, & que dès le lendemain un guide serait à ses ordres.

XI

Le soir, je fis une courte promenade sur les rivages de Reykjawik, & je revins de bonne heure me coucher dans mon lit de grosses planches, où je dormis d'un profond sommeil.

Quand je me réveillai j'entendis mon oncle parler abondamment dans la salle voisine. Je me levai aussitôt & je me hâtai d'aller le rejoindre.

Il causait en danois avec un homme de haute taille, vigoureusement découplé. Ce grand gaillard devait être d'une force peu commune. Ses yeux, percés dans une tête très-grosse & assez naïve, me parurent intelligents. Ils étaient d'un bleu rêveur. De longs cheveux, qui eussent passé pour roux, même en Angleterre, tombaient sur ses athlétiques

épaules. Cet indigène avait les mouvements sou-
ples, mais il remuait peu les bras, en homme qui
ignorait ou dédaignait la langue des gestes. Tout
en lui révélait un tempérament d'un calme parfait,
non pas indolent, mais tranquille. On sentait qu'il
ne demandait rien à personne, qu'il travaillait à sa
convenance, & que, dans ce monde, sa philosophie
ne pouvait être ni étonnée ni troublée.

Je surpris les nuances de ce caractère, à la manière dont l'Islandais écouta le verbiage passionné
de son interlocuteur. Il demeurait les bras croisés,
immobile au milieu des gestes multipliés de mon
oncle; pour nier, sa tête tournait de gauche à droite;
elle s'inclinait pour affirmer, & cela si peu, que
ses longs cheveux bougeaient à peine; c'était l'éco-
nomie du mouvement poussée jusqu'à l'avarice.

Certes, à voir cet homme, je n'aurais jamais deviné sa profession de chasseur; celui-là ne devait
pas effrayer le gibier, à coup sûr, mais comment
pouvait-il l'atteindre?

Tout s'expliqua quand M. Fridriksson m'apprit
que ce tranquille personnage n'était qu'un « chasseur d'eider », oiseau dont le duvet constitue la plus
grande richesse de l'île. En effet, ce duvet s'appelle
l'édredon, & il ne faut pas une grande dépense de
mouvement pour le recueillir.

Aux premiers jours de l'été, la femelle de l'eider, sorte de joli canard, va bâtir son nid parmi les

rochers des fjörds (1) dont la côte est toute frangée ; ce nid bâti, elle le tapisse avec de fines plumes qu'elle s'arrache du ventre. Aussitôt le chasseur, ou mieux le négociant, arrive, prend le nid, & la femelle de recommencer son travail; cela dure ainsi tant qu'il lui reste quelque duvet. Quand elle s'est entièrement dépouillée, c'est au mâle de se plumer à son tour. Seulement, comme la dépouille dure & grossière de ce dernier n'a aucune valeur commerciale, le chasseur ne prend pas la peine de lui voler le lit de sa couvée; le nid s'achève donc; la femelle pond ses œufs; les petits éclosent, &, l'année suivante, la récolte de l'édredon recommence.

Or, comme l'eider ne choisit pas les rocs escarpés pour y bâtir son nid, mais plutôt ces roches faciles & horizontales qui vont se perdre en mer, le chasseur islandais pouvait exercer son métier sans grande agitation. C'était un fermier qui n'avait ni à semer ni à couper sa moisson, mais à la récolter seulement.

Ce personnage grave, flegmatique & silencieux, se nommait Hans Bjelke; il venait à la recommandation de M. Fridriksson. C'était notre futur guide. Ses manières contrastaient singulièrement avec celles de mon oncle.

(1) Nom donné aux golfes étroits dans les pays scandinaves.

Cependant ils s'entendirent facilement. Ni l'un ni l'autre ne regardaient au prix; l'un prêt à accepter ce qu'on lui offrait, l'autre prêt à donner ce qui lui serait demandé. Jamais marché ne fut plus facile à conclure.

Or des conventions il résulta que Hans s'engageait à nous conduire au village de Stapi, situé sur la côte méridionale de la presqu'île du Sneffels, au pied même du volcan. Il fallait compter par terre vingt-deux milles environ, voyage à faire en deux jours, suivant l'opinion de mon oncle.

Mais quand il apprit qu'il s'agissait de milles danois de vingt-quatre mille pieds, il dut rabattre de son calcul & compter, vu l'insuffisance des chemins, sur sept ou huit jours de marche.

Quatre chevaux devaient être mis à sa disposition, deux pour le porter, lui & moi, deux autres destinés à nos bagages. Hans, suivant son habitude, irait à pied. Il connaissait parfaitement cette partie de la côte, & il promit de prendre par le plus court.

Son engagement avec mon oncle n'expirait pas à notre arrivée à Stapi; il demeurait à son service pendant tout le temps nécessaire à ses excursions scientifiques, au prix de trois rixdales par semaine (1). Seulement, il fut expressément convenu

(1) 16 fr. 98 c.

que cette somme serait comptée au guide chaque samedi soir, condition *sine qua non* de son engagement.

Le départ fut fixé au 16 juin. Mon oncle voulut remettre au chasseur les arrhes du marché, mais celui-ci refusa d'un mot.

— « Efter, » fit-il.

— Après, » me dit le professeur pour mon édification.

Hans, le traité conclu, se retira tout d'une pièce.

« Un fameux homme, s'écria mon oncle, mais il ne s'attend guère au merveilleux rôle que l'avenir lui réserve de jouer.

— Il nous accompagne donc jusqu'au...

— Oui, Axel, jusqu'au centre de la terre. »

Quarante-huit heures restaient encore à passer; à mon grand regret, je dus les employer à nos préparatifs; toute notre intelligence fut employée à disposer chaque objet de la façon la plus avantageuse, les instruments d'un côté, les armes d'un autre, les outils dans ce paquet, les vivres dans celui-là. En tout quatre groupes.

Les instruments comprenaient :

1° Un thermomètre centigrade de Eigel, gradué jusqu'à cent cinquante degrés, ce qui me paraissait trop ou pas assez. Trop, si la chaleur ambiante devait monter là, auquel cas nous aurions cuit. Pas assez, s'il s'agissait de mesurer la température de sources ou toute autre matière en fusion.

2° Un manomètre à air comprimé, disposé de manière à indiquer des pressions supérieures à celles de l'atmosphère au niveau de l'Océan. En effet, le baromètre ordinaire n'eût pas suffi, la pression atmosphérique devant augmenter proportionnellement à notre descente au-dessous de la surface de la terre.

3° Un chronomètre de Boissonnas jeune de Genève, parfaitement réglé au méridien de Hambourg.

4° Deux boussoles d'inclinaison & de déclinaison.

5° Une lunette de nuit.

6° Deux appareils de Ruhmkorff, qui, au moyen d'un courant électrique, donnaient une lumière très-portative, sûre & peu encombrante (1).

(1) L'appareil de M. Ruhmkorff consiste en une pile de Bunzen, mise en activité au moyen du bichromate de potasse, qui ne donne aucune odeur; une bobine d'induction met l'électricité produite par la pile en communication avec une lanterne d'une disposition particulière; dans cette lanterne se trouve un serpentin de verre où le vide a été fait, & dans lequel reste seulement un résidu de gaz carbonique ou d'azote. Quand l'appareil fonctionne, ce gaz devient lumineux en produisant une lumière blanchâtre & continue. La pile & la bobine sont placées dans un sac de cuir que le voyageur porte en bandoulière. La lanterne, placée extérieurement, éclaire très-suffisamment dans les profondes obscurités; elle permet de s'aventurer, sans craindre aucune explosion, au milieu des gaz les

Les armes consistaient en deux carabines de Purd-
ley More & Co, & de deux revolvers Colt. Pourquoi des armes ? Nous n'avions ni sauvages ni bêtes
féroces à redouter, je suppose. Mais mon oncle paraissait tenir à son arsenal comme à ses instruments, surtout à une notable quantité de fulmi-
coton inaltérable à l'humidité, & dont la force
expansive est fort supérieure à celle de la poudre
ordinaire.

Les outils comprenaient deux pics, deux pioches,
une échelle de soie, trois bâtons ferrés, une hache,
un marteau, une douzaine de coins & pitons de
fer, & de longues cordes à nœuds. Cela ne laissait
pas de faire un fort colis, car l'échelle mesurait trois
cents pieds de longueur.

Enfin il y avait les provisions; le paquet n'était
pas gros, mais rassurant, car je savais qu'en viande
concentrée & en biscuits secs il contenait pour six
mois de vivres. Le genièvre en formait toute la
partie liquide, & l'eau manquait totalement; mais
nous avions des gourdes, & mon oncle comptait
sur les sources pour les remplir; les objections que

plus inflammables, & ne s'éteint pas même au sein des plus profonds cours d'eau. M. Ruhmkorff est un savant & habile phy-
sicien. Sa grande découverte, c'est sa bobine d'induction qui
permet de produire de l'électricité à haute tension. Il vient
d'obtenir, en 1864, le prix quinquennal de 50,000 fr. que la
France réservait à la plus ingénieuse application de l'électricité.

j'avais pu faire sur leur qualité, leur température, & même leur absence, étaient restées sans succès.

Pour compléter la nomenclature exacte de nos articles de voyage, je noterai une pharmacie portative contenant des ciseaux à lames mousses, des attelles pour fracture, une pièce de ruban en fil écru, des bandes & compresses, du sparadrap, une palette pour saignée, toutes choses effrayantes; de plus, une série de flacons contenant de la dextrine, de l'alcool vulnéraire, de l'acétate de plomb liquide, de l'éther, du vinaigre & de l'ammoniaque, toutes drogues d'un emploi peu rassurant; enfin les matières nécessaires aux appareils de Ruhmkorff.

Mon oncle n'avait eu garde d'oublier la provision de tabac, de poudre de chasse & d'amadou, non plus qu'une ceinture de cuir qu'il portait autour des reins& où se trouvait une suffisante quantité de monnaie d'or, d'argent & de papier. De bonnes chaussures, rendues imperméables par un enduit de goudron & de gomme élastique, se trouvaient au nombre de six paires dans le groupe des outils.

« Ainsi vêtus, chaussés, équipés, il n'y a aucune raison pour ne pas aller loin, » me dit mon oncle.

La journée du 14 fut employée tout entière à disposer ces différents objets. Le soir, nous dînâmes chez le baron Trampe, en compagnie du maire de Reykjawik & du docteur Hyaltalin, le grand médecin du pays. M. Fridriksson n'était pas au nombre

des convives; j'appris plus tard que le gouverneur
& lui se trouvaient en désaccord sur une question
d'administration & ne se voyaient pas. Je n'eus donc
pas l'occasion de comprendre un mot de ce qui se
dit pendant ce dîner semi-officiel. Je remarquai
seulement que mon oncle parla tout le temps.

Le lendemain 15, les préparatifs furent achevés.
Notre hôte fit un sensible plaisir au professeur en lui
remettant une carte de l'Islande, incomparablement
plus parfaite que celle d'Henderson, la carte de
M. Olaf Nikolas Olsen, réduite au $\frac{1}{480000}$, et publiée
par la Société Littéraire islandaise, d'après les travaux géodésiques de M. Scheel Frisac, & le levé
topographique de M. Björn Gumlaugsonn. C'était
un précieux document pour un minéralogiste.

La dernière soirée se passa dans une intime
causerie avec M. Fridriksson, pour lequel je me
sentais pris d'une vive sympathie; puis, à la conversation, succéda un sommeil assez agité, de ma
part du moins.

A cinq heures du matin, le hennissement de
quatre chevaux qui piaffaient sous ma fenêtre me
réveilla. Je m'habillai à la hâte, & je descendis dans
la rue. Là, Hans achevait de charger nos bagages
sans se remuer, pour ainsi dire. Cependant il opé-
rait avec une adresse peu commune. Mon oncle faisait plus de bruit que de besogne, & le guide paraissait se soucier fort peu de ses recommandations.

Tout fut terminé à six heures. M. Fridriksson nous serra les mains. Mon oncle le remercia en islandais de sa bienveillante hospitalité, & avec beaucoup de cœur. Quant à moi, j'ébauchai dans mon meilleur latin quelque salut cordial; puis nous nous mîmes en selle, & M. Fridriksson me lança avec son dernier adieu ce vers que Virgile semblait avoir fait pour nous, voyageurs incertains de la route :

Et quacumque viam dederit fortuna sequamur.

XII

Nous étions partis par un temps couvert, mais fixe. Pas de fatigantes chaleurs à redouter, ni pluies désastreuses. Un temps de touristes.

Le plaisir de courir à cheval à travers un pays inconnu me rendait de facile composition sur le début de l'entreprise. J'étais tout entier au bonheur de l'excursionniste fait de désirs & de liberté. Je commençais à prendre mon parti de l'affaire.

« D'ailleurs, me disais-je, qu'est-ce que je risque? de voyager au milieu du pays le plus curieux! de gravir une montagne fort remarquable!

au pis aller, de descendre au fond d'un cratère
éteint? Il est bien évident que ce Saknussemm n'a
pas fait autre chose. Quant à l'existence d'une galerie qui aboutisse au centre du globe, pure imagination! pure impossibilité! Donc, ce qu'il y a
de bon à prendre de cette expédition, prenons-le,
& sans marchander! »

Ce raisonnement à peine achevé, nous avions
quitté Reykjawik.

Hans marchait en tête, d'un pas rapide, égal &
continu. Les deux chevaux chargés de nos bagages
le suivaient, sans qu'il fût nécessaire de les diriger.
Mon oncle & moi, nous venions ensuite, & vraiment sans faire trop mauvaise figure sur nos bêtes
petites, mais vigoureuses.

L'Islande est une des grandes îles de l'Europe;
elle mesure quatorze cents milles de surface, & ne
compte que soixante mille habitants. Les géogra-
phes l'ont divisée en quatre quartiers, & nous
avions à traverser presque obliquement celui qui
porte le nom de Pays du quart du Sud-Ouest,
« Sudvestr Fjordüngr. »

Hans, en laissant Reykjawik, avait immédiatement suivi les bords de la mer; nous traversions
de maigres pâturages qui se donnaient bien du
mal pour être verts; le jaune réussissait mieux.
Les sommets rugueux des masses trachytiques
s'estompaient à l'horizon dans les brumes de l'est;

par moments, quelques plaques de neige, concen-
trant la lumière diffuse, resplendissaient sur le
versant des cimes éloignées; certains pics, plus
hardiment dressés, trouaient les nuages gris &
réapparaissaient au-dessus des vapeurs mouvantes,
semblables à des écueils émergés en plein ciel.

Souvent ces chaînes de rocs arides faisaient une
pointe vers la mer & mordaient sur le pâturage;
mais il restait toujours une place suffisante pour
passer. Nos chevaux, d'ailleurs, choisissaient d'instinct les endroits propices sans jamais ralentir
leur marche. Mon oncle n'avait pas même la conso-
lation d'exciter sa monture de la voix ou du fouet;
il ne lui était pas permis d'être impatient. Je ne
pouvais m'empêcher de sourire en le voyant si
grand sur son petit cheval, &, comme ses longues
jambes rasaient le sol, il ressemblait à un Centaure
à six pieds.

« Bonne bête! bonne bête! disait-il. Tu verras, Axel, que pas un animal ne l'emporte en
intelligence sur le cheval islandais; neiges, tempêtes, chemins impraticables, rochers, glaciers, rien
ne l'arrête. Il est brave, il est sobre, il est sûr.
Jamais un faux pas, jamais une réaction. Qu'il se
présente quelque rivière, quelque fjörd à traverser,
& il s'en présentera, tu le verras sans hésiter se
jeter à l'eau, comme un amphibie, & gagner le
bord opposé! Mais ne le brusquons pas, laissons-le

6

agir, & nous ferons, l'un portant l'autre, nos dix
lieues par jour.

— Nous, sans doute, répondis-je, mais le
guide?

— Oh! il ne m'inquiète guère. Ces gens-là, cela
marche sans s'en apercevoir; celui-ci se remue si peu
qu'il ne doit pas se fatiguer. D'ailleurs, au besoin,
je lui céderai ma monture. Les crampes me prendraient bientôt, si je ne me donnais pas quelque
mouvement. Les bras vont bien, mais il faut songer aux jambes. »

Cependant nous avancions d'un pas rapide; le
pays était déjà à peu près désert. Çà & là une
ferme isolée, quelque boër (1) solitaire, fait de bois,
de terre, de morceaux de lave, apparaissait comme
un mendiant au bord d'un chemin creux. Ces huttes
délabrées avaient l'air d'implorer la charité des passants, &, pour un peu, on leur eût fait l'aumône.
Dans ce pays les routes, les sentiers même manquaient absolument, & la végétation, si lente
qu'elle fût, avait vite fait d'effacer le pas des rares
voyageurs.

Pourtant cette partie de la province, située à
deux pas de sa capitale, comptait parmi les portions habitées & cultivées de l'Islande. Qu'étaient
alors les contrées plus désertes que ce désert? Un

(1) Maison du paysan islandais.

demi-mille franchi, nous n'avions encore rencontré ni un fermier sur la porte de sa chaumière,
ni un berger sauvage paissant un troupeau moins
sauvage que lui ; seulement quelques vaches &
des moutons abandonnés à eux-mêmes. Que seraient donc les régions convulsionnées, boule-
versées par les phénomènes éruptifs, nées des
explosions volcaniques & des commotions souterraines?

Nous étions destinés à les connaître plus tard;
mais, en consultant la carte d'Olsen, je vis qu'on
les évitait en longeant la sinueuse lisière du rivage; en effet, le grand mouvement plutonique
s'est concentré surtout à l'intérieur de l'île; là les
couches horizontales de roches superposées, appe-
lées trapps en langue scandinave, les bandes trachytiques, les éruptions de basalte, de tufs & de tous
les conglomérats volcaniques, les coulées de lave
& de porphyre en fusion, ont fait un pays d'une
surnaturelle horreur. Je ne me doutais guère alors
du spectacle qui nous attendait à la presqu'île du
Sneffels, où ces dégâts d'une nature fougueuse forment un formidable chaos.

Deux heures après avoir quitté Reykjawik, nous
arrivions au bourg de Gufunes, appelé « Aoal-
kirkja » ou Église principale. Il n'offrait rien de
remarquable. Quelques maisons seulement. A peine
de quoi faire un hameau de l'Allemagne.

Hans s'y arrêta une demi-heure; il partagea notre frugal déjeuner, répondit par oui & par non aux questions de mon oncle sur la nature de la route, & lorsqu'on lui demanda en quel endroit il comptait passer la nuit :

« Gardär, » dit-il seulement.

Je consultai la carte pour savoir ce qu'était Gardär. Je vis une bourgade de ce nom sur les bords du Hvalfjörd, à quatre milles de Reykjawik. Je la montrai à mon oncle.

« Quatre milles seulement! dit-il. Quatre milles sur vingt-deux! Voilà une jolie promenade. »

Il voulut faire une observation au guide, qui, sans lui répondre, reprit la tête des chevaux & se remit en marche.

Trois heures plus tard, toujours en foulant le gazon décoloré des pâturages, il fallut contourner le Kollafjörd, détour plus facile & moins long qu'une traversée de ce golfe; bientôt nous entrions dans un « pingstaœr », lieu de juridiction communale, nommé Ejulberg, & dont le clocher eût sonné midi, si les églises islandaises avaient été assez riches pour posséder une horloge; mais elles ressemblent fort à leurs paroissiens, qui n'ont pas de montres, & qui s'en passent.

Là les chevaux furent rafraîchis; puis, prenant par un rivage resserré entre une chaîne de collines & la mer, ils nous portèrent d'une traite à l' « aoal-

kirkja » de Brantär, & un mille plus loin à Saur-
böer « annexia », église annexe, située sur la rive
méridionale du Hvalfjörd.

Il était alors quatre heures du soir; nous avions
franchi quatre milles (1).

Le fjörd était large en cet endroit d'un demi-
mille au moins; les vagues déferlaient avec bruit
sur les rocs aigus; ce golfe s'évasait entre des murailles de rochers, sorte d'escarpe à pic haute de
trois mille pieds & remarquable par ses couches
brunes que séparaient des lits de tuf d'une nuance
rougeâtre. Quelle que fût l'intelligence de nos chevaux, je n'augurais pas bien de la traversée d'un
véritable bras de mer opérée sur le dos d'un qua-
drupède.

« S'ils sont intelligents, dis-je, ils n'essayeront
point de passer. En tout cas, je me charge d'être
intelligent pour eux. »

Mais mon oncle ne voulait pas attendre; il piqua
des deux vers le rivage. Sa monture vint flairer la
dernière ondulation des vagues & s'arrêta; mon
oncle, qui avait son instinct à lui, la pressa d'avancer. Nouveau refus de l'animal, qui secoua la tête.
Alors jurons & coups de fouet, mais ruades de la
bête, qui commença à désarçonner son cavalier;
enfin le petit cheval, ployant ses jarrets, se retira

(1) Huit lieues.

6.

des jambes du professeur & le laissa tout droit planté sur deux pierres du rivage, comme le colosse de Rhodes.

« Ah! maudit animal! s'écria le cavalier, subitement transformé en piéton & honteux comme un officier de cavalerie qui passerait fantassin.

— « Färja, » fit le guide en lui touchant l'épaule.

— Quoi! un bac?

— « Der, » répondit Hans en montrant un bateau.

— Oui, m'écriai-je, il y a un bac.

— Il fallait donc le dire! Eh bien, en route!

— « Tidvatten, » reprit le guide.

— Que dit-il?

— Il dit marée, répondit mon oncle en me traduisant le mot danois.

— Sans doute, il faut attendre la marée?

— « Förbida? » demanda mon oncle.

— « Ja, » répondit Hans.

Mon oncle frappa du pied, tandis que les chevaux se dirigeaient vers le bac.

Je compris parfaitement la nécessité d'attendre un certain instant de la marée pour entreprendre la traversée du fjörd, celui où la mer, arrivée à sa plus grande hauteur, est étale. Alors le flux & le reflux n'ont aucune action sensible, & le bac ne risque pas d'être entraîné, soit au fond du golfe, soit en plein Océan.

L'instant favorable n'arriva qu'à six heures du soir; mon oncle, moi, le guide, deux passeurs & les quatre chevaux, nous avions pris place dans une sorte de barque plate assez fragile. Habitué que j'étais aux bacs à vapeur de l'Elbe, je trouvai les rames des bateliers un triste engin mécanique. Il fallut plus d'une heure pour traverser le fjörd; mais enfin le passage se fit sans accident.

Une demi-heure après, nous atteignions l' « aoal-kirkja » de Gärdar.

XIII

Il aurait dû faire nuit, mais sous le soixante-cinquième parallèle, la clarté diurne des régions polaires ne devait pas m'étonner; en Islande, pendant les mois de juin & juillet, le soleil ne se couche pas.

Néanmoins la température s'était abaissée; j'avais froid, & surtout faim. Bienvenu fut le « böer » qui s'ouvrit hospitalièrement pour nous recevoir.

C'était la maison d'un paysan, mais, en fait d'hospitalité, elle valait celle d'un roi. A notre arrivée, le maître vint nous tendre la main, &, sans plus de cérémonie, il nous fit signe de le suivre.

Le suivre, en effet, car l'accompagner eût été impossible. Un passage long, étroit, obscur, donnait
accès dans cette habitation construite en poutres à
peine équarries & permettait d'arriver à chacune
des chambres ; celles-ci étaient au nombre de quatre :
la cuisine, l'atelier de tissage, la « badstofa » chambre à coucher de la famille, &, la meilleure entre
toutes, la chambre des étrangers. Mon oncle, à la
taille duquel on n'avait pas songé en bâtissant la
maison, ne manqua pas de donner trois ou quatre
fois de la tête contre les saillies du plafond.

On nous introduisit dans notre chambre, sorte
de grande salle avec un sol de terre battue &
éclairée d'une fenêtre dont les vitres étaient faites
de membranes de mouton assez peu transparentes.
La literie se composait de fourrage sec jeté dans
deux cadres de bois peints en rouge & ornés de
sentences islandaises. Je ne m'attendais pas à ce
confortable ; seulement, il régnait dans cette maison
une forte odeur de poisson sec, de viande macé-
rée & de lait aigre dont mon odorat se trouvait
assez mal.

Lorsque nous eûmes mis de côté notre harnache-
ment de voyageurs, la voix de l'hôte se fit entendre,
qui nous conviait à passer dans la cuisine, seule
pièce où l'on fît du feu, même par les plus grands
froids.

Mon oncle se hâta d'obéir à cette amicale injonction. Je le suivis.

La cheminée de la cuisine était d'un modèle antique; au milieu de la chambre, une pierre pour tout foyer; au toit, un trou par lequel s'échappait la fumée. Cette cuisine servait aussi de salle à manger.

A notre entrée, l'hôte, comme s'il ne nous avait pas encore vus, nous salua du mot « sællvertu, » qui signifie « soyez heureux », & il vint nous baiser sur la joue.

Sa femme, après lui, prononça les mêmes paroles, accompagnées du même cérémonial; puis les deux époux, plaçant la main droite sur leur cœur, s'inclinèrent profondément.

Je me hâte de dire que l'Islandaise était mère de dix-neuf enfants, tous, grands & petits, grouillant pêle-mêle au milieu des volutes de fumée dont le foyer remplissait la chambre. A chaque instant j'apercevais une petite tête blonde & un peu mélancolique sortir de ce brouillard. On eût dit une guirlande d'anges insuffisamment débarbouillés.

Mon oncle & moi, nous fîmes très-bon accueil à cette « couvée », & bientôt il y eut trois ou quatre de ces marmots sur nos épaules, autant sur nos genoux & le reste entre nos jambes. Ceux qui parlaient répétaient « sællvertu » dans tous les tons imaginables. Ceux qui ne parlaient pas n'en criaient que mieux.

Ce concert fut interrompu par l'annonce du repas. En ce moment rentra le chasseur, qui venait de pourvoir à la nourriture des chevaux,
c'est-à-dire qu'il les avait économiquement lâchés
à travers champs; les pauvres bêtes devaient se
contenter de brouter la mousse rare des rochers,
quelques fucus peu nourrissants, & le lendemain
elles ne manqueraient pas de venir d'elles-mêmes
reprendre le travail de la veille.

« Sællvertu, » fit Hans en entrant.

Puis tranquillement, automatiquement, sans
qu'un baiser fût plus accentué que l'autre, il embrassa l'hôte, l'hôtesse & leurs dix-neuf enfants.

La cérémonie terminée, on se mit à table, au
nombre de vingt-quatre, & par conséquent les uns
sur les autres, dans le véritable sens de l'expression.
Les plus favorisés n'avaient que deux marmots sur
les genoux.

Cependant le silence se fit dans ce petit monde à
l'arrivée de la soupe, & la taciturnité naturelle,
même aux gamins islandais, reprit son empire.
L'hôte nous servit une soupe au lichen & point
désagréable, puis une énorme portion de poisson
sec nageant dans du beurre aigri depuis vingt ans,
& par conséquent bien préférable au beurre frais,
d'après les idées gastronomiques de l'Islande. Il y
avait avec cela du « skyr, » sorte de lait caillé,
accompagné de biscuit & relevé par du jus de

baies de genièvre ; enfin, pour boisson, du petit
lait mêlé d'eau, nommé « blanda » dans le pays.
Si cette singulière nourriture était bonne ou non,
c'est ce dont je ne pus juger. J'avais faim, &, au
dessert, j'avalai jusqu'à la dernière bouchée une
épaisse bouillie de sarrasin.

Le repas terminé, les enfants disparurent ; les
grandes personnes entourèrent le foyer où brûlaient
de la tourbe, des bruyères, du fumier de vache &
des os de poissons desséchés. Puis, après cette
« prise de chaleur, » les divers groupes regagnèrent
leurs chambres respectives. L'hôtesse offrit de nous
retirer, suivant la coutume, nos bas & nos pantalons ; mais, sur un refus des plus gracieux de
notre part, elle n'insista pas, & je pus enfin me
blottir dans ma couche de fourrage.

Le lendemain, à cinq heures, nous faisions nos
adieux au paysan islandais ; mon oncle eut beaucoup de peine à lui faire accepter une rémuné-
ration convenable, & Hans donna le signal du
départ.

A cent pas de Gardar, le terrain commença à changer d'aspect ; le sol devint marécageux & moins favorable à la marche. Sur la droite, la série des
montagnes se prolongeait indéfiniment comme un
immense système de fortifications naturelles, dont
nous suivions la contrescarpe ; souvent des ruisseaux se présentaient à franchir qu'il fallait néces-

sairement passer à gué & sans trop mouiller les bagages.

Le désert se faisait de plus en plus profond ; quelquefois, cependant, une ombre humaine semblait fuir au loin ; si les détours de la route nous rapprochaient inopinément de l'un de ces spectres, j'éprouvais un dégoût soudain à la vue d'une tête gonflée, à peau luisante, dépourvue de cheveux, & de plaies repoussantes que trahissaient les déchirures de misérables haillons.

La malheureuse créature ne venait pas tendre sa main déformée ; elle se sauvait, au contraire, mais pas si vite que Hans ne l'eût saluée du « sællvertu » habituel.

— « Spetelsk, » disait-il.

— Un lépreux ! » répétait mon oncle.

Et ce mot seul produisait son effet répulsif. Cette horrible affection de la lèpre est assez commune en Islande ; elle n'est pas contagieuse, mais héréditaire ; aussi le mariage est-il interdit à ces misérables.

Ces apparitions n'étaient pas de nature à égayer le paysage qui devenait profondément triste ; les dernières touffes d'herbes venaient mourir sous nos pieds. Pas un arbre, si ce n'est quelques bouquets de bouleaux nains semblables à des broussailles. Pas un animal, sinon quelques chevaux, de ceux que leur maître ne pouvait nourrir, & qui erraient sur les mornes plaines. Parfois un faucon

planait dans les nuages gris & s'enfuyait à tire-
d'aile vers les contrées du sud; je me laissais aller
à la mélancolie de cette nature sauvage, & mes
souvenirs me ramenaient à mon pays natal.

Il fallut bientôt traverser plusieurs petits fjörds
sans importance, & enfin un véritable golfe; la
marée, étale alors, nous permit de passer sans
attendre & de gagner le hameau d'Alftanes, situé
un mille au delà.

Le soir, après avoir coupé à gué deux rivières
riches en truites & en brochets, l'Alfa & l'Heta,
nous fûmes obligés de passer la nuit dans une masure abandonnée, digne d'être hantée par tous les
lutins de la mythologie scandinave; à coup sûr le
génie du froid y avait élu domicile, & il fit des sien-
nes pendant toute la nuit.

La journée suivante ne présenta aucun incident
particulier. Toujours même sol marécageux, même
uniformité, même physionomie triste. Le soir, nous
avions franchi la moitié de la distance à parcourir,
& nous couchions à « l'annexia » de Krösolbt.

Le 19 juin, pendant un mille environ, un terrain
de lave s'étendit sous nos pieds; cette disposition
du sol est appelée « hraun » dans le pays; la lave ri-
dée à la surface affectait des formes de câbles tantôt
allongés, tantôt roulés sur eux-mêmes; une immense coulée descendait des montagnes voisines,
volcans actuellement éteints, mais dont ces débris

7

attestaient la violence passée. Cependant quelques
fumées de source chaudes rampaient çà & là.

Le temps nous manquait pour observer ces phénomènes; il fallait marcher; bientôt le sol marécageux reparut sous le pied de nos montures; de
petits lacs l'entrecoupaient. Notre direction était
alors à l'ouest; nous avions en effet tourné la
grande baie de Faxa, & la double cime blanche
du Sneffels se dressait dans les nuages à moins de
cinq milles.

Les chevaux marchaient bien; les difficultés du
sol ne les arrêtaient pas; pour mon compte, je commençais à être très-fatigué; mon oncle demeurait
ferme & droit comme au premier jour; je ne pouvais m'empêcher de l'admirer à l'égal du chasseur,
qui regardait cette expédition comme une simple
promenade.

Le samedi 20 juin, à six heures du soir, nous atteignions Būdir, bourgade située sur le bord de
la mer, & le guide réclamait sa paye convenue.
Mon oncle régla avec lui. Ce fut la famille même de
Hans, c'est-à-dire ses oncles & cousins germains,
qui nous offrit l'hospitalité; nous fûmes bien reçus, & sans abuser des bontés de ces braves gens,
je me serais volontiers refait chez eux des fatigues
du voyage. Mais mon oncle, qui n'avait rien à
refaire, ne l'entendait pas ainsi, & le lendemain
il fallut enfourcher de nouveau nos bonnes bêtes.

Le sol se ressentait du voisinage de la montagne dont les racines de granit sortaient de terre, comme celles d'un vieux chêne. Nous contournions l'immense base du volcan. Le professeur ne le perdait pas des yeux ; il gesticulait, il semblait le prendre au défi & dire : « Voilà donc le géant que je vais dompter ! » Enfin, après quatre heures de marche, les chevaux s'arrêtèrent d'eux-mêmes à la porte du presbytère de Stapi.

XIV

Stapi est une bourgade formée d'une trentaine de huttes, & bâtie en pleine lave sous les rayons du soleil réfléchis par le volcan. Elle s'étend au fond d'un petit fjörd encaissé dans une muraille basaltique du plus étrange effet.

On sait que le basalte est une roche brune d'origine ignée ; elle affecte des formes régulières qui surprennent par leur disposition. Ici la nature procède géométriquement & travaille à la manière humaine, comme si elle eût manié l'équerre, le compas & le fil à plomb. Si partout ailleurs elle fait de l'art avec ses grandes masses jetées sans ordre, ses cônes à peine ébauchés, ses pyramides imparfaites, avec la bizarre succession de ses lignes, ici, voulant donner l'exemple de la régularité, & précédant les architectes des premiers âges, elle a créé un ordre sévère, que ni les splendeurs de Babylone ni les merveilles de la Grèce n'ont jamais dépassé.

J'avais bien entendu parler de la Chaussée des Géants en Irlande, & de la Grotte de Fingal dans l'une des Hébrides, mais le spectacle d'une substruction basaltique ne s'était pas encore offert à mes regards.

Or, à Stapi, ce phénomène apparaissait dans toute sa beauté.

La muraille du fjörd, comme toute la côte de la presqu'île, se composait d'une suite de colonnes verticales, hautes de trente pieds. Ces fûts droits & d'une proportion pure supportaient une archivolte, faite de colonnes horizontales dont le surplombement formait demi-voûte au-dessus de la mer. A de certains intervalles, & sous cet impluvium naturel, l'œil surprenait des ouvertures ogivales d'un dessin admirable, à travers lesquelles les flots du large venaient se précipiter en écumant. Quelques tronçons de basalte, arrachés par les fureurs de l'Océan, s'allongeaient sur le sol comme les débris d'un temple antique, ruines éternellement jeunes, sur lesquelles passaient les siècles sans les entamer.

Telle était la dernière étape de notre voyage

terrestre. Hans nous y avait conduits avec intelligence, & je me rassurais un peu en songeant qu'il
devait nous accompagner encore.

En arrivant à la porte de la maison du recteur,
simple cabane basse, ni plus belle, ni plus confortable que ses voisines, je vis un homme en train de
ferrer un cheval, le marteau à la main, & le tablier
de cuir aux reins.

— « Sællvertu, » lui dit le chasseur.

— « God dag, » répondit le maréchal ferrant en
parfait danois.

— « Kyrkoherde, » fit Hans en se retournant vers
mon oncle.

— Le recteur! répéta ce dernier. Il paraît, Axel,
que ce brave homme est le recteur. »

Pendant ce temps le guide mettait le « kyrkoherde » au courant de la situation ; celui-ci, sus-
pendant son travail, poussa une sorte de cri en
usage sans doute entre chevaux & maquignons,
& aussitôt une grande mégère sortit de la cabane.
Si elle ne mesurait pas six pieds de haut, il ne s'en
fallait guère.

Je craignais qu'elle ne vînt offrir aux voyageurs le
baiser islandais ; mais il n'en fut rien, & même elle
mit assez peu de bonne grâce à nous introduire
dans sa maison.

La chambre des étrangers me parut être la plus
mauvaise du presbytère, étroite, sale & infecte. Il

fallut s'en contenter; le recteur ne semblait pas
pratiquer l'hospitalité antique. Loin de là. Avant
la fin du jour, je vis que nous avions affaire à un
forgeron, à un pêcheur, à un chasseur, à un char-
pentier, & pas du tout à un ministre du Seigneur.
Nous étions en semaine, il est vrai. Peut-être se
rattrapait-il le dimanche.

Je ne veux pas dire du mal de ces pauvres prê-
tres qui, après tout, sont fort misérables; ils re-
çoivent du gouvernement danois un traitement ridicule & perçoivent le quart de la dîme de leur
paroisse, ce qui ne fait pas une somme de soixante
marks courants (1). De là nécessité de travailler
pour vivre; mais à pêcher, à chasser, à ferrer des
chevaux, on finit par prendre les manières, le ton
& les mœurs des chasseurs, des pêcheurs & autres
gens un peu rudes; le soir même je m'aperçus que
notre hôte ne comptait pas la sobriété au nombre
de ses vertus.

Mon oncle comprit vite à quel genre d'homme il
avait affaire; au lieu d'un brave & digne savant, il
trouvait un paysan lourd & grossier; il résolut
donc de commencer au plus tôt sa grande expédition & de quitter cette cure peu hospitalière. Il ne
regardait pas à ses fatigues & résolut d'aller passer
quelques jours dans la montagne.

(1) Monnaie de Hambourg, 90 fr. environ.

Les préparatifs de départ furent donc faits dès le lendemain de notre arrivée à Stapi. Hans loua les services de trois Islandais pour remplacer les chevaux dans le transport des bagages; mais, une fois arrivés au fond du cratère, ces indigènes devaient rebrousser chemin & nous abandonner à nous-mêmes. Ce point fut parfaitement arrêté.

A cette occasion, mon oncle dut apprendre au chasseur que son intention était de poursuivre la reconnaissance du volcan jusqu'à ses dernières limites.

Hans se contenta d'incliner la tête. Aller là ou ailleurs, s'enfoncer dans les entrailles de son île ou la parcourir, il n'y voyait aucune différence; quant à moi, distrait jusqu'alors par les incidents du voyage, j'avais un peu oublié l'avenir, mais maintenant je sentais l'émotion me reprendre de plus belle. Qu'y faire? Si j'avais pu tenter de résister au professeur Lidenbrock, c'était à Hambourg & non au pied du Sneffels.

Une idée, entre toutes, me tracassait fort, idée effrayante & faite pour ébranler des nerfs moins sensibles que les miens.

« Voyons, me disais-je, nous allons gravir le Sneffels. Bien. Nous allons visiter son cratère. Bon. D'autres l'ont fait qui n'en sont pas morts. Mais ce n'est pas tout. S'il se présente un chemin pour descendre dans les entrailles du sol, si ce malencon-

treux Saknussemm a dit vrai, nous allons nous
perdre au milieu des galeries souterraines du volcan.
Or, rien n'affirme que le Sneffels soit éteint ? Qui
prouve qu'une éruption ne se prépare pas? De ce
que le monstre dort depuis 1229, s'ensuit-il qu'il
ne puisse se réveiller? Et, s'il se réveille, qu'est-ce
que nous deviendrons ? »

Cela demandait la peine d'y réfléchir, & j'y réflé-
chissais. Je ne pouvais dormir sans rêver d'éruption; or, le rôle de scorie me paraissait assez bru-
tal à jouer.

Enfin je n'y tins plus; je résolus de soumettre
le cas à mon oncle le plus adroitement possible, &
sous la forme d'une hypothèse parfaitement ir-
réalisable.

J'allai le trouver. Je lui fis part de mes craintes,
& je me reculai pour le laisser éclater à son aise.

« J'y pensais, » répondit-il simplement.

Que signifiaient ces paroles ? Allait-il donc entendre la voix de la raison? Songeait-il à sus-
pendre ses projets? C'eût été trop beau pour être
possible.

Après quelques instants de silence, pendant lesquels je n'osais l'interroger, il reprit en disant :

« J'y pensais. Depuis notre arrivée à Stapi, je
me suis préoccupé de la grave question que tu viens
de me soumettre, car il ne faut pas agir en impru-
dents.

— Non, répondis-je avec force.

— Il y a six cents ans que le Sneffels est muet;
mais il peut parler. Or les éruptions sont toujours
précédées de phénomènes parfaitement connus; j'ai
donc interrogé les habitants du pays, j'ai étudié le
sol, & je puis te le dire, Axel, il n'y aura pas d'é-
ruption. »

A cette affirmation je restai stupéfait, & je ne
pus répliquer.

« Tu doutes de mes paroles? dit mon oncle,
eh bien! suis-moi. »

J'obéis machinalement. En sortant du presbytère, le professeur prit un chemin direct qui, par
une ouverture de la muraille basaltique, s'éloi-
gnait de la mer. Bientôt nous étions en rase
campagne, si l'on peut donner ce nom à un amon-
cellement immense de déjections volcaniques; le
pays paraissait comme écrasé sous une pluie de
pierres énormes, de trapp, de basalte, de granit &
de toutes les roches pyroxéniques.

Je voyais çà & là des fumerolles monter dans
les airs; ces vapeurs blanches nommées « reykir »
en langue islandaise, venaient des sources ther-
males, & elles indiquaient, par leur violence, l'activité volcanique du sol. Cela me paraissait jus-
tifier mes craintes. Aussi je tombai de mon haut
quand mon oncle me dit :

« Tu vois toutes ces fumées, Axel; eh bien, elles

7.

prouvent que nous n'avons rien à redouter des fureurs du volcan !

— Par exemple ! m'écriai-je.

— Retiens bien ceci, reprit le professeur : aux approches d'une éruption, ces fumerolles redoublent d'activité pour disparaître complétement pendant la durée du phénomène, car les fluides élastiques, n'ayant plus la tension nécessaire, prennent le chemin des cratères au lieu de s'échapper à travers les fissures du globe. Si donc ces vapeurs se maintiennent dans leur état habituel, si leur énergie ne s'accroît pas, si tu ajoutes à cette observation que le vent, la pluie ne sont pas remplacés par un air lourd & calme, tu peux affirmer qu'il n'y aura pas d'éruption prochaine.

— Mais...

— Assez. Quand la science a prononcé, il n'y a plus qu'à se taire. »

Je revins à la cure l'oreille basse ; mon oncle m'avait battu avec des arguments scientifiques. Cependant j'avais encore un espoir, c'est qu'une fois arrivés au fond du cratère, il serait impossible, faute de galerie, de descendre plus profondément, & cela en dépit de tous les Saknussemm du monde.

Je passai la nuit suivante en plein cauchemar au milieu d'un volcan & des profondeurs de la terre, je me sentis lancé dans les espaces planétaires sous la forme de roche éruptive.

Le lendemain, 23 juin, Hans nous attendait avec ses compagnons chargés des vivres, des outils & des instruments. Deux bâtons ferrés, deux fusils deux cartouchières, étaient réservés à mon oncle & à moi. Hans, en homme de précaution, avait ajouté à nos bagages une outre pleine qui, jointe à nos gourdes, nous assurait de l'eau pour huit jours.

Il était neuf heures du matin. Le recteur & sa haute mégère attendaient devant leur porte. Ils voulaient sans doute nous adresser l'adieu suprême de l'hôte au voyageur. Mais cet adieu prit la forme inattendue d'une note formidable, où l'on comptait jusqu'à l'air de la maison pastorale, air infect, j'ose le dire. Ce digne couple nous rançonnait comme un aubergiste suisse & portait à un beau prix son hospitalité surfaite.

Mon oncle paya sans marchander. Un homme qui partait pour le centre de la terre ne regardait pas à quelques rixdales.

Ce point réglé, Hans donna le signal du départ, & quelques instants après nous avions quitté Stapi.

XV

Le Sneffels est haut de cinq mille pieds; il termine, par son double cône, une bande trachytique
qui se détache du système orographique de l'île.
De notre point de départ on ne pouvait voir ses
deux pics se profiler sur le fond grisâtre du ciel.
J'apercevais seulement une énorme calotte de neige
abaissée sur le front du géant.

Nous marchions en file, précédés du chasseur;
celui-ci remontait d'étroits sentiers où deux personnes n'auraient pu aller de front. Toute conversation devenait donc à peu près impossible.

Au delà de la muraille basaltique du fjörd de
Stapi se présenta d'abord un sol de tourbe her-
bacée & fibreuse, résidu de l'antique végétation
des marécages de la presqu'île; la masse de ce
combustible encore inexploité suffirait à chauffer pendant un siècle toute la population de l'Islande; cette vaste tourbière, mesurée du fond
de certains ravins, avait souvent soixante-dix pieds
de haut & présentait des couches successives de
détritus carbonisés. séparées par des feuillets de
tuf ponceux.

En véritable neveu du professeur Lidenbrock &
malgré mes préoccupations, j'observais avec intérêt
les curiosités minéralogiques étalées dans ce vaste
cabinet d'histoire naturelle ; en même temps je
refaisais dans mon esprit toute l'histoire géologique de l'Islande.

Cette île, si curieuse, est évidemment sortie du
fond des eaux à une époque relativement moderne ;
peut-être même s'élève-t-elle encore par un mouvement insensible. S'il en est ainsi, on ne peut
attribuer son origine qu'à l'action des feux souterrains. Donc, dans ce cas, la théorie de Humphry
Davy, le document de Saknussemm, les préten-
tions de mon oncle, tout s'en allait en fumée. Cette
hypothèse me conduisit à examiner attentivement
la nature du sol, & je me rendis bientôt compte de
la succession des phénomènes qui présidèrent à
la formation de l'île.

L'Islande, absolument privée de terrain sédimentaire, se compose uniquement de tuf volcanique, c'est-à-dire d'un agglomérat de pierres & de
roches d'une texture poreuse. Avant l'existence des
volcans, elle était faite d'un massif trappéen, lentement soulevé au-dessus des flots par la poussée des
forces centrales. Les feux intérieurs n'avaient pas
encore fait irruption au dehors.

Mais, plus tard, une large fente se creusa diago-
nalement du sud-ouest au nord-ouest de l'île, par

laquelle s'épancha peu à peu toute la pâte trachytique. Le phénomène s'accomplissait alors sans violence; l'issue était énorme, & les matières fondues, rejetées des entrailles du globe, s'étendirent tranquillement en vastes nappes ou en masses mamelonnées. A cette époque apparurent les feldspaths, les syénites & les porphyres.

Mais, grâce à cet épanchement, l'épaisseur de l'île s'accrut considérablement, &, par suite, sa force de résistance.. On conçoit quelle quantité de fluides élastiques s'emmagasina dans son sein, lorsqu'elle n'offrit plus aucune issue, après le refroidissement de la croûte trachytique. Il arriva donc un moment où la puissance mécanique de ces gaz fut telle qu'ils soulevèrent la lourde écorce & se creusèrent de hautes cheminées. De là le volcan fait du soulèvement de la croûte, puis le cratère subitement troué au sommet du volcan.

Alors aux phénomènes éruptifs succédèrent les phénomènes volcaniques; par les ouvertures nouvellement formées s'échappèrent d'abord les déjections basaltiques, dont la plaine que nous traversions en ce moment offrait à nos regards les plus merveilleux spécimens. Nous marchions sur ces roches pesantes d'un gris foncé que le refroidissement avait moulées en prismes à base hexagone. Au loin se voyaient un grand nombre de cônes aplatis, qui furent jadis autant de bouches ignivomes.

Puis, l'éruption basaltique épuisée, le volcan, dont la force s'accrut de celle des cratères éteints, donna passage aux laves & à ces tufs de cendres & de scories dont j'apercevais les longues coulées éparpillées sur ses flancs comme une chevelure opulente.

Telle fut la succession des phénomènes qui constituèrent l'Islande; tous provenaient de l'action des feux intérieurs, & supposer que la masse interne ne demeurait pas dans un état permanent d'incandescente liquidité, c'était folie. Folie surtout de prétendre atteindre le centre du globe!

Je me rassurais donc sur l'issue de notre entreprise, tout en marchant à l'assaut du Sneffels.

La route devenait de plus en plus difficile; le sol montait; les éclats de roches s'ébranlaient, & il fallait la plus scrupuleuse attention pour éviter des chutes dangereuses.

Hans s'avançait tranquillement comme sur un terrain uni; parfois il disparaissait derrière les grands blocs, & nous le perdions de vue momentanément; alors un sifflement aigu, échappé de ses lèvres, indiquait la direction à suivre. Souvent aussi il s'arrêtait, ramassait quelques débris de rocs, les disposait d'une façon reconnaissable & formait ainsi des amers destinés à indiquer la route du retour. Précaution bonne en soi, mais que les événements futurs rendirent inutile.

Trois fatigantes heures de marche nous avaient
amenés seulement à la base de la montagne. Là,
Hans fit signe de s'arrêter, & un déjeuner sommaire fut partagé entre tous. Mon oncle man-
geait les morceaux doubles pour aller plus vite.
Seulement, cette halte de réfection étant aussi une
halte de repos, il dut attendre le bon plaisir du
guide, qui donna le signal du départ une heure
après. Les trois Islandais, aussi taciturnes que leur
camarade le chasseur, ne prononcèrent pas un seul
mot & mangèrent sobrement.

Nous commencions maintenant à gravir les
pentes du Sneffels ; son neigeux sommet, par une
illusion d'optique fréquente dans les montagnes,
me paraissait fort rapproché, & cependant, que de
longues heures avant de l'atteindre ! quelle fatigue
surtout ! Les pierres qu'aucun ciment de terre,
aucune herbe ne liaient entre elles, s'éboulaient
sous nos pieds & allaient se perdre dans la plaine
avec la rapidité d'une avalanche.

En de certains endroits, les flancs du mont faisaient avec l'horizon un angle de trente-six degrés
au moins ; il était impossible de les gravir, & ces
roidillons pierreux devaient être tournés non sans
difficulté. Nous nous prétions alors un mutuel
secours à l'aide de nos bâtons.

Je dois dire que mon oncle se tenait près de moi
le plus possible: il ne me perdait pas de vue, &,

en mainte occasion, son bras me fournit un solide
appui. Pour son compte, il avait sans doute le sentiment inné de l'équilibre, car il ne bronchait pas.
Les Islandais, quoique chargés, grimpaient avec
une agilité de montagnards.

A voir la hauteur de la cime du Sneffels, il me
semblait impossible qu'on pût l'atteindre de ce côté,
si l'angle d'inclinaison des pentes ne se fermait
pas. Heureusement, après une heure de fatigues
& de tours de force, au milieu du vaste tapis de
neige développé sur la croupe du volcan, une sorte
d'escalier se présenta inopinément, qui simplifia
notre ascension. Il était formé par l'un de ces torrents de pierres rejetées par les éruptions, & dont
le nom islandais est « stinâ ». Si ce torrent n'eût
pas été arrêté dans sa chute par la disposition des
flancs de la montagne, il serait allé se précipiter
dans la mer & former des îles nouvelles.

Tel il était, tel il nous servit fort ; la roideur
des pentes s'accroissait, mais ces marches de pierre
permettaient de les gravir aisément, & si rapidement même, qu'étant resté un moment en arrière
pendant que mes compagnons continuaient leur
ascension, je les aperçus déjà réduits, par l'éloigne-
ment, à une apparence microscopique.

A sept heures du soir nous avions monté les
deux mille marches de l'escalier, & nous domi-
nions une extumescence de la montagne, sorte d'as-

sise sur laquelle s'appuyait le cône proprement dit
du cratère.

La mer s'étendait à une profondeur de trois mille
deux cents pieds ; nous avions dépassé la limite
des neiges perpétuelles, assez peu élevées en Islande
par suite de l'humidité constante du climat. Il faisait un froid violent ; le vent soufflait avec force.
J'étais épuisé. Le professeur vit bien que mes jambes
me refusaient tout service, & malgré son impatience,
il se décida à s'arrêter. Il fit donc signe au chasseur, qui secoua la tête en disant :

— « Ofvanför. »

— Il paraît qu'il faut aller plus haut, dit mon
oncle.

Puis il demanda à Hans le motif de sa réponse.

— « Mistour », répondit le guide.

— « Ja, mistour, » répéta l'un des Islandais d'un
ton assez effrayé.

— Que signifie ce mot? demandai-je avec inquiétude.

— Vois, » dit mon oncle.

Je portai mes regards vers la plaine ; une immense colonne de pierre ponce pulvérisée, de sable
& de poussière s'élevait en tournoyant comme
une trombe ; le vent la rabattait sur le flanc du
Sneffels, auquel nous étions accrochés ; ce rideau
opaque étendu devant le soleil produisait une
grande ombre jetée sur la montagne. Si cette trombe

s'inclinait, elle devait inévitablement nous enlacer dans ses tourbillons. Ce phénomène, assez fréquent lorsque le vent souffle des glaciers, prend le nom de « mistour » en langue islandaise.

— « Hastigt, hastigt, » s'écria notre guide.

Sans savoir le danois, je compris qu'il nous fallait suivre Hans au plus vite. Celui-ci commença à tourner le cône du cratère, mais en biaisant, de manière à faciliter la marche ; bientôt, la trombe s'abattit sur la montagne, qui tressaillit à son choc ; les pierres saisies dans les remous du vent volèrent en pluie comme dans une éruption. Nous étions, heureusement, sur le versant opposé & à l'abri de tout danger ; sans la précaution du guide, nos corps déchiquetés, réduits en poussière, fussent retombés au loin comme le produit de quelque météore inconnu.

Cependant Hans ne jugea pas prudent de passer la nuit sur les flancs du cône. Nous continuâmes notre ascension en zigzag ; les quinze cents pieds qui restaient à franchir prirent près de cinq heures ; les détours, les biais & contre-marches mesuraient trois lieues au moins. Je n'en pouvais plus ; je succombais au froid & à la faim. L'air, un peu raréfié, ne suffisait pas au jeu de mes poumons.

Enfin, à onze heures du soir, en pleine obscurité, le sommet du Sneffels fut atteint, &, avant d'aller m'abriter à l'intérieur du cratère, j'eus le temps

d'apercevoir « le soleil de minuit » au plus bas de sa
carrière, projetant ses pâles rayons sur l'île endor-
mie à mes pieds.

XVI

Le souper fut rapidement dévoré & la petite
troupe se casa de son mieux. La couche était dure,
l'abri peu solide, la situation fort pénible, à cinq
mille pieds au-dessus du niveau de la mer. Cependant mon sommeil fut particulièrement paisible pendant cette nuit, l'une des meilleures que
j'eusse passées depuis longtemps. Je ne rêvai même
pas.

Le lendemain on se réveilla à demi gelé par
un air très-vif, aux rayons d'un beau soleil. Je
quittai ma couche de granit & j'allai jouir du
magnifique spectacle qui se développait à mes
regards.

J'occupais le sommet de l'un des deux pics du
Sneffels, celui du sud. De là ma vue s'étendait
sur la plus grande partie de l'île; l'optique, commune à toutes les grandes hauteurs, en relevait les

rivages, tandis que les parties centrales paraissaient s'enfoncer. On eût dit qu'une de ces cartes en relief d'Helbesmer s'étalait sous mes pieds ; je voyais les vallées profondes se croiser en tous sens, les préci- pices se creuser comme des puits, les lacs se changer en étangs, les rivières se faire ruisseaux. Sur ma droite se succédaient les glaciers sans nombre & les pics multipliés, dont quelques-uns s'empana- chaient de fumées légères. Les ondulations de ces montagnes infinies, que leurs couches de neige semblaient rendre écumantes, rappelaient à mon souvenir la surface d'une mer agitée. Si je me re- tournais vers l'ouest, l'Océan s'y développait dans sa majestueuse étendue, comme une continuation de ces sommets moutonneux. Où finissait la terre, où commençaient les flots, mon œil le distinguait à peine.

Je me plongeais ainsi dans cette prestigieuse ex- tase que donnent les hautes cimes, & cette fois, sans vertige, car je m'accoutumais enfin à ces sublimes contemplations. Mes regards éblouis se baignaient dans la transparente irradiation des rayons solaires. J'oubliais qui j'étais, où j'étais, pour vivre de la vie des elfes ou des sylphes, imaginaires habitants de la mythologie scandinave ; je m'enivrais de la volupté des hauteurs, sans songer aux abîmes dans lesquels ma destinée allait me plonger avant peu. Mais je fus ramené au sentiment de la réalité par l'arrivée du professeur & de Hans, qui me rejoignirent au sommet du pic.

Mon oncle, se tournant vers l'ouest, m'indiqua de la main une légère vapeur, une brume, une apparence de terre qui dominait la ligne des flots.

« Le Groënland, dit-il.

— Le Groënland ? m'écriai-je.

— Oui; nous n'en sommes pas à trente-cinq lieues, & pendant les dégels les ours blancs arrivent jusqu'à l'Islande, portés sur les glaçons du nord. Mais cela importe peu. Nous sommes au sommet du Sneffels; voici deux pics, l'un au sud, l'autre au nord. Hans va nous dire de quel nom les Islandais appellent celui qui nous porte en ce moment. »

La demande formulée, le chasseur répondit :

« Scartaris. »

Mon oncle me jeta un coup d'œil triomphant.

« Au cratère! » dit-il.

Le cratère du Sneffels représentait un cône renversé dont l'orifice pouvait avoir une demi-lieue de diamètre. Sa profondeur, je l'estimais à deux mille pieds environ. Que l'on juge de l'état d'un pareil récipient, lorsqu'il s'emplissait de tonnerres & de flammes. Le fond de l'entonnoir ne devait pas mesurer plus de cinq cents pieds de tour, de telle sorte que ses pentes assez douces permettaient d'arriver facilement à sa partie inférieure. Involontairement je comparais ce cratère à un énorme tromblon évasé, & la comparaison m'épouvantait.

« Descendre dans un tromblon, pensai-je, quand il est peut-être chargé & qu'il peut partir au moindre choc, c'est l'œuvre de fous. »

Mais je n'avais pas à reculer. Hans, d'un air indifférent, reprit la tête de la troupe. Je le suivis sans mot dire.

Afin de faciliter la descente, Hans décrivait à l'intérieur du cône des ellipses très-allongées; il fallait marcher au milieu des roches éruptives, dont quelques-unes, ébranlées dans leurs alvéoles, se précipitaient en rebondissant jusqu'au fond de l'abîme. Leur chute déterminait des réverbérations d'échos d'une étrange sonorité.

Certaines parties du cône formaient des glaciers intérieurs; Hans ne s'avançait alors qu'avec une extrême précaution, sondant le sol de son bâton ferré pour y découvrir les crevasses. A de certains passages douteux il devint nécessaire de nous lier par une longue corde, afin que celui auquel le pied viendrait à manquer inopinément se trouvât soutenu par ses compagnons. Cette solidarité était chose prudente, mais elle n'excluait pas tout danger.

Cependant, & malgré les difficultés de la descente sur des pentes que le guide ne connaissait pas, la route se fit sans accident, sauf la chute d'un ballot de cordes qui s'échappa des mains d'un Islandais

& alla par le plus court jusqu'au fond de l'abîme.

A midi nous étions arrivés. Je relevai la tête,
& j'aperçus l'orifice supérieur du cône, dans lequel s'encadrait un morceau de ciel d'une circonférence singulièrement réduite, mais presque
parfaite. Sur un point seulement se détachait le
pic du Scartaris, qui s'enfonçait dans l'immensité.

Au fond du cratère s'ouvraient trois cheminées
par lesquelles, au temps des éruptions du Sneffels,
le foyer central chassait ses laves & ses vapeurs.
Chacune de ces cheminées avait environ cent pieds
de diamètre. Elles étaient là béantes sous nos pas.
Je n'eus pas la force d'y plonger mes regards. Le
professeur Lidenbrock, lui, avait fait un examen
rapide de leur disposition; il était haletant; il
courait de l'une à l'autre, gesticulant & lançant
des paroles incompréhensibles. Hans & ses compagnons, assis sur des morceaux de lave, le regardaient faire; ils le prenaient évidemment pour un
fou.

Tout à coup mon oncle poussa un cri; je crus
qu'il venait de perdre pied & de tomber dans l'un
des trois gouffres. Mais non. Je l'aperçus, les bras
étendus, les jambes écartées, debout devant un roc
de granit posé au centre du cratère, comme un
énorme piédestal fait pour la statue d'un Pluton. Il
était dans la pose d'un homme stupéfait, mais dont
la stupéfaction fit bientôt place à une joie insensée.

« Axel, Axel! s'écria-t-il, viens! viens! »

J'accourus. Ni Hans ni les Islandais ne bou-
gèrent.

« Regarde, » me dit le professeur.

Et, partageant sa stupéfaction, sinon sa joie, je
lus sur la face occidentale du bloc, en caractères
runiques à demi rongés par le temps, ce nom mille
fois maudit :

ⱭⱢⱭⴸ ⱲⱣⱤⱪⴸⱲⱲⱵⰖ

« Arne Saknussemm! s'écria mon oncle, doute-
ras-tu encore? »

Je ne répondis pas, & je revins consterné à mon
banc de lave. L'évidence m'écrasait.

Combien de temps demeurai-je ainsi plongé dans
mes réflexions, je l'ignore. Tout ce que je sais, c'est
qu'en relevant la tête je vis mon oncle & Hans
seuls au fond du cratère. Les Islandais avaient
été congédiés, & maintenant ils redescendaient les
pentes extérieures du Sneffels pour regagner Stapi.

Hans dormait tranquillement au pied d'un roc,
dans une coulée de lave où il s'était fait un lit im-
provisé; mon oncle tournait au fond du cratère,
comme une bête sauvage dans la fosse d'un trap-
peur. Je n'eus ni l'envie ni la force de me lever, &
prenant exemple sur le guide, je me laissai aller
à un douloureux assoupissement, croyant entendre

3

des bruits ou sentir des frissonnements dans les flancs de la montagne.

Ainsi se passa cette première nuit au fond du cratère.

Le lendemain, un ciel gris, nuageux, lourd, s'abaissa sur le sommet du cône. Je ne m'en aperçus pas tant à l'obscurité du gouffre qu'à la colère dont mon oncle fut pris.

J'en compris la raison, & un reste d'espoir me revint au cœur. Voici pourquoi.

Des trois routes ouvertes sous nos pas une seule avait été suivie par Saknussemm. Au dire du savant islandais, on devait la reconnaître à cette particularité signalée dans le cryptogramme, que l'ombre du Scartaris venait en caresser les bords pendant les derniers jours du mois de juin.

On pouvait en effet considérer ce pic aigu comme le style d'un immense cadran solaire, dont l'ombre à un jour donné marquait le chemin du centre du globe.

Or, si le soleil venait à manquer, pas d'ombre. Conséquemment, pas d'indication. Nous étions au 25 juin. Que le ciel demeurât couvert pendant six jours, & il faudrait remettre l'observation à une autre année.

Je renonce à peindre l'impuissante colère du professeur Lidenbrock. La journée se passa, & aucune ombre ne vint s'allonger sur le fond du cratère. Hans ne bougea pas de sa place; il devait pourtant se demander ce que nous attendions, s'il se demandait quelque chose! Mon oncle ne m'adressa pas une seule fois la parole. Ses regards, invariablement tournés vers le ciel, se perdaient dans sa teinte grise & brumeuse.

Le 26, rien encore. Une pluie mêlée de neige tomba pendant toute la journée. Hans construisit une hutte avec des morceaux de lave. Je pris un certain plaisir à suivre de l'œil les milliers de cascades improvisées sur les flancs du cône, & dont chaque pierre accroissait l'assourdissant murmure.

Mon oncle ne se contenait plus. Il y avait de quoi irriter un homme plus patient, car c'était véritablement échouer au port.

Mais aux grandes douleurs le ciel mêle incessamment les grandes joies, & il réservait au professeur Lidenbrock une satisfaction égale à ses désespérants ennuis.

Le lendemain le ciel fut encore couvert, mais le dimanche, 28 juin, l'antépénultième jour du mois, avec le changement de lune vint le changement de temps. Le soleil versa ses rayons à flots dans le cratère. Chaque monticule, chaque roc, chaque pierre, chaque aspérité eut part à sa bienfaisante effluve & projeta instantanément son ombre sur le sol. Entre toutes, celle du Scartaris

se dessina comme une vive arête & se mit à tourner insensiblement avec l'astre radieux.

Mon oncle tournait avec elle.

A midi, dans sa période la plus courte, elle vint
lécher doucement le bord de la cheminée centrale.

« C'est là ! s'écria le professeur, c'est là ! Au centre
du globe ! » ajouta-t-il en danois.

Je regardai Hans.

— « Forüt ! » fit tranquillement le guide.

— En avant ! » répondit mon oncle.

Il était une heure & treize minutes du soir.

XVII

Le véritable voyage commençait. Jusqu'alors les
fatigues l'avaient emporté sur les difficultés ; maintenant celles-ci allaient véritablement naître sous
nos pas.

Je n'avais point encore plongé mon regard dans
ce puits insondable où j'allais m'engouffrer. Le
moment était venu. Je pouvais encore ou prendre
mon parti de l'entreprise ou refuser de la tenter.
Mais j'eus honte de reculer devant le chasseur.
Hans acceptait si tranquillement l'aventure, avec

une telle indifférence, une si parfaite insouciance de tout danger, que je rougis à l'idée d'être moins brave que lui. Seul, j'aurais entamé la série des grands arguments; mais en présence du guide je me tus; un de mes souvenirs s'envola vers ma jolie Virlandaise, & je m'approchai de la cheminée centrale.

J'ai dit qu'elle mesurait cent pieds de diamètre, ou trois cents pieds de tour. Je me penchai au-dessus d'un roc qui surplombait, & je regardai; mes cheveux se hérissèrent. Le sentiment du vide s'empara de mon être. Je sentis le centre de gravité se déplacer en moi & le vertige monter à ma tête comme une ivresse. Rien de plus capiteux que cette attraction de l'abîme. J'allais tomber. Une main me retint. Celle de Hans. Décidément je n'avais pas pris assez de leçons de gouffre à la Frelsers-Kirk de Copenhague.

Cependant, si peu que j'eusse hasardé mes regards dans ce puits, je m'étais rendu compte de sa conformation. Ses parois, presque à pic, présentaient cependant de nombreuses saillies qui devaient faciliter la descente; mais si l'escalier ne manquait pas, la rampe faisait défaut. Une corde attachée à l'orifice aurait suffi pour nous soutenir mais comment la détacher, lorsqu'on serait parvenu à son extrémité inférieure?

Mon oncle employa un moyen fort simple pour

8.

obvier à cette difficulté. Il déroula une corde de la
grosseur du pouce & longue de quatre cents pieds;
il en laissa filer d'abord la moitié, puis il l'en-
roula autour d'un bloc de lave qui faisait saillie
& rejeta l'autre moitié dans la cheminée. Chacun
de nous pouvait alors descendre en réunissant dans
sa main les deux moitiés de la corde qui ne pouvait
se défiler; une fois descendus de deux cents pieds,
rien ne nous serait plus aisé que de la ramener
en lâchant un bout & en halant sur l'autre. Puis,
on recommencerait cet exercice « usque ad infini-
tum. »

« Maintenant, dit mon oncle après avoir achevé
ces préparatifs, occupons-nous des bagages; ils vont
être divisés en trois paquets, & chacun de nous en
attachera un sur son dos; j'entends parler seulement des objets fragiles. »

L'audacieux professeur ne nous comprenait évidemment pas dans cette dernière catégorie.

« Hans, reprit-il, va se charger des outils &
d'une partie des vivres; toi, Axel, d'un second tiers
des vivres & des armes; moi, du reste des vivres &
des instruments délicats.

— Mais, dis-je, & les vêtements, & cette masse
de cordes & d'échelles, qui se chargera de les descendre?

— Ils descendront tout seuls.

— Comment cela? demandai-je fort étonné.

— Tu vas le voir. »

Mon oncle employait volontiers les grands moyens & sans hésiter. Sur son ordre, Hans réunit en un seul colis les objets non fragiles, & ce paquet, solidement cordé, fut tout bonnement précipité dans le gouffre.

J'entendis ce mugissement sonore produit par le déplacement des couches d'air. Mon oncle, penché sur l'abîme, suivait d'un œil satisfait la descente de ses bagages, & ne se releva qu'après les avoir perdus de vue.

« Bon, fit-il. A nous maintenant. »

Je demande à tout homme de bonne foi s'il était possible d'entendre sans frissonner de telles paroles !

Le professeur attacha sur son dos le paquet des instruments ; Hans prit celui des outils, moi celui des armes. La descente commença dans l'ordre suivant : Hans, mon oncle & moi. Elle se fit dans un profond silence, troublé seulement par la chute des débris de roc qui se précipitaient dans l'abîme.

Je me laissai couler, pour ainsi dire, serrant frénétiquement la double corde d'une main, de l'autre m'arc-boutant au moyen de mon bâton ferré. Une idée unique me dominait : je craignais que le point d'appui ne vînt à manquer. Cette corde me paraissait bien fragile pour supporter le poids de trois personnes. Je m'en servais le moins possible, opérant des miracles d'équilibre sur les saillies de lave que mon pied cherchait à saisir comme une main.

Lorsqu'une de ces marches glissantes venait à s'ébranler sous les pas de Hans, il disait de sa voix tranquille :

— « Gif akt ! »

— Attention ! » répétait mon oncle.

Après une demi-heure, nous étions arrivés sur la surface d'un roc fortement engagé dans le paroi de la cheminée.

Hans tira la corde par l'un de ses bouts; l'autre s'éleva dans l'air; après avoir dépassé le rocher supérieur, il retomba en râclant les morceaux de pierres & de laves, sorte de pluie, ou mieux, de grêle fort dangereuse.

En me penchant au-dessus de notre étroit plateau, je remarquai que le fond du trou était encore invisible.

La manœuvre de la corde recommença, & une demi-heure après nous avions gagné une nouvelle profondeur de deux cents pieds.

Je ne sais si le plus enragé géologue eût essayé d'étudier, pendant cette descente, la nature des terrains qui l'environnaient. Pour mon compte, je ne m'en inquiétai guère; qu'ils fussent pliocènes, miocènes, éocènes, crétacés, jurassiques, triasiques, perniens, carbonifères, dévoniens, siluriens ou primitifs, cela me préoccupa peu. Mais le professeur, sans doute, fit ses observations ou prit ses notes, car, à l'une des haltes, il me dit :

« Plus je vais, plus j'ai confiance ; la disposition de ces terrains volcaniques donne absolument raison à la théorie de Davy. Nous sommes en plein sol primordial, sol dans lequel s'est produit l'opération chimique des métaux enflammés au contact de l'air & de l'eau ; je repousse absolument le système d'une chaleur centrale ; d'ailleurs, nous verrons bien. »

Toujours la même conclusion. On comprend que je ne m'amusai pas à discuter. Mon silence fut pris pour un assentiment, & la descente recommença.

Au bout de trois heures, je n'entrevoyais pas encore le fond de la cheminée. Lorsque je relevais la tête, j'apercevais son orifice qui décroissait sensiblement ; ses parois, par suite de leur légère inclinaison, tendaient à se rapprocher. L'obscurité se faisait peu à peu.

Cependant nous descendions toujours ; il me semblait que les pierres détachées des parois s'engloutissaient avec une répercussion plus mate & qu'elles devaient rencontrer promptement le fond de l'abîme.

Comme j'avais eu soin de noter exactement nos manœuvres de corde, je pus me rendre un

compte exact de la profondeur atteinte & du temps
écoulé.

Nous avions alors répété quatorze fois cette
manœuvre qui durait une demi-heure. C'était
donc sept heures, plus quatorze quarts d'heure de
repos ou trois heures & demie. En tout, dix heures
& demie. Nous étions partis à une heure, il devait
être onze heures en ce moment.

Quant à la profondeur à laquelle nous étions
parvenus, ces quatorze manœuvres d'une corde de
deux cents pieds donnaient deux mille huit cents
pieds.

En ce moment la voix de Hans se fit entendre :
— « Halt ! » dit-il.

Je m'arrêtai court au moment où j'allais heurter
de mes pieds la tête de mon oncle.

« Nous sommes arrivés, dit celui-ci.

— Où ? demandai-je en me laissant glisser près
de lui.

— Au fond de la cheminée perpendiculaire.

— Il n'y a donc pas d'autre issue ?

— Si, une sorte de couloir que j'entrevois & qui
oblique vers la droite. Nous verrons cela demain.
Soupons d'abord & nous dormirons après. »

L'obscurité n'était pas encore complète. On ouvrit le sac aux provisions, on mangea & l'on se
coucha de son mieux sur un lit de pierres & de débris de lave.

Et quand, étendu sur le dos, j'ouvris les yeux, j'aperçus un point brillant à l'extrémité de ce tube long de trois mille pieds, qui se transformait en une gigantesque lunette.

C'était une étoile dépouillée de toute scintillation & qui, d'après mes calculs, devait être ϐ de la petite Ourse.

Puis je m'endormis d'un profond sommeil.

XVIII

A huit heures du matin, un rayon du jour vint nous réveiller. Les mille facettes de lave des parois le recueillaient à son passage & l'éparpillaient comme une pluie d'étincelles.

Cette lueur était assez forte pour permettre de distinguer les objets environnants.

« Eh bien ! Axel, qu'en dis-tu ? fit mon oncle en se frottant les mains. As-tu jamais passé une nuit plus paisible dans notre maison de König-strasse ? Plus de bruit de charrettes, plus de cris de marchands, plus de vociférations de bateliers !

— Sans doute nous sommes fort tranquilles au fond de ce puits ; mais ce calme même a quelque chose d'effrayant.

— Allons donc, s'écria mon oncle, si tu t'effrayes déjà, que sera-ce plus tard? Nous ne sommes pas encore entrés d'un pouce dans les entrailles de la terre?

— Que voulez-vous dire?

— Je veux dire que nous avons atteint seulement le sol de l'île! Ce long tube vertical, qui aboutit au cratère du Sneffels, s'arrête à peu près au niveau de la mer.

— En êtes-vous certain?

— Très-certain; consulte le baromètre, tu verras!

En effet, le mercure, après avoir peu à peu remonté dans l'instrument à mesure que notre descente s'effectuait, s'était arrêté à vingt-neuf pouces.

« Tu le vois, reprit le professeur, nous n'avons encore que la pression d'une atmosphère, & il me tarde que le manomètre vienne remplacer ce baromètre. »

Cet instrument allait, en effet, nous devenir inutile, du moment que le poids de l'air dépasserait sa pression calculée au niveau de l'Océan.

« Mais, dis-je, n'est-il pas à craindre que cette pression toujours croissante ne soit fort pénible?

— Non. Nous descendrons lentement, & nos poumons s'habitueront à respirer une atmosphère plus comprimée. Les aéronautes finissent par manquer d'air en s'élevant dans les couches supérieures; nous, nous en aurons trop peut-être. Mais j'aime mieux cela. Ne perdons pas un instant. Où est le paquet qui nous a précédés dans l'intérieur de la montagne?

Je me souvins alors que nous l'avions vainement cherché la veille au soir. Mon oncle interrogea Hans, qui, après avoir regardé attentivement avec ses yeux de chasseur, répondit :

— « Der huppe! »

— Là-haut. »

En effet, ce paquet était accroché à une saillie de roc, à une centaine de pieds au-dessus de notre tête. Aussitôt l'agile Islandais grimpa comme un chat &, en quelques minutes, le paquet nous rejoignit.

« Maintenant, dit mon oncle, déjeunons; mais déjeunons comme des gens qui peuvent avoir une longue course à faire. »

Le biscuit & la viande sèche furent arrosés de quelques gorgées d'eau mêlée de genièvre.

Le déjeuner terminé, mon oncle tira de sa poche un carnet destiné aux observations; il prit successivement ses divers instruments & nota les données suivantes :

Lundi 1er juillet.

Chronomètre : 8 h. 17 m. du matin.
Baromètre : 29 p. 7 l.
Thermomètre : 6°.
Direction : E.-S.-E.

Cette dernière observation s'appliquait à la galerie obscure & fut donnée par la boussole.

« Maintenant, Axel, s'écria le professeur d'une voix enthousiaste, nous allons nous enfoncer véritablement dans les entrailles du globe. Voici donc le moment précis auquel notre voyage commence. »

Cela dit, mon oncle prit d'une main l'appareil de Ruhmkorff suspendu à son cou ; de l'autre, il mit en communication le courant électrique avec le serpentin de la lanterne, & une assez vive lumière dissipa les ténèbres de la galerie.

Hans portait le second appareil, qui fut également mis en activité. Cette ingénieuse application de l'électricité nous permettait d'aller longtemps en créant un jour artificiel, même au milieu des gaz les plus inflammables.

« En route ! » fit mon oncle.

Chacun reprit son ballot. Hans se chargea de pousser devant lui le paquet des cordages & des habits, &, moi troisième, nous entrâmes dans la galerie.

Au moment de m'engouffrer dans ce couloir obscur, je relevai la tête, & j'aperçus une dernière fois, par le champ de l'immense tube, ce ciel de l'Islande « que je ne devais plus jamais revoir. »

La lave, à la dernière éruption de 1229, s'était frayé un passage à travers ce tunnel. Elle tapissait l'intérieur d'un enduit épais & brillant ; la lumière électrique s'y réfléchissait en centuplant son intensité.

Toute la difficulté de la route consistait à ne pas glisser trop rapidement sur une pente inclinée à quarante-cinq degrés environ ; heureusement, certaines érosions, quelques boursouflures, tenaient lieu de marches, & nous n'avions qu'à descendre en laissant filer nos bagages retenus par une longue corde.

Mais ce qui se faisait marche sous nos pieds devenait stalactites sur les autres parois ; la lave, poreuse en de certains endroits, présentait de petites ampoulesarrondies ; des cristaux de quartz opaque, ornés de limpides gouttes de verre & suspendus à la voûte comme des lustres, semblaient s'allumer à notre passage. On eût dit que les génies du gouffre illuminaient leur palais pour recevoir les hôtes de la terre.

« C'est magnifique ! m'écriai-je involontairement. Quel spectacle , mon oncle ! Admirez-vous ces nuances de la lave qui vont du rouge brun au jaune éclatant par dégradations insensibles ? Et ces cristaux qui nous apparaissent comme des globes lumineux ?

— Ah ! tu y viens, Axel ! répondit mon oncle. Ah ! tu trouves cela splendide, mon garçon ! Tu en verras bien d'autres, je l'espère. Marchons ! marchons ! »

Il aurait dit plus justement « glissons, » car nous
nous laissions aller sans fatigue sur des pentes
inclinées. C'était le « facilis descensus Averni, »
de Virgile. La boussole, que je consultais fréquemment, indiquait la direction du sud-est avec une
imperturbable rigueur. Cette coulée de lave n'obli-
quait ni d'un côté ni de l'autre. Elle avait l'inflexi-
bilité de la ligne droite.

Cependant la chaleur n'augmentait pas d'une
façon sensible ; cela donnait raison aux théories
de Davy, & plus d'une fois je consultai le thermomètre avec étonnement. Deux heures après le
départ, il ne marquait encore que 10°, c'est-à-dire
un accroissement de 4°. Cela m'autorisait à penser que notre descente était plus horizontale que
verticale. Quant à connaître exactement la profondeur atteinte, rien de plus facile. Le professeur
mesurait exactement les angles de déviation & d'inclinaison de la route, mais il gardait pour lui le
résultat de ses observations.

Le soir, vers huit heures, il donna le signal d'arrêt. Hans aussitôt s'assit ; les lampes furent accro-
chées à une saillie de lave. Nous étions dans une
sorte de caverne où l'air ne manquait pas. Au contraire. Certains souffles arrivaient jusqu'à nous.
Quelle cause les produisait ? A quelle agitation atmosphérique attribuer leur origine ? C'est une question que je ne cherchai pas à résoudre en ce moment ;

la faim & la fatigue me rendaient incapable de rai-
sonner. Une descente de sept heures consécutives ne
se fait pas sans une grande dépense de forces.
J'étais épuisé. Le mot halte me fit donc plaisir à entendre. Hans étala quelques provisions sur un
bloc de lave, & chacun mangea avec appétit.
Cependant une chose m'inquiétait; notre réserve
d'eau était à demi consommée. Mon oncle comptait la refaire aux sources souterraines, mais jusqu'alors celles-ci manquaient absolument. Je ne
pus m'empêcher d'attirer son attention sur ce
sujet.

« Cette absence de sources te surprend? dit-il.

— Sans doute, & même elle m'inquiète; nous
n'avons plus d'eau que pour cinq jours.

— Sois tranquille, Axel, je te réponds que nous
trouverons de l'eau, & plus que nous n'en vou-
drons.

— Quand cela?

— Quand nous aurons quitté cette enveloppe de
lave. Comment veux-tu que des sources jaillissent
à travers ces parois?

— Mais peut-être cette coulée se prolonge-t-elle
à de grandes profondeurs? Il me semble que nous
n'avons pas encore fait beaucoup de chemin verticalement?

— Qui te fait supposer cela?

— C'est que, si nous étions très-avancés dans l'intérieur de l'écorce terrestre, la chaleur serait plus forte.

— D'après ton système, répondit mon oncle; & qu'indique le thermomètre?

— Quinze degrés à peine, ce qui ne fait qu'un accroissement de neuf degrés depuis notre départ.

— Eh bien, conclus.

— Voici ma conclusion. D'après les observations les plus exactes, l'augmentation de la température à l'intérieur du globe est d'un degré par cent pieds. Mais certaines conditions de localité peuvent modifier ce chiffre. Ainsi, à Yakoust en Sibérie, on a remarqué que l'accroissement d'un degré avait lieu par trente-six pieds; cela dépend évidemment de la conductibilité des roches. J'ajouterai aussi que, dans le voisinage d'un volcan éteint, & à travers le gneiss, on a remarqué que l'élévation de la température était d'un degré seulement pour cent vingt-cinq pieds. Prenons donc cette dernière hypothèse, qui est la plus favorable, & calculons.

— Calcule, mon garçon.

— Rien n'est plus facile, dis-je en disposant des chiffres sur mon carnet. Neuf fois cent vingt-cinq pieds donnent onze cent vingt-cinq pieds de profondeur.

— Rien de plus exact.

— Eh bien?

— Eh bien, d'après mes observations, nous sommes arrivés à dix mille pieds au-dessous du niveau de la mer.

— Est-il possible?

— Oui, ou les chiffres ne sont plus les chiffres ! »

Les calculs du professeur étaient exacts ; nous avions déjà dépassé de six mille pieds les plus grandes profondeurs atteintes par l'homme, telles que les mines de Kitz-Bahl dans le Tyrol, & celles de Wuttemberg en Bohême.

La température, qui aurait dû être de quatre-vingt-un degrés en cet endroit, était de quinze à peine. Cela donnait singulièrement à réfléchir.

XIX

Le lendemain, mardi 30 juin, à six heures, la descente fut reprise.

Nous suivions toujours la galerie de lave, véritable rampe naturelle, douce comme ces plans inclinés qui remplacent encore l'escalier dans les vieilles maisons. Ce fut ainsi jusqu'à midi dix-sept minutes, instant précis où nous rejoignîmes Hans, qui venait de s'arrêter.

« Ah! s'écria mon oncle, nous sommes parvenus à l'extrémité de la cheminée. »

Je regardai autour de moi; nous étions au centre d'un carrefour, auquel deux routes venaient
aboutir, toutes deux sombres & étroites. Laquelle
convenait-il de prendre? Il y avait là une difficulté.

Cependant mon oncle ne voulut paraître hésiter
ni devant moi ni devant le guide; il désigna le
tunnel de l'est, & bientôt nous y étions enfoncés
tous les trois.

D'ailleurs, toute hésitation devant ce double chemin se serait prolongée indéfiniment, car nul
indice ne pouvait déterminer le choix de l'un ou de
l'autre; il fallait s'en remettre absolument au hasard.

La pente de cette nouvelle galerie était peu sensible, & sa section fort inégale; parfois une succession d'arceaux se déroulait devant nos pas comme
les contre-nefs d'une cathédrale gothique; les artistes du moyen âge auraient pu étudier là toutes
les formes de cette architecture religieuse qui a l'ogive pour générateur. Un mille plus loin, notre tête
se courbait sous les cintres surbaissés du style
roman, & de gros piliers engagés dans le massif
pliaient sous la retombée des voûtes. A de certains
endroits, cette disposition faisait place à de basses
substructions qui ressemblaient aux ouvrages des

castors, & nous nous glissions en rampant à travers d'étroits boyaux.

La chaleur se maintenait à un degré suppor-
table. Involontairement je songeais à son intensité, quand les laves vomies par le Sneffels se précipitaient par cette route si tranquille aujourd'hui.
Je m'imaginais les torrents de feu brisés aux angles
de la galerie & l'accumulation des vapeurs sur-
chauffées dans cet étroit milieu !

« Pourvu, pensai-je, que le vieux volcan ne
vienne pas à se reprendre d'une fantaisie tardive ! »

Ces réflexions, je ne les communiquai point à
l'oncle Lidenbrock ; il ne les eût pas comprises.
Son unique pensée était d'aller en avant. Il marchait, il glissait, il dégringolait même, avec une
conviction qu'après tout il valait mieux admirer.

A six heures du soir, après une promenade peu
fatigante, nous avions gagné deux lieues dans le
sud, mais à peine un quart de mille en profondeur.

Mon oncle donna le signal du repos. On mangea
sans trop causer, & l'on s'endormit sans trop réfléchir.

Nos dispositions pour la nuit étaient fort simples ;
une couverture de voyage, dans laquelle on se rou-
lait, composait toute la literie. Nous n'avions à redouter ni froid, ni visite importune. Les voyageurs
qui s'enfoncent au milieu des déserts de l'Afrique,
au sein des forêts du nouveau monde, sont forcés

9

de se veiller les uns les autres pendant les heures
du sommeil; mais ici, solitude absolue & sécurité,
complète. Sauvages ou bêtes féroces, aucune de ces
races malfaisantes n'était à craindre.

On se réveilla le lendemain frais & dispos. La
route fut reprise. Nous suivions un chemin de
lave comme la veille. Impossible de reconnaître la
nature des terrains qu'il traversait. Le tunnel, au
lieu de s'enfoncer dans les entrailles du globe,
tendait à devenir absolument horizontal. Je crus
remarquer même qu'il remontait vers la surface
de la terre. Cette disposition devint si manifeste
vers dix heures du matin, & par suite si fatigante,
que je fus forcé de modérer notre marche.

« Eh bien, Axel? dit impatiemment le professeur.

— Eh bien, je n'en peux plus, répondis-je.

— Quoi! après trois heures de promenade sur
une route si facile!

— Facile, je ne dis pas non, mais fatigante à
coup sûr.

— Comment! quand nous n'avons qu'à descendre!

— A monter, ne vous en déplaise!

— A monter! fit mon oncle en haussant les épaules.

— Sans doute. Depuis une demi-heure, les pentes
se sont modifiées, & à les suivre ainsi, nous reviendrons certainement à la terre d'Islande. »

Le professeur remua la tête en homme qui ne veut pas être convaincu. J'essayai de reprendre la conversation. Il ne me répondit pas & donna le signal du départ. Je vis bien que son silence n'était que de la mauvaise humeur concentrée.

Cependant j'avais repris mon fardeau avec courage, & je suivais rapidement Hans, que précédait mon oncle. Je tenais à ne pas être distancé ; ma grande préoccupation était de ne point perdre mes compagnons de vue. Je frémissais à la pensée de m'égarer dans les profondeurs de ce labyrinthe.

D'ailleurs, si la route ascendante devenait plus pénible, je m'en consolais en songeant qu'elle me rapprochait de la surface de la terre. C'était un espoir. Chaque pas le confirmait.

A midi un changement d'aspect se produisit dans les parois de la galerie. Je m'en aperçus à l'affaiblissement de la lumière électrique réfléchie par les murailles. Au revêtement de lave succédait la roche vive ; le massif se composait de couches inclinées & souvent disposées verticalement. Nous étions en pleine époque de transition, en pleine période silurienne (1).

« C'est évident, m'écriai-je, les sédiments des eaux ont formé, à la seconde époque de la terre,

(1) Ainsi nommée parce que les terrains de cette période sont fort étendus en Angleterre, dans les contrées habitées autrefois par la peuplade celtique des Silures.

ces schistes, ces calcaires & ces grès ! Nous tournons le dos au massif granitique ! Nous ressemblons à des gens de Hambourg, qui prendraient le chemin de Hanovre pour aller à Lubeck. »

J'aurais dû garder pour moi mes observations. Mais mon tempérament de géologue l'emporta sur la prudence, & l'oncle Lidenbrock entendit mes exclamations.

« Qu'as-tu donc ? dit-il.

— Voyez ! répondis-je en lui montrant la succession variée des grès, des calcaires & les premiers indices des terrains ardoisés.

— Eh bien ?

— Nous voici arrivés à cette période pendant laquelle ont apparu les premières plantes & les premiers animaux !

— Ah ! tu penses ?

— Mais regardez, examinez, observez ! »

Je forçai le professeur à promener sa lampe sur les parois de la galerie. Je m'attendais à quelque exclamation de sa part. Mais, loin de là, il ne dit pas un mot, & continua sa route.

M'avait-il compris ou non ? Ne voulait-il pas convenir, par amour-propre d'oncle & de savant, qu'il s'était trompé en choisissant le tunnel de l'est, ou tenait-il à reconnaître ce passage jusqu'à son extrémité ? Il était évident que nous avions quitté la route des laves, & que ce chemin ne pouvait conduire au foyer du Sneffels.

Cependant je me demandai si je n'accordais pas une trop grande importance à cette modification des terrains. Ne me trompais-je pas moi-même? Traversions-nous réellement ces couches de roches superposées au massif granitique?

« Si j'ai raison, pensai-je, je dois trouver quelque débris de plante primitive, & il faudra bien se rendre à l'évidence. Cherchons. »

Je n'avais pas fait cent pas que des preuves incontestables s'offrirent à mes yeux. Cela devait être, car, à l'époque silurienne, les mers renfermaient plus de quinze cents espèces végétales ou animales. Mes pieds, habitués au sol dur des laves, foulèrent tout à coup une poussière faite de débris de plantes & de coquilles. Sur les parois se voyaient distinctement des empreintes de fucus & de lycopodes; le professeur Lidenbrock ne pouvait s'y tromper; mais il fermait les yeux, j'imagine, & continuait son chemin d'un pas invariable.

C'était de l'entêtement poussé hors de toutes limites. Je n'y tins plus. Je ramassai une coquille parfaitement conservée, qui avait appartenu à un animal à peu près semblable au cloporte actuel; puis je rejoignis mon oncle & je lui dis :

« Voyez!

— Eh bien, répondit-il tranquillement, c'est la

coquille d'un crustacé de l'ordre disparu des trilobites. Pas autre chose.

— Mais n'en concluez-vous pas?...

— Ce que tu conclus toi-même? Si. Parfaitement.
Nous avons abandonné la couche de granit & la
route des laves. Il est possible que je me sois
trompé; mais je ne serai certain de mon erreur
qu'au moment où j'aurai atteint l'extrémité de
cette galerie.

— Vous avez raison d'agir ainsi, mon oncle, & je
vous approuverais fort si nous n'avions à craindre
un danger de plus en plus menaçant.

— Et lequel?

— Le manque d'eau.

— Eh bien! nous nous rationnerons, Axel.

XX

En effet, il fallut se rationner. Notre provision
ne pouvait durer plus de trois jours. C'est ce que
je reconnus le soir au moment du souper. Et,
fâcheuse expectative, nous avions peu d'espoir de
rencontrer quelque source vive dans ces terrains de
l'époque de transition.

Pendant toute la journée du lendemain la galerie déroula devant nos pas ses interminables arceaux. Nous marchions presque sans mot dire. Le mutisme de Hans nous gagnait.

La route ne montait pas, du moins d'une façon sensible ; parfois même elle semblait s'incliner. Mais cette tendance, peu marquée d'ailleurs, ne devait pas rassurer le professeur, car la nature des couches ne se modifiait pas, & la période de transition s'affirmait davantage.

La lumière électrique faisait splendidement étinceler les schistes, le calcaire & les vieux grès rouges des parois ; on aurait pu se croire dans une tranchée ouverte au milieu du Devonshire, qui donna son nom à ce genre de terrains. Des spécimens de marbres magnifiques revêtaient les murailles, les uns, d'un gris agate avec des veines blanches capricieusement accusées, les autres, de couleur incarnat ou d'un jaune taché de plaques rouges, plus loin, des échantillons de ces griottes à couleurs sombres, dans lesquels le calcaire se relevait en nuances vives.

La plupart de ces marbres offraient des empreintes d'animaux primitifs ; mais, depuis la veille, la création avait fait un progrès évident. Au lieu des trilobites rudimentaires, j'apercevais des débris d'un ordre plus parfait ; entre autres, des poissons Ganoïdes & ces Sauropteris dans les-

quels l'œil du paléontologiste a su découvrir les
premières formes du reptile. Les mers dévoniennes
étaient habitées par un grand nombre d'animaux
de cette espèce, & elles les déposèrent par milliers
sur les roches de nouvelle formation.

Il devenait évident que nous remontions l'échelle
de la vie animale dont l'homme occupe le sommet.
Mais le professeur Lidenbrock ne paraissait pas y
prendre garde.

Il attendait deux choses : ou qu'un puits vertical
vint à s'ouvrir sous ses pieds & lui permettre de reprendre sa descente, ou qu'un obstacle l'empêchât
de continuer cette route. Mais le soir arriva sans
que cette espérance se fût réalisée.

Le vendredi, après une nuit pendant laquelle je
commençai à ressentir les tourments de la soif,
notre petite troupe s'enfonça de nouveau dans les
détours de la galerie.

Après dix heures de marche, je remarquai que la
réverbération de nos lampes sur les parois dimi-
nuait singulièrement. Le marbre, le schiste, le calcaire, le grès des murailles, faisaient place à un revêtement sombre & sans éclat. A un moment où le
tunnel devenait fort étroit, je m'appuyai sur sa
paroi.

Quand je retirai ma main, elle était entièrement
noire. Je regardai de plus près. Nous étions en
pleine houillère.

« Une mine de charbon! m'écriai-je.

— Une mine sans mineurs, répondit mon oncle.

— Eh! qui sait?

— Moi, je sais, répliqua le professeur d'un ton bref, & je suis certain que cette galerie percée à travers ces couches de houille n'a pas été faite de la main des hommes. Mais que ce soit ou non l'ouvrage de la nature, cela m'importe peu. L'heure du souper est venue. Soupons. »

Hans prépara quelques aliments. Je mangeai à peine, & je bus les quelques gouttes d'eau qui formaient ma ration. La gourde du guide à demi pleine, voilà tout ce qui restait pour désaltérer trois hommes.

Après leur repas, mes deux compagnons s'étendirent sur leurs couvertures & trouvèrent dans le sommeil un remède à leurs fatigues. Pour moi, je ne pus dormir, & je comptai les heures jusqu'au matin.

Le samedi, à six heures, on repartit. Vingt minutes plus tard, nous arrivions à une vaste excavation; je reconnus alors que la main de l'homme ne pouvait pas avoir creusé cette houillère; les voûtes en eussent été étançonnées, & véritablement elles ne se tenaient que par un miracle d'équilibre.

Cette espèce de caverne comptait cent pieds de largeur sur cent cinquante de hauteur. Le terrain avait été violemment écarté par une commotion

souterraine. Le massif terrestre, cédant à quelque
puissante poussée, s'était disloqué, laissant ce large
vide où des habitants de la terre pénétraient pour
la première fois.

Toute l'histoire de la période houillère était écrite
sur ces sombres parois, & un géologue en pouvait
suivre facilement les phases diverses. Les lits de
charbon étaient séparés par des strates de grès ou
d'argile compacts, & comme écrasés par les couches
supérieures.

A cet âge du monde qui précéda l'époque secondaire, la terre se recouvrit d'immenses végétations
dues à la double action d'une chaleur tropicale &
d'une humidité persistante. Une atmosphère de
vapeurs enveloppait le globe de toutes parts, lui
dérobant encore les rayons du soleil.

De là cette conclusion que les hautes températures
ne provenaient pas de ce foyer nouveau; peut-être
même l'astre du jour n'était-il pas prêt à jouer son
rôle éclatant. Les « climats » n'existaient pas encore, & une chaleur torride se répandait à la surface entière du globe, égale à l'Équateur & aux
pôles. D'où venait-elle? De l'intérieur du globe.

En dépit des théories du professeur Lidenbrock,
un feu violent couvait dans les entrailles du sphéroïde; son action se faisait sentir jusqu'aux dernières couches de l'écorce terrestre; les plantes,
privées des bienfaisantes effluves du soleil, ne don-

naient ni fleurs ni parfums, mais leurs racines puisaient une vie forte dans les terrains brûlants des premiers jours.

Il y avait peu d'arbres, des plantes herbacées seulement, d'immenses gazons, des fougères, des lycopodes, des sigillaires, des astérophyllites, familles rares dont les espèces se comptaient alors par milliers.

Or c'est précisément à cette exubérante végétation que la houille doit son origine. L'écorce encore élastique du globe obéissait aux mouvements de la masse liquide qu'elle recouvrait. De là des fissures, des affaissements nombreux; les plantes, entraînées sous les eaux, formèrent peu à peu des amas considérables.

Alors intervint l'action de la chimie naturelle; au fond des mers, les masses végétales se firent tourbe d'abord; puis, grâce à l'influence des gaz, & sous le feu de la fermentation, elles subirent une minéralisation complète.

Ainsi se formèrent ces immenses couches de charbon que la consommation de tous les peuples, pendant de longs siècles encore, ne parviendra pas à épuiser.

Ces réflexions me venaient à l'esprit pendant que je considérais les richesses houillères accumulées dans cette portion du massif terrestre. Celles-ci, sans doute, ne seront jamais mises à découvert.

L'exploitation de ces mines reculées demanderait des sacrifices trop considérables. A quoi bon, d'ailleurs, quand la houille est répandue pour ainsi dire à la surface de la terre dans un grand nombre de contrées? Aussi, telles je voyais ces couches intactes, telles elles seraient encore lorsque sonnerait la dernière heure du monde.

Cependant nous marchions, & seul de mes compagnons j'oubliais la longueur de la route pour me perdre au milieu de considérations géologiques. La température restait sensiblement ce qu'elle était pendant notre passage au milieu des laves & des schistes. Seulement, mon odorat était affecté par une odeur fort prononcée de protocarbure d'hydrogène. Je reconnus immédiatement, dans cette galerie, la présence d'une notable quantité de ce fluide dangereux auquel les mineurs ont donné le nom de grisou, & dont l'explosion a si souvent causé d'épouvantables catastrophes.

Heureusement nous étions éclairés par les ingénieux appareils de Ruhmkorff. Si, par malheur, nous avions imprudemment exploré cette galerie la torche à la main, une explosion terrible eût fini le voyage en supprimant les voyageurs.

Cette excursion dans la houillère dura jusqu'au soir. Mon oncle contenait à peine l'impatience que lui causait l'horizontalité de la route. Les ténèbres, toujours profondes à vingt pas, empêchaient d'es-

timer la longueur de la galerie, & je commençais à la croire interminable, quand soudain, à six
heures, un mur se présenta inopinément à nous. A
droite, à gauche, en haut, en bas, il n'y avait aucun passage. Nous étions arrivés au fond d'une
impasse.

« Eh bien! tant mieux! s'écria mon oncle, je
sais au moins à quoi m'en tenir. Nous ne sommes
pas sur la route de Saknussemm, & il ne reste plus
qu'à revenir en arrière. Prenons une nuit de repos,
& avant trois jours nous aurons regagné le point
où les deux galeries se bifurquent.

— Oui, dis-je, si nous en avons la force!

— Et pourquoi non?

— Parce que, demain, l'eau manquera tout à fait.

— Et le courage manquera-t-il aussi? fit le professeur en me regardant d'un œil sévère.

Je n'osai lui répondre.

XXI

Le lendemain le départ eut lieu de grand matin.
Il fallait se hâter. Nous étions à cinq jours de
marche du carrefour.

Je ne m'appesantirai pas sur les souffrances de notre retour. Mon oncle les supporta avec la colére d'un homme qui ne se sent pas le plus fort; Hans avec la résignation de sa nature pacifique; moi, je l'avoue, me plaignant & me désespérant; je ne pouvais avoir de cœur contre cette mauvaise fortune.

Ainsi que je l'avais prévu, l'eau fit tout à fait défaut à la fin du premier jour de marche; notre provision liquide se réduisit alors à du genièvre; mais cette infernale liqueur brûlait le gosier, & je ne pouvais même en supporter la vue. Je trouvais la température étouffante; la fatigue me paralysait. Plus d'une fois, je faillis tomber sans mouvement. On faisait halte alors; mon oncle ou l'Islandais me réconfortaient de leur mieux. Mais je voyais déjà que le premier réagissait péniblement contre l'extrême fatigue & les tortures nées de la privation d'eau.

Enfin, le mardi, 8 juillet, en nous traînant sur les genoux, sur les mains, nous arrivâmes à demi morts au point de jonction des deux galeries. Là je demeurai comme une masse inerte, étendu sur le sol de lave. Il était dix heures du matin.

Hans & mon oncle, accotés à la paroi, essayèrent de grignoter quelques morceaux de biscuit. De longs gémissements s'échappaient de mes lèvres tuméfiées. Je tombai dans un profond assoupissement.

Au bout de quelque temps mon oncle s'approcha de moi & me souleva entre ses bras :

« Pauvre enfant! » murmura-t-il avec un véritable accent de pitié.

Je fus touché de ces paroles, n'étant pas habitué aux tendresses du farouche professeur. Je saisis ses mains frémissantes dans les miennes. Il se laissa faire en me regardant. Ses yeux étaient humides.

Je le vis alors prendre la gourde suspendue à son côté. A ma grande stupéfaction, il l'approcha de mes lèvres :

« Bois, » fit-il.

Avais-je bien entendu? Mon oncle était-il fou? Je le regardais d'un air hébété. Je ne voulais pas le comprendre.

« Bois, » reprit-il.

Et relevant sa gourde, il la vida tout entière entre mes lèvres.

Oh! jouissance infinie! une gorgée d'eau vint humecter ma bouche en feu, une seule, mais elle suffit à rappeler en moi la vie qui s'échappait.

Je remerciai mon oncle en joignant les mains.

« Oui, fit-il, une gorgée d'eau! la dernière! entends-tu bien? la dernière! Je l'avais précieusement gardée au fond de ma gourde. Vingt fois, cent fois, j'ai dû résister à mon effrayant désir de la boire! Mais non, Axel, je la réservais pour toi.

— Mon oncle! murmurai-je pendant que de grosses larmes mouillaient mes yeux.

— Oui, pauvre enfant, je savais qu'à ton arrivée à ce carrefour, tu tomberais à demi mort, & j'ai conservé mes dernières gouttes d'eau pour te ranimer.

— Merci! merci! » m'écriai-je.

Si peu que ma soif fût apaisée, j'avais cependant retrouvé quelque force. Les muscles de mon gosier, contractés jusqu'alors, se détendaient; l'inflammation de mes lèvres s'était adoucie: Je pouvais parler.

« Voyons, dis-je, nous n'avons maintenant qu'un parti à prendre; l'eau nous manque; il faut revenir sur nos pas. »

Pendant que je parlais ainsi, mon oncle évitait de me regarder; il baissait la tête; ses yeux fuyaient les miens.

« Il faut revenir, m'écriai-je, & reprendre le chemin du Sneffels. Que Dieu nous donne la force de remonter jusqu'au sommet du cratère !

— Revenir! fit mon oncle, comme s'il répondait plutôt à lui qu'à moi-même.

— Oui, revenir, & sans perdre un instant. »

Il y eut ici un moment de silence assez long.

« Ainsi donc, Axel, reprit le professeur d'un ton bizarre, ces quelques gouttes d'eau ne t'ont pas rendu le courage & l'énergie?

— Le courage !

— Je te vois abattu comme avant, & faisant encore entendre des paroles de désespoir ! »

A quel homme avais-je affaire & quels projets son esprit audacieux formait-il encore ?

« Quoi ! vous ne voulez pas ?...

— Renoncer à cette expédition, au moment où tout annonce qu'elle peut réussir ! Jamais !

— Alors il faut se résigner à périr ?

— Non, Axel, non ! pars. Je ne veux pas ta mort ! Que Hans t'accompagne. Laisse-moi seul !

— Vous abandonner !

— Laisse-moi, te dis-je ! J'ai commencé ce voyage ; je l'accomplirai jusqu'au bout, ou je n'en reviendrai pas. Va-t'en, Axel, va-t'en ! »

Mon oncle parlait avec une extrême surexcitation. Sa voix, un instant attendrie, redevenait dure & menaçante. Il luttait avec une sombre énergie contre l'impossible ! Je ne voulais pas l'abandonner au fond de cet abîme, &, d'un autre côté, l'instinct de la conservation me poussait à le fuir.

Le guide suivait cette scène avec son indifférence accoutumée. Il comprenait cependant ce qui se passait entre ses deux compagnons ; nos gestes indiquaient assez la voie différente où chacun de nous essayait d'entraîner l'autre ; mais Hans semblait s'intéresser peu à la question dans laquelle son existence se trouvait en jeu, prêt à partir si

l'on donnait le signal du départ, prêt à rester à
la moindre volonté de son maître.

Que ne pouvais-je en cet instant me faire entendre
de lui ! Mes paroles, mes gémissements, mon
accent auraient eu raison de cette froide nature. Ces
dangers que le guide ne paraissait pas soupçonner,
je les lui eusse fait comprendre & toucher du doigt.
A nous deux nous aurions peut-être convaincu
l'entêté professeur. Au besoin, nous l'aurions con-
traint à regagner les hauteurs du Sneffels !

Je m'approchai de Hans. Je mis ma main sur la
sienne. Il ne bougea pas. Je lui montrai la route
du cratère. Il demeura immobile. Ma figure hale-
tante disait toutes mes souffrances. L'Islandais remua doucement la tête, & désignant tranquillement mon oncle :

— « Master », fit-il.

— Le maître, m'écriai-je ! insensé ! non, il n'est
pas le maître de ta vie ! il faut fuir ! il faut l'entraîner ! m'entends-tu ! me comprends-tu ? »

J'avais saisi Hans par le bras. Je voulais l'obliger
à se lever. Je luttais avec lui. Mon oncle intervint.

« Du calme, Axel, dit-il. Tu n'obtiendras rien
de cet impassible serviteur. Ainsi, écoute ce que
j'ai à te proposer. »

Je me croisai les bras, en regardant mon oncle
bien en face.

« Le manque d'eau, dit-il, met seul obstacle à

l'acccomplissement de mes projets. Dans cette galerie de l'est, faite de laves, de schistes, de houilles, nous n'avons pas rencontré une seule molécule liquide. Il est possible que nous soyons plus heureux en suivant le tunnel de l'ouest. »

Je secouai la tête avec un air de profonde incrédulité.

« Écoute-moi jusqu'au bout, reprit le professeur en forçant la voix. Pendant que tu gisais là sans mouvement, j'ai été reconnaître la conformation de cette galerie. Elle s'enfonce directement dans les entrailles du globe, &, en peu d'heures, elle nous conduira au massif granitique. Là nous devons rencontrer des sources abondantes. La nature de la roche le veut ainsi, & l'instinct est d'accord avec la logique pour appuyer ma conviction. Or, voici ce que j'ai à te proposer Quand Colomb a demandé trois jours à ses équipages pour trouver les terres nouvelles, ses équipages, malades, épouvantés, ont cependant fait droit à sa demande, & il a découvert le nouveau-monde. Moi, le Colomb de ces régions souterraines, je ne te demande qu'un jour encore. Si, ce temps écoulé, je n'ai pas rencontré l'eau qui nous manque, je te le jure, nous reviendrons à la surface de la terre. »

En dépit de mon irritation, je fus ému de ces paroles & de la violence que se faisait mon oncle pour tenir un pareil langage.

« Eh bien ! m'écriai-je, qu'il soit fait comme
vous le désirez, & que Dieu récompense votre
énergie surhumaine. Vous n'avez plus que quelques
heures à tenter le sort. En route ! »

XXII

La descente recommença cette fois par la nouvelle galerie. Hans marchait en avant, selon son
habitude. Nous n'avions pas fait cent pas, que le
professeur, promenant sa lampe le long des murailles, s'écriait :

« Voilà les terrains primitifs ! nous sommes
dans la bonne voie! marchons ! marchons ! »

Lorsque la terre se refroidit peu à peu aux premiers jours du monde, la diminution de son volume
produisit dans l'écorce des dislocations, des rup-
tures, des retraits, des fendilles. Le couloir actuel
était une fissure de ce genre, par laquelle s'épan-
chait autrefois le granit éruptif; ses mille détours
formaient un inextricable labyrinthe à travers le
sol primordial.

A mesure que nous descendions, la succession
des couches composant le terrain primitif apparais-

sait avec plus de netteté. La science géologique considère ce terrain primitif comme la base de l'écorce minérale, & elle a reconnu qu'il se compose de trois couches différentes, les schistes, les gneiss, les micaschistes, reposant sur cette roche inébranlable qu'on appelle le granit.

Or, jamais minéralogistes ne s'étaient rencontrés dans des circonstances aussi merveilleuses pour étudier la nature sur place. Ce que la sonde, machine inintelligente & brutale, ne pouvait rapporter à la surface du globe de sa texture interne, nous allions l'étudier de nos yeux, le toucher de nos mains.

A travers l'étage des schistes colorés de belles nuances vertes serpentaient des filons métalliques de cuivre, de manganèse avec quelques traces de platine & d'or. Je songeais à ces richesses enfouies dans les entrailles du globe & dont l'avide humanité n'aura jamais la jouissance ! Ces trésors, les bouleversements des premiers jours les ont enterrés à de telles profondeurs, que ni la pioche, ni le pic ne sauront les arracher à leur tombeau.

Aux schistes succédèrent les gneiss, d'une structure stratiforme, remarquables par la régularité & le parallélisme de leurs feuillets, puis, les micaschistes disposés en grandes lamelles rehaussées à l'œil par les scintillations du mica blanc.

La lumière des appareils, répercutée par les petites facettes de la masse rocheuse, croisait ses

jets de feu sous tous les angles, & je m'imaginais
voyager à travers un diamant creux, dans lequel
les rayons se brisaient en mille éblouissements.

Vers six heures du soir, cette fête de la lumière
vint à diminuer sensiblement, presque à cesser;
les parois prirent une teinte cristallisée, mais sombre; le mica se mélangea plus intimement au
feldspath & au quartz, pour former la roche par
excellence, la pierre dure entre toutes, celle qui
supporte, sans en être écrasée, les quatre étages de
terrains du globe. Nous étions murés dans l'immense prison de granit.

Il était huit heures du soir. L'eau manquait toujours. Je souffrais horriblement. Mon oncle marchait en avant. Il ne voulait pas s'arrêter. Il tendait
l'oreille pour surprendre les murmures de quelque
source. Mais rien!

Cependant mes jambes refusaient de me porter.
Je résistais à mes tortures pour ne pas obliger mon
oncle à faire halte. C'eût été pour lui le coup du
désespoir, car la journée finissait, la dernière qui
lui appartînt.

Enfin mes forces m'abandonnèrent; je poussai un
cri & je tombai.

« A moi! je meurs! »

Mon oncle revint sur ses pas. Il me considéra
en croisant ses bras; puis ces paroles sourdes sor-
tirent de ses lèvres:

« Tout est fini! »

Un effrayant geste de colère frappa une dernière fois mes regards, & je fermai les yeux.

Lorsque je les rouvris, j'aperçus mes deux compagnons immobiles & roulés dans leur couverture. Dormaient-ils? Pour mon compte, je ne pouvais trouver un instant de sommeil. Je souffrais trop, & surtout de la pensée que mon mal devait être sans remède. Les dernières paroles de mon oncle retentissaient dans mon oreille. « Tout était fini! » car dans un pareil état de faiblesse il ne fallait même plus songer à regagner la surface du globe.

Il y avait une lieue & demie d'écorce terrestre! Il me semblait que cette masse pesait de tout son poids sur mes épaules. Je me sentais écrasé, & je m'épuisais en efforts violents pour me retourner sur ma couche de granit.

Quelques heures se passèrent. Un silence profond régnait autour de nous, un silence de tombeau. Rien n'arrivait à travers ces murailles dont la plus mince mesurait cinq milles d'épaisseur.

Cependant, au milieu de mon assoupissement, je crus entendre un bruit; l'obscurité se faisait dans le tunnel. Je regardai plus attentivement, & il me sembla voir l'Islandais qui disparaissait, la lampe à la main.

Pourquoi ce départ? Hans nous abandonnait-il? Mon oncle dormait. Je voulus crier. Ma voix ne put trouver passage entre mes lèvres desséchées. L'obscurité était devenue profonde, & les derniers bruits venaient de s'éteindre.

« Hans nous abandonne! m'écriai-je. Hans! Hans! »

Ces mots, je les criais en moi-même. Ils n'allaient pas plus loin. Cependant, après le premier instant de terreur, j'eus honte de mes soupçons contre un homme dont la conduite n'avait rien eu jusque-là de suspect. Son départ ne pouvait être une fuite. Au lieu de remonter la galerie il la descendait. De mauvais desseins l'eussent entraîné en haut, non en bas. Ce raisonnement me calma un peu, & je revins à un autre ordre d'idées. Hans, cet homme paisible, un motif grave avait pu seul l'arracher à son repos. Allait-il donc à la découverte? Avait-il entendu pendant la nuit silencieuse quelque murmure dont la perception n'était pas arrivée jusqu'à moi?

XXIII

Pendant une heure j'imaginai dans mon cerveau en délire toutes les raisons qui avaient pu faire agir le tranquille chasseur. Les idées les plus absurdes s'enchevêtrèrent dans ma tête. Je crus que j'allais devenir fou!

Mais enfin un bruit de pas se produisit dans les profondeurs du gouffre. Hans remontait. La lumière incertaine commençait à glisser sur les parois, puis elle déboucha par l'orifice du couloir. Hans parut.

Il s'approcha de mon oncle, lui mit la main sur l'épaule & l'éveilla doucement. Mon oncle se leva.

« Qu'est-ce donc? fit-il.

— « Va'ten, » répondit le chasseur.

Il faut croire que, sous l'inspiration des violentes douleurs, chacun devient polyglotte. Je ne savais pas un seul mot de danois, & cependant je compris d'instinct le mot de notre guide.

« De l'eau! de l'eau! m'écriai-je en battant des mains, en gesticulant comme un insensé.

— De l'eau! répétait mon oncle. « Hvar? » demanda-t-il à l'Islandais.

— « Nedät, » répondit Hans.

Où? En bas! Je comprenais tout. J'avais saisi les mains du chasseur, & je les pressais, tandis qu'il me regardait avec calme.

Les préparatifs du départ ne furent pas longs, & bientôt nous descendions un couloir dont la pente atteignait deux pieds par toise.

Une heure plus tard nous avions fait mille toises environ & descendu deux mille pieds.

En ce moment nous entendions distinctement un son inaccoutumé courir dans les flancs de la muraille granitique, une sorte de mugissement sourd, comme un tonnerre éloigné. Pendant cette première demi-heure de marche, ne rencontrant point la source annoncée, je sentais les angoisses me reprendre; mais alors mon oncle m'apprit l'origine des bruits qui se produisaient.

« Hans ne s'est pas trompé, » dit-il, ce que tu entends là, c'est le mugissement d'un torrent.

— Un torrent? m'écriai-je.

— Il n'y a pas à en douter. Un fleuve souterrain circule autour de nous! »

Nous hâtâmes le pas, surexcités par l'espérance. Je ne sentais plus ma fatigue. Ce bruit d'une eau murmurante me rafraîchissait déjà; il augmentait sensiblement; le torrent, après s'être longtemps soutenu au-dessus de notre tête, courait maintenant dans la paroi de gauche, mugissant & bondissant. Je passais fréquemment ma main sur le roc, espérant y trouver des traces de suintement ou d'humidité. Mais en vain.

Une demi-heure s'écoula encore. Une demi-lieue fut encore franchie.

Il devint alors évident que le chasseur, pendant son absence, n'avait pu prolonger ses recherches au delà. Guidé par un instinct particulier aux montagnards, aux hydroscopes, il « sentit » ce torrent à travers le roc, mais certainement il n'avait point vu le précieux liquide ; il ne s'y était pas désaltéré.

Bientôt même il fut constant que, si notre marche continuait, nous nous éloignerions du courant dont le murmure tendait à diminuer.

On rebroussa chemin. Hans s'arrêta à l'endroit précis où le torrent semblait être le plus rapproché.

Je m'assis près de la muraille, tandis que les eaux couraient à deux pieds de moi avec une violence extrême. Mais un mur de granit nous en séparait encore.

Sans réfléchir, sans me demander si quelque moyen n'existait pas de se procurer cette eau, je me laissai aller à un premier moment de désespoir.

Hans me regarda, & je crus voir un sourire apparaître sur ses lèvres.

Il se leva & prit la lampe. Je le suivis. Il se dirigea vers la muraille. Je le regardai faire. Il colla son oreille sur la pierre sèche, & la promena lentement en écoutant avec le plus grand soin. Je compris qu'il cherchait le point précis où le torrent se faisait entendre plus bruyamment. Ce point, il le rencontra dans la paroi latérale de gauche, à trois pieds au-dessus du sol.

Combien j'étais ému ! Je n'osais deviner ce que voulait faire le chasseur ! Mais il fallut bien le comprendre & l'applaudir, & le presser de mes caresses,

quand je le vis saisir son pic pour attaquer la roche
elle-même.

« Sauvés! m'écriai-je, sauvés!

— Oui, répétait mon oncle avec frénésie, Hans a
raison! Ah! le brave chasseur! Nous n'aurions
pas trouvé cela! »

Je le crois bien! Un pareil moyen, quelque simple
qu'il fût, ne nous serait pas venu à l'esprit. Rien
de plus dangereux que de donner un coup de
pioche dans cette charpente du globe. Et si quelque
éboulement allait se produire qui nous écraserait!
Et si le torrent, se faisant jour à travers le roc, allait
nous envahir! Ces dangers n'avaient rien de chi-
mérique; mais alors les craintes d'éboulement ou
d'inondation ne pouvaient nous arrêter, & notre
soif était si intense que, pour l'apaiser, nous eussions creusé au lit même de l'Océan.

Hans se mit à ce travail, que ni mon oncle ni moi
nous n'eussions accompli. L'impatience emportant
notre main, la roche eût volé en éclats sous ses
coups précipités. Le guide, au contraire, calme
& modéré, usa peu à peu le rocher par une série de
petits coups répétés, creusant une ouverture large
d'un demi-pied. J'entendais le bruit du torrent
s'accroître, & je croyais déjà sentir l'eau bienfaisante rejaillir sur mes lèvres.

Bientôt le pic s'enfonça de deux pieds dans la
muraille de granit; le travail durait depuis plus

d'une heure; je me tordais d'impatience! Mon
oncle voulait employer les grands moyens. J'eus de
la peine à l'arrêter, & déjà il saisissait son pic, quand
soudain un sifflement se fit entendre. Un jet d'eau
s'élança de la muraille & vint se briser sur la paroi
opposée.

Hans, à demi renversé par le choc, ne put retenir
un cri de douleur. Je compris pourquoi lorsque,
plongeant mes mains dans le jet liquide, je poussai
à mon tour une violente exclamation : la source
était bouillante.

« De l'eau à cent degrés ! m'écriai-je.

— Eh bien, elle refroidira, » répondit mon oncle.

Le couloir s'emplissait de vapeurs, tandis qu'un
ruisseau se formait & allait se perdre dans les sinuosités souterraines ; bientôt après, nous y pui-
sions notre première gorgée.

Ah! quelle jouissance! quelle incomparable volupté! Qu'était cette eau? D'où venait-elle? Peu
importait. C'était de l'eau, &, quoique chaude encore, elle ramenait au cœur la vie prête à s'échapper. Je buvais sans m'arrêter, sans goûter même

Ce ne fut qu'après une minute de délectation
que je m'écriai :

« Eh! mais c'est de l'eau ferrugineuse !

— Excellente pour l'estomac, répliqua mon oncle,
& d'une haute minéralisation! Voilà un voyage
qui vaudra celui de Spa ou de Tœplitz!

11

— Ah! que c'est bon!

— Je le crois bien, une eau puisée à deux lieues sous terre; elle a un goût d'encre qui n'a rien de désagréable. Une fameuse ressource que Hans nous a procurée là! Aussi je propose de donner son nom à ce ruisseau salutaire.

— Bien! m'écriai-je.

Et le nom de « Hans-bach » fut aussitôt adopté.

Hans n'en fut pas plus fier. Après s'être modérément rafraîchi, il s'accota dans un coin avec son calme accoutumé.

« Maintenant, dis-je, il ne faudrait pas laisser perdre cette eau.

— A quoi bon? répondit mon oncle, je soupçonne la source d'être intarissable.

— Qu'importe! remplissons l'outre & les gourdes, puis nous essayerons de boucher l'ouverture. »

Mon conseil fut suivi. Hans, au moyen d'éclats de granit & d'étoupe, essaya d'obstruer l'entaille faite à la paroi. Ce ne fut pas chose facile. On se brûlait les mains sans y parvenir; la pression était trop considérable, & nos efforts demeurèrent infructueux.

« Il est évident, dis-je, que les nappes supérieures de ce cours d'eau sont situées à une grande hauteur, à en juger par la force du jet.

— Cela n'est pas douteux, répliqua mon oncle; il y a là mille atmosphères de pression, si cette co-

lonne d'eau a trente-deux mille pieds de hauteur.
Mais il me vient une idée.

— Laquelle ?

— Pourquoi nous entêter à boucher cette ouverture ?

— Mais, parce que... »

J'aurais été embarrassé de trouver une bonne
raison.

« Quand nos gourdes seront vides, sommes-
nous assurés de trouver à les remplir?

— Non, évidemment.

— Eh bien, laissons couler cette eau : elle des-
cendra naturellement & guidera ceux qu'elle ra-
fraîchira en route !

— Voilà qui est bien imaginé ! m'écriai-je, &
avec ce ruisseau pour compagnon, il n'y a plus aucune raison pour ne pas réussir dans nos projets.

— Ah ! tu y viens, mon garçon, dit le professeur
en riant.

— Je fais mieux que d'y venir, j'y suis.

— Un instant ! Commençons par prendre quelques heures de repos. »

J'oubliais vraiment qu'il fît nuit. Le chronomètre se chargea de me l'apprendre. Bientôt chacun
de nous, suffisamment restauré & rafraîchi, s'endormit d'un profond sommeil.

XXIV

Le lendemain nous avions déjà oublié nos douleurs passées. Je m'étonnai tout d'abord de n'avoir
plus soif, & j'en demandai la raison. Le ruisseau
qui coulait à mes pieds en murmurant se chargea de
me répondre.

On déjeuna & l'on but de cette excellente eau
ferrugineuse. Je me sentais tout ragaillardi &
décidé à aller loin. Pourquoi un homme convaincu
comme mon oncle ne réussirait-il pas, avec un
guide industrieux comme Hans, & un neveu
« déterminé » comme moi ? Voilà les belles idées
qui se glissaient dans mon cerveau ! On m'eût proposé de remonter à la cime du Sneffels, que j'aurais refusé avec indignation.

Mais il n'était heureusement question que de
descendre.

« Partons ! » m'écriai-je en éveillant par mes accents enthousiastes les vieux échos du globe.

La marche fut reprise le jeudi à huit heures
du matin. Le couloir de granit, se contournant en
sinueux détours, présentait des coudes inattendus,

& affectait l'imbroglio d'un labyrinthe; mais, en somme, sa direction principale était toujours le sud-est. Mon oncle ne cessait de consulter avec le plus grand soin sa boussole, pour se rendre compte du chemin parcouru.

La galerie s'enfonçait presque horizontalement, avec deux pouces de pente par toise, tout au plus. Le ruisseau coulait sans précipitation en murmurant sous nos pieds. Je le comparais à quelque génie familier qui nous guidait à travers la terre, & de la main je caressais la tiède naïade dont les chants accompagnaient nos pas. Ma bonne humeur prenait volontiers une tournure mythologique.

Quant à mon oncle, il pestait contre l'horizontalité de la route, lui, « l'homme des verticales. » Son chemin s'allongeait indéfiniment, & au lieu de glisser le long du rayon terrestre, suivant son expression, il s'en allait par l'hypothénuse. Mais nous n'avions pas le choix, & tant que l'on gagnait vers le centre, si peu que ce fût, il ne fallait pas se plaindre.

D'ailleurs, de temps en temps, les pentes s'abaissaient; la naïade se mettait à dégringoler en mugissant, & nous descendions plus profondément avec elle.

En somme, ce jour-là & le lendemain, on fit beaucoup de chemin horizontal, & relativement peu de chemin vertical.

Le vendredi soir, 10 juillet, d'après l'estime, nous devions être à trente lieues au sud-est de Reykjawik & à une profondeur de deux lieues & demie.

Sous nos pieds s'ouvrit alors un puits assez effrayant. Mon oncle ne put s'empêcher de battre des mains en calculant la roideur de ses pentes.

« Voilà qui nous mènera loin, s'écria-t-il, & facilement, car les saillies du roc font un véritable escalier ! »

Les cordes furent disposées par Hans de manière à prévenir tout accident. La descente commença. Je n'ose l'appeler périlleuse, car j'étais déjà familiarisé avec ce genre d'exercice.

Ce puits était une fente étroite pratiquée dans le massif, du genre de celles qu'on appelle « faille » ; la contraction de la charpente terrestre, à l'époque de son refroidissement, l'avait évidemment produite. Si elle servit autrefois de passage aux matières éruptives vomies par le Sneffels, je ne m'expliquais pas comment celles-ci n'y laissèrent aucune trace. Nous descendions une sorte de vis tournante qu'on eût cru faite de la main des hommes.

De quart d'heure en quart d'heure, il fallait s'arrêter pour prendre un repos nécessaire & rendre à nos jarrets leur élasticité. On s'asseyait alors sur quelque saillie, les jambes pendantes, on causait en mangeant, & l'on se désaltérait au ruisseau.

Il va sans dire que, dans cette faille, le Hans-bach

s'était fait cascade au détriment de son volume;
mais il suffisait & au delà à étancher notre soif;
d'ailleurs, avec les déclivités moins accusées, il ne
pouvait manquer de reprendre son cours paisible.
En ce moment il me rappelait mon digne oncle,
ses impatiences & ses colères, tandis que, par les
pentes adoucies, c'était le calme du chasseur
islandais.

Le 6 & le 7 juillet, nous suivîmes les spirales
de cette faille, pénétrant encore de deux lieues
dans l'écorce terrestre, ce qui faisait près de cinq
lieues au-dessous du niveau de la mer. Mais, le 8,
vers midi, la faille prit, dans la direction du sud-
est, une inclinaison beaucoup plus douce, environ
quarante-cinq degrés.

Le chemin devint alors aisé & d'une parfaite
monotonie. Il était difficile qu'il en fût autrement. Le voyage ne pouvait être varié par les
incidents du paysage.

Enfin, le mercredi 15, nous étions à sept lieues
sous terre & à cinquante lieues environ du
Sneffels. Bien que nous fussions un peu fatigués,
nos santés se maintenaient dans un état rassurant,
& la pharmacie de voyage était encore intacte.

Mon oncle tenait heure par heure les indications
de la boussole, du chronomètre, du manomètre &
du thermomètre, celles-là mêmes qu'il a publiées
dans le récit scientifique de son voyage. Il pouvait

donc se rendre facilement compte de sa situation.
Lorsqu'il m'apprit que nous étions à une distance
horizontale de cinquante heues, je ne pus retenir une exclamation.

» Qu'as-tu donc? demanda-t-il.

— Rien, seulement je fais une réflexion.

— Laquelle, mon garçon?

— C'est que, si vos calculs sont exacts, nous ne
sommes plus sous l'Islande.

— Crois-tu?

— Il est facile de nous en assurer. »

Je pris mes mesures au compas sur la carte.

— Je ne me trompais pas, dis-je; nous avons dépassé le cap Portland, & ces cinquante lieues
dans le sud-est nous mettent en pleine mer.

— Sous la pleine mer, répliqua mon oncle en
se frottant les mains.

— Ainsi, m'écriai-je, l'Océan s'étend au-dessus
de notre tête!

— Bah! Axel, rien de plus naturel! N'y a-t-il
pas à Newcastle des mines de charbon qui s'avan-
cent au loin sous les flots? »

Le professeur pouvait trouver cette situation fort
simple; mais la pensée de me promener sous la
masse des eaux ne laissa pas de me préoccuper. Et
cependant, que les plaines & les montagnes de l'Islande fussent suspendues sur notre tête, ou les flots
de Atlantique, cela différait peu, en somme, du

moment que la charpente granitique était solide. Du reste, je m'habituai promptement à cette idée, car le couloir, tantôt droit, tantôt sinueux, capricieux dans ses pentes comme dans ses détours, mais toujours courant au sud-est, & toujours s'enfonçant davantage, nous conduisit rapidement à de grandes profondeurs.

Quatre jours plus tard, le samedi 18 juillet, le soir, nous arrivâmes à une espèce de grotte assez vaste; mon oncle remit à Hans ses trois rixdales hebdomadaires, & il fut décidé que le lendemain serait un jour de repos.

XXV

Je me réveillai donc, le dimanche matin, sans cette préoccupation habituelle d'un départ immédiat. Et, quoique ce fût au plus profond des abîmes, cela ne laissait pas d'être agréable. D'ailleurs, nous étions faits à cette existence de troglodytes. Je ne pensais guère au soleil, aux étoiles, à la lune, aux arbres, aux maisons, aux villes, à toutes ces superfluités terrestres dont l'être sublunaire s'est fait une

nécessité. En notre qualité de fossiles, nous faisions
fi de ces inutiles merveilles.

La grotte formait une vaste salle ; sur son sol
granitique coulait doucement le ruisseau fidèle. A
une pareille distance de sa source, son eau n'avait
plus que la température ambiante & se laissait boire
sans difficulté.

Après le déjeuner, le professeur voulut consacrer
quelques heures à mettre en ordre ses notes quotidiennes.

« D'abord, dit-il, je vais faire des calculs, afin
de relever exactement notre situation ; je veux pouvoir, au retour, tracer une carte de notre voyage,
une sorte de section verticale du globe, qui donnera
le profil de l'expédition.

— Ce sera fort curieux, mon oncle ; mais vos observations auront-elles un degré suffisant de préci-
sion ?

— Oui. J'ai noté avec soin les angles & les
pentes ; je suis sûr de ne point me tromper.
Voyons d'abord où nous sommes. Prends la boussole & observe la direction qu'elle indique.

Je regardai l'instrument, &, après un examen
attentif, je répondis :

« Est-quart-sud-est.

— Bien ! fit le professeur en notant l'observation
& en établissant quelques calculs rapides. J'en con-

clus que nous avons fait quatre-vingt-cinq lieues
depuis notre point de départ.

— Ainsi nous voyageons sous l'Atlantique?

— Parfaitement.

— Et dans ce moment une tempête s'y déchaîne
peut-être, & des navires sont secoués sur notre tête
par les flots & l'ouragan?

— Cela se peut.

— Et les baleines viennent frapper de leur queue
les murailles de notre prison?

— Sois tranquille, Axel, elles ne parviendront
pas à l'ébranler. Mais revenons à nos calculs. Nous
sommes dans le sud-est, à quatre-vingt-cinq lieues
de la base du Sneffels, &, d'après mes notes précé-
dentes, j'estime à seize lieues la profondeur atteinte.

— Seize lieues! m'écriai-je.

— Sans doute.

— Mais c'est l'extrême limite assignée par la
science à l'épaisseur de l'écorce terrestre.

— Je ne dis pas non.

— Et ici, suivant la loi de l'accroissement de la
température, une chaleur de quinze cents degrés
devrait exister.

— « Devrait, » mon garçon.

— Et tout ce granit ne pourrait se maintenir à
l'état solide & serait en pleine fusion.

— Tu vois qu'il n'en est rien & que les faits,

suivant leur habitude, viennent démentir les théories.

— Je suis forcé d'en convenir, mais enfin cela m'étonne.

— Qu'indique le thermomètre ?

— Vingt-sept degrés six dixièmes.

— Il s'en manque donc de quatorze cent soixante-quatorze degrés quatre dixièmes que les savants n'aient raison. Donc, l'accroissement proportionnel de la température est une erreur. Donc, Humphry Davy ne se trompait pas. Donc, je n'ai pas eu tort de l'écouter. Qu'as-tu à répondre ?

— Rien. »

A la vérité, j'aurais eu beaucoup de choses à dire. Je n'admettais la théorie de Davy en aucune façon, je tenais toujours pour la chaleur centrale, bien que je n'en ressentisse point les effets. J'aimais mieux admettre, en vérité, que cette cheminée d'un volcan éteint, recouverte par les laves d'un enduit réfractaire, ne permettait pas à la température de se propager à travers ses parois.

Mais, sans m'arrêter à chercher des arguments nouveaux, je me bornai à prendre la situation telle qu'elle était.

« Mon oncle, repris-je, je tiens pour exact tous vos calculs, mais permettez-moi d'en tirer une conséquence rigoureuse.

— Va, mon garçon, à ton aise.

— Au point où nous sommes, sous la latitude de l'Islande, le rayon terrestre est de quinze cent quatre-vingt-trois lieues à peu près?

— Quinze cent quatre-vingt-trois lieues & un tiers.

— Mettons seize cents lieues en chiffres ronds. Sur un voyage de seize cents lieues, nous en avons fait douze?

— Comme tu dis.

— Et cela au prix de quatre-vingt-cinq lieues de diagonale?

— Parfaitement.

— En vingt jours environ?

— En vingt jours.

— Or seize lieues font le centième du rayon terrestre. A continuer ainsi, nous mettrons donc deux mille jours, ou près de cinq ans & demi à descendre! »

Le professeur ne répondit pas.

« Sans compter que, si une verticale de seize lieues s'achète par une horizontale de quatre-vingts, cela fera huit mille lieues dans le sud-est, & il y aura longtemps que nous serons sortis par un point de la circonférence avant d'en atteindre le centre!

— Au diable tes calculs! répliqua mon oncle avec un mouvement de colère. Au diable tes hypothèses! Sur quoi reposent-elles? Qui te dit que ce couloir ne va pas directement à notre but?

D'ailleurs j'ai pour moi un précédent. Ce que je fais là un autre l'a fait, & où il a réussi je réussirai à mon tour.

— Je l'espère ; mais, enfin, il m'est bien permis...

— Il t'est permis de te taire, Axel, quand tu voudras déraisonner de la sorte. »

Je vis bien que le terrible professeur menaçait de reparaître sous la peau de l'oncle, & je me tins pour averti.

« Maintenant, reprit-il, consulte le manomètre. Qu'indique-t-il ?

— Une pression considérable.

— Bien. Tu vois qu'en descendant doucement, en nous habituant peu à peu à la densité de cette atmosphère, nous n'en souffrons aucunement.

— Aucunement, sauf quelques douleurs d'oreilles.

— Ce n'est rien, & tu feras disparaître ce malaise en mettant l'air extérieur en communication rapide avec l'air contenu dans tes poumons.

— Parfaitement, répondis-je, bien décidé à ne plus contrarier mon oncle. Il y a même un plaisir véritable à se sentir plongé dans cette atmosphère plus dense. Avez-vous remarqué avec quelle intensité le son s'y propage ?

— Sans doute ; un sourd finirait par y entendre à merveille.

— Mais cette densité augmentera sans aucun doute ?

« — Oui, suivant une loi assez peu déterminée; il est vrai que l'intensité de la pesanteur diminuera à mesure que nous descendrons. Tu sais que c'est à la surface même de la terre que son action se fait le plus vivement sentir, & qu'au centre du globe les objets ne pèsent plus.

— Je le sais; mais dites-moi, cet air ne finira-t-il pas par acquérir la densité de l'eau?

— Sans doute, sous une pression de sept cent dix atmosphères.

— Et plus bas?

— Plus bas, cette densité s'accroîtra encore.

— Comment descendrons-nous alors?

— Eh bien nous mettrons des cailloux dans nos poches.

— Ma foi, mon oncle, vous avez réponse à tout. »

Je n'osai pas aller plus avant dans le champ des hypothèses, car je me serais encore heurté à quelque impossibilité qui eût fait bondir le professeur.

Il était évident, cependant, que l'air, sous une pression qui pouvait atteindre des milliers d'atmosphères, finirait par passer à l'état solide, & alors, en admettant que nos corps eussent résisté, il faudrait s'arrêter, en dépit de tous les raisonnements du monde.

Mais je ne fis pas valoir cet argument. Mon oncle m'aurait encore riposté par son éternel Saknussemm, précédent sans valeur, car, en tenant pour avéré le

voyage du savant Islandais, il y avait une chose **bien**
simple à répondre :

Au seizième siècle, ni le baromètre ni le manomètre n'étaient inventés; comment donc Saknussemm avait-il pu déterminer son arrivée au centre
du globe?

Mais je gardai cette objection pour moi, & j'attendis les événements.

Le reste de la journée se passa en calculs & en
conversation. Je fus toujours de l'avis du professeur
Lidenbrock, & j'enviai la parfaite indifférence de
Hans, qui, sans tant chercher les effets & les causes,
s'en allait aveuglément où le menait la destinée.

XXVI

Il faut l'avouer, les choses jusqu'ici se passaient
bien, & j'aurais eu mauvaise grâce à me plaindre.
Si la « moyenne » des difficultés ne s'accroissait
pas, nous ne pouvions manquer d'atteindre notre
but. Et quelle gloire alors! J'en étais arrivé à faire
de ces raisonnements à la Lidenbrock. Sérieusement. Cela tenait-il au milieu étrange dans lequel
je vivais? Peut-être.

Pendant quelques jours, des pentes plus rapides, quelques-unes même d'une effrayante verticalité, nous engagèrent profondément dans le massif interne; par certaines journées, on gagnait une lieue & demie à deux lieues vers le centre. Descentes périlleuses, pendant lesquelles l'adresse de Hans & son merveilleux sang-froid nous furent très-utiles. Cet impassible Islandais se dévouait avec un incompréhensible sans-façon, &, grâce à lui, plus d'un mauvais pas fut franchi dont nous ne serions pas sortis seuls.

Par exemple, son mutisme s'augmentait de jour en jour. Je crois même qu'il nous gagnait. Les objets extérieurs ont une action réelle sur le cerveau Qui s'enferme entre quatre murs finit par perdre la faculté d'associer les idées & les mots. Que de prisonniers cellulaires devenus imbéciles, sinon fous, par le défaut d'exercice des facultés pensantes.

Pendant les deux semaines qui suivirent notre dernière conversation, il ne se produisit aucun incident digne d'être rapporté. Je ne retrouve dans ma mémoire, & pour cause, qu'un seul événement d'une extrême gravité. Il m'eût été difficile d'en oublier le moindre détail.

Le 7 août, nos descentes successives nous avaient amenés à une profondeur de trente lieues; c'est-à-dire qu'il y avait sur notre tête trente lieues de rocs, d'océan, de continents & de villes. Nous devions être alors à deux cents lieues de l'Islande.

Ce jour-là le tunnel suivait un plan peu incliné.

Je marchais en avant; mon oncle portait l'un des deux appareils de Ruhmkorff, & moi l'autre. J'examinais les couches de granit.

Tout à coup, en me retournant, je m'aperçus que j'étais seul.

« Bon, pensais-je, j'ai marché trop vite, ou bien Hans & mon oncle se sont arrêtés en route. Allons, il faut les rejoindre. Heureusement le chemin ne monte pas sensiblement. »

Je revins sur mes pas. Je marchai pendant un quart d'heure. Je regardai. Personne. J'appelai. Point de réponse. Ma voix se perdit au milieu des caverneux échos qu'elle éveilla soudain.

Je commençai à me sentir inquiet. Un frisson me parcourut tout le corps.

« Un peu de calme, dis-je à haute voix. Je suis sûr de retrouver mes compagnons. Il n'y a pas deux routes! Or, j'étais en avant, retournons en arrière. »

Je remontai pendant une demi-heure . J'écoutai si quelque appel ne m'était pas adressé, & dans cette atmosphère si dense, il pouvait m'arriver de loin. Un silence extraordinaire régnait dans l'immense galerie.

Je m'arrêtai. Je ne pouvais croire à mon isolement. Je voulais bien être égaré, non perdu. Égaré, on se retrouve.

« Voyons, répétai-je, puisqu'il n'y a qu'une route, puisqu'ils la suivent, je dois les rejoindre. Il suffira de remonter encore. A moins que, ne me voyant pas, & oubliant que je les devançais, ils n'aient eu la pensée de revenir en arrière. Eh bien! même dans ce cas, en me hâtant, je les retrouverai. C'est évident! »

Je répétai ces derniers mots comme un homme qui n'est pas convaincu. D'ailleurs, pour associer ces idées si simples, & les réunir sous forme de raisonnement, je dus employer un temps fort long.

Un doute me prit alors. Étais-je bien en avant? Certes. Hans me suivait, précédant mon oncle. Il s'était même arrêté pendant quelques instants pour rattacher ses bagages sur son épaule. Ce détail me revenait à l'esprit. C'est à ce moment même que j'avais dû continuer ma route.

« D'ailleurs, pensai-je, j'ai un moyen sûr de ne pas m'égarer, un fil pour me guider dans ce labyrinthe, & qui ne saurait casser, mon fidèle ruisseau. Je n'ai qu'à remonter son cours, & je retrouverai forcément les traces de mes compagnons. »

Ce raisonnement me ranima, & je résolus de me remettre en marche sans perdre un instant.

Combien je bénis alors la prévoyance de mon oncle, lorsqu'il empêcha le chasseur de boucher l'entaille faite à la paroi de granit! Ainsi cette bienfaisante source, après nous avoir désaltéré pen-

dant la route, allait me guider à travers les sinuosités de l'écorce terrestre.

Avant de remonter, je pensai qu'une ablution
me ferait quelque bien.

Je me baissai donc pour plonger mon front dans
l'eau du Hans-bach !

Que l'on juge de ma stupéfaction !

Je foulais un granit sec & raboteux ! Le ruisseau
ne coulait plus à mes pieds !

XXVII

Je ne puis peindre mon désespoir ; nul mot de
la langue humaine ne rendrait mes sentiments.
J'étais enterré vif, avec la perspective de mourir
dans les tortures de la faim & de la soif.

Machinalement je promenai mes mains brûlantes
sur le sol. Que ce roc me sembla desséché !

Mais comment avais-je abandonné le cours du
ruisseau ? Car, enfin, il n'était plus là ! Je compris
alors la raison de ce silence étrange, quand j'écoutai
pour la dernière fois si quelque appel de mes compagnons ne parviendrait pas à mon oreille. Ainsi,
au moment où mon premier pas s'engagea dans la

route imprudente, je ne remarquai point cette absence du ruisseau. Il est évident qu'à ce moment,
une bifurcation de la galerie s'ouvrit devant moi,
tandis que le Hans-bach, obéissant aux caprices
d'une autre pente, s'en allait avec mes compagnons
vers des profondeurs inconnues!

Comment revenir. De traces, il n'y en avait pas.
Mon pied ne laissait aucune empreinte sur ce granit.
Je me brisais la tête à chercher la solution de cet
insoluble problème. Ma situation se résumait en
un seul mot : perdu!

Oui! perdu à une profondeur qui me semblait
incommensurable! Ces trente lieues d'écorce terrestre pesaient sur mes épaules d'un poids épouvantable! Je me sentais écrasé.

J'essayai de ramener mes idées aux choses de la
terre. C'est à peine si je pus y parvenir. Hambourg,
la maison de König-strasse, ma pauvre Graüben,
tout ce monde sous lequel je m'égarais, passa rapidement devant mon souvenir effaré. Je revis dans
une vive hallucination les incidents du voyage, la
traversée, l'Islande, M. Fridriksson, le Sneffels!
Je me dis que si, dans ma position, je conservais
encore l'ombre d'une espérance, ce serait signe de
folie, & qu'il valait mieux désespérer!

En effet, quelle puissance humaine pouvait me
ramener à la surface du globe & disjoindre ces
voûtes énormes qui s'arc-boutaient au-dessus de

ma tête? Qui pouvait me remettre sur **la route du retour** & me réunir à mes compagnons?

« Oh! mon oncle! » m'écriai-je avec l'accent du désespoir.

Ce fut le seul mot de reproche qui me vint aux lèvres, car je compris ce que le malheureux homme devait souffrir en me cherchant à son tour.

Quand je me vis ainsi en dehors de tout secours humain, incapable de rien tenter pour mon salut, je songeai aux secours du ciel. Les souvenirs de mon enfance, ceux de ma mère que je n'avais connue qu'au temps des baisers, revinrent à ma mémoire. Je recourus à la prière, quelque peu de droits que j'eusse d'être entendu du Dieu auquel je m'adressais si tard, & je l'implorai avec ferveur.

Ce retour vers la Providence me rendit un peu de calme, & je pus concentrer sur ma situation toutes les forces de mon intelligence.

J'avais pour trois jours de vivres, & ma gourde était pleine. Cependant je ne pouvais rester seul plus longtemps. Mais fallait-il monter ou descendre?

Monter évidemment! monter toujours!

Je devais arriver ainsi au point où j'avais abandonné la source, à la funeste bifurcation. Là, une fois le ruisseau sous les pieds, je pourrais toujours regagner le sommet du Sneffels.

Comment n'y avais-je pas songé plus tôt ! Il y avait évidemment là une chance de salut. Le plus pressé était donc de retrouver le cours du Hansbach.

Je me levai &, m'appuyant sur mon bâton ferré, je remontai la galerie. La pente en était assez roide. Je marchais avec espoir & sans embarras, comme un homme qui n'a pas le choix du chemin à suivre.

Pendant une demi-heure, aucun obstacle n'arrêta mes pas. J'essayais de reconnaître ma route à la forme du tunnel, à la saillie de certaines roches, à la disposition des anfractuosités. Mais aucun signe particulier ne frappait mon esprit, & je reconnus bientôt que cette galerie ne pouvait me ramener à la bifurcation. Elle était sans issue. Je me heurtai contre un mur impénétrable, & je tombai sur le roc.

De quelle épouvante, de quel désespoir je fus saisi alors, je ne saurais le dire. Je demeurai anéanti. Ma dernière espérance venait de se briser contre cette muraille de granit.

Perdu dans ce labyrinthe dont les sinuosités se croisaient en tous sens, je n'avais plus à tenter une fuite impossible. Il fallait mourir de la plus effroyable des morts ! Et, chose étrange, il me vint à la pensée que, si mon corps fossilisé se retrouvait un jour, sa rencontre à trente lieues dans les

entrailles de la terre soulèverait de graves questions
scientifiques !

Je voulus parler à voix haute, mais de rauques
accents passèrent seuls entre mes lèvres desséchées.
Je haletais.

Au milieu de ces angoisses, une nouvelle terreur vint s'emparer de mon esprit. Ma lampe s'é-
tait faussée en tombant. Je n'avais aucun moyen
de la réparer. Sa lumière pâlissait & allait me
manquer !

Je regardai le courant lumineux s'amoindrir dans
le serpentin de l'appareil. Une procession d'ombres
mouvantes se déroula sur les parois assombries.
Je n'osais plus abaisser ma paupière, craignant de
perdre le moindre atome de cette clarté fugitive ! A
chaque instant il me semblait qu'elle allait s'é-
vanouir & que « le noir » m'envahissait.

Enfin, une dernière lueur trembla dans la lampe.
Je la suivis, je l'aspirai du regard, je concentrai
sur elle toute la puissance de mes yeux, comme
sur la dernière sensation de lumière qu'il leur
fût donné d'éprouver, & je demeurai plongé dans
les ténèbres immenses.

Quel cri terrible m'échappa ! Sur terre, au milieu
des plus profondes nuits, la lumière n'abandonne
jamais entièrement ses droits ; elle est diffuse, elle
est subtile ; mais, si peu qu'il en reste, la rétine de
l'œil finit par la percevoir ! Ici, rien. L'ombre ab-

solue faisait de moi un aveugle dans toute l'accep-
tion du mot.

Alors ma tête se perdit. Je me relevai les
bras en avant, essayant les tâtonnements les plus
douloureux; je me pris à fuir, précipitant mes
pas au hasard dans cet inextricable labyrinthe,
descendant toujours, courant à travers la croûte
terrestre, comme un habitant des failles souterraines, appelant, criant, hurlant, bientôt meur-
tri aux saillies des rocs, tombant & me relevant
ensanglanté, cherchant à boire ce sang qui m'i-
nondait le visage, & attendant toujours que quelque
muraille imprévue vînt offrir à ma tête un obstacle
pour s'y briser!

Où me conduisit cette course insensée? Je l'igno-
rerai toujours. Après plusieurs heures, sans doute
à bout de forces, je tombai comme une masse inerte
le long de la paroi, & je perdis tout sentiment
d'existence!

XXVIII

Quand je revins à la vie, mon visage était mouillé,
mais mouillé de larmes. Combien dura cet état
d'insensibilité, je ne saurais le dire. Je n'avais plus

aucun moyen de me rendre compte du temps. Jamais solitude ne fut semblable à la mienne, jamais abandon si complet !

Après ma chute, j'avais perdu beaucoup de sang. Je m'en sentais inondé! Ah ! combien je regrettai de n'être pas mort « & que ce fût encore à faire ! » Je ne voulais plus penser. Je chassai toute idée &, vaincu par la douleur, je me roulai près de la paroi opposée.

Déjà je sentais l'évanouissement me reprendre, &, avec lui, l'anéantissement suprême, quand un bruit violent vint frapper mon oreille. Il ressemblait au roulement prolongé du tonnerre, & j'entendis les ondes sonores se perdre peu à peu dans les lointaines profondeurs du gouffre.

D'où provenait ce bruit? de quelque phénomène sans doute, qui s'accomplissait au sein du massif terrestre. L'explosion d'un gaz, ou la chute de quelque puissante assise du globe.

J'écoutai encore. Je voulus savoir si ce bruit se renouvellerait. Un quart d'heure se passa. Le silence régnait dans la galerie. Je n'entendais même plus les battements de mon cœur.

Tout à coup mon oreille, appliquée par hasard sur la muraille, crut surprendre des paroles vagues, insaisissables, lointaines. Je tressaillis.

« C'est une hallucination ! » pensai-je.

Mais non. En écoutant avec plus d'attention, j'en-

tendis réellement un murmure de voix. Mais de
comprendre ce qui se disait, c'est ce que ma faiblesse ne me permit pas. Cependant on parlait. J'en
étais certain.

J'eus un instant la crainte que ces paroles ne fussent les miennes, rapportées par un écho. Peut-être
avais-je crié à mon insu? Je fermai fortement les
lèvres & j'appliquai de nouveau mon oreille à la
paroi.

« Oui, certes, on parle! on parle! »

En me portant même à quelques pieds plus loin
le long de la muraille, j'entendis plus distinctement.
Je parvins à saisir des mots incertains, bizarres,
incompréhensibles. Ils m'arrivaient comme des paroles prononcées à voix basse, murmurées, pour
ainsi dire. Le mot « förlorad » était plusieurs fois
répété, & avec un accent de douleur.

Que signifiait-il? Qui le prononçait? Mon oncle
ou Hans, évidemment. Mais si je les entendais, ils
pouvaient donc m'entendre.

« A moi! criai-je de toutes mes forces, à moi! »

J'écoutai, j'épiai dans l'ombre une réponse, un
cri, un soupir. Rien ne se fit entendre. Quelques
minutes se passèrent. Tout un monde d'idées avait
éclos dans mon esprit. Je pensai que ma voix affaiblie ne pouvait arriver jusqu'à mes compagnons.

« Car ce sont eux, répétai-je. Quels autres hommes
seraient enfouis à trente lieues sous terre? »

Je me remis à écouter. En promenant mon oreille
sur la paroi, je trouvai un point mathématique
où les voix paraissaient atteindre leur maximum
d'intensité. Le mot « förlorad » revint encore à mon
oreille, puis ce roulement de tonnerre qui m'avait
tiré de ma torpeur.

« Non, dis-je, non. Ce n'est point à travers le
massif que ces voix se font entendre. La paroi est
faite de granit; elle ne permettrait pas à la plus
forte détonation de la traverser! Ce bruit arrive
par la galerie même! Il faut qu'il y ait là un effet
d'acoustique tout particulier!»

J'écoutai de nouveau, & cette fois, oui! cette fois,
j'entendis mon nom distinctement jeté à travers l'espace!

C'était mon oncle qui le prononçait! Il causait
avec le guide, & le mot « förlorad » était un mot
danois!

Alors je compris tout. Pour me faire entendre, il
fallait précisément parler le long de cette muraille
qui servirait à conduire ma voix comme le fil de fer
conduit l'électricité.

Mais je n'avais pas de temps à perdre. Que mes
compagnons se fussent éloignés de quelques pas, &
le phénomène d'acoustique eût été détruit. Je m'approchai donc de la muraille, & je prononçai ces
mots, aussi distinctement que possible :

« Mon oncle Lidenbrock! »

J'attendis dans la plus vive anxiété. Le son n'a pas une rapidité extrême. La densité des couches d'air n'accroît même pas sa vitesse; elle n'augmente que son intensité. Quelques secondes, des siècles, se passèrent, & enfin ces paroles arrivèrent à mon oreille.

« Axel, Axel! est-ce toi? »

. . . .

« Oui! oui! » répondis-je!

. . . .

« Mon pauvre enfant, où es-tu ? »

. . . .

« Perdu, dans la plus profonde obscurité! »

. . . .

« Mais ta lampe? »

. . . .

« Éteinte. »

. . . .

« Et le ruisseau? »

. . . .

« Disparu. »

. . . .

« Axel, mon pauvre Axel, reprends courage! »

. . . .

« Attendez un peu, je suis épuisé; je n'ai plus la force de répondre. Mais parlez-moi! »

. . . .

« Courage, reprit mon oncle; ne parle pas,

écoute-moi. Nous t'avons cherché en remontant &
en descendant la galerie. Impossible de te trouver.
Ah! je t'ai bien pleuré, mon enfant! Enfin, te sup-
posant toujours sur le chemin du Hans-bach, nous
sommes redescendus en tirant des coups de fusil.
Maintenant, si nos voix peuvent se réunir, pur
effet d'acoustique! nos mains ne peuvent se toucher! Mais ne te désespère pas, Axel! C'est déjà
quelque chose de s'entendre! »

. . . .

Pendant ce temps j'avais réfléchi. Un certain espoir, vague encore, me revenait au cœur. Tout
d'abord, une chose m'importait à connaître. J'approchai donc mes lèvres de la muraille, & je dis :
« Mon oncle? »

. . . .

« Mon enfant? » me fut-il répondu après quelques
instants.

. . . .

« Il faut d'abord savoir quelle distance nous sépare. »

. . . .

« Cela est facile. »

. . . .

« Vous avez votre chronomètre? »

. . . .

« Oui. »

. . . .

« Eh bien, prenez-le. Prononcez mon nom en notant exactement la seconde où vous parlerez. Je le répéterai, & vous observerez également le moment précis auquel vous arrivera ma réponse. »

. . . .

« Bien, & la moitié du temps compris entre ma demande & ta réponse indiquera celui que ma voix emploie pour arriver jusqu'à toi. »

. . . .

« C'est cela, mon oncle. »

. . . .

« Es-tu prêt ? »

. . . .

« Oui. »

. . . .

« Eh bien, fais attention, je vais prononcer ton nom. »

. . . .

J'appliquai mon oreille sur la paroi, & dès que le mot « Axel » me parvint, je répondis immédiatement « Axel, » puis j'attendis.

. . . .

« Quarante secondes, » dit alors mon oncle; il s'est écoulé quarante secondes entre les deux mots; le son met donc vingt secondes à monter. Or, à mille vingt pieds par seconde, cela fait vingt mille quatre cents pieds, ou une lieue & demie & un huitième. »

. . . .

« Une lieue & demie! » murmurai-je.

. . . .

« Eh bien, cela se franchit, Axel! »

. . . .

« Mais faut-il monter ou descendre? »

. . . .

« Descendre, & voici pourquoi. Nous sommes arrivés à un vaste espace, auquel aboutissent un grand nombre de galeries. Celle que tu as suivie ne peut manquer de t'y conduire, car il semble que toutes ces fentes, ces fractures du globe rayonnent autour de l'immense caverne que nous occupons. Relève-toi donc & reprends ta route; marche, traîne-toi, s'il le faut, glisse sur les pentes rapides, & tu trouveras nos bras pour te recevoir au bout du chemin. En route, mon enfant, en route! »

. . . .

Ces paroles me ranimèrent.

« Adieu, mon oncle, m'écriai-je; je pars. Nos voix ne pourront plus communiquer entre elles, du moment que j'aurai quitté cette place! Adieu donc! »

. . . .

« Au revoir, Axel! au revoir! »

. . . .

Telles furent les dernières paroles que j'entendis

Cette surprenante conversation faite au travers de la masse terrestre, échangée à plus d'une lieue de distance, se termina sur ces paroles d'espoir! Je fis une prière de reconnaissance à Dieu, car il m'avait conduit parmi ces immensités sombres au seul point peut-être où la voix de mes compagnons pouvait me parvenir.

Cet effet d'acoustique très-étonnant s'expliquait facilement par les seules lois physiques; il provenait de la forme du couloir & de la conductibilité de la roche; il y a bien des exemples de cette propagation de sons non perceptibles aux espaces intermédiaires. Je me souvins qu'en maint endroit ce phénomène fut observé, entre autres, dans la galerie intérieure du dôme de Saint-Paul à Londres, & surtout, au milieu de ces curieuses cavernes de Sicile, ces latomies situées près de Syracuse, dont la plus merveilleuse en ce genre est connue sous le nom d'Oreille de Denys.

Ces souvenirs me revinrent à l'esprit, & je vis clairement que, puisque la voix de mon oncle arrivait jusqu'à moi, aucun obstacle n'existait entre nous. En suivant le chemin du son, je devais logiquement arriver comme lui, si les forces ne me trahissaient pas en route.

Je me levai donc. Je me traînai plutôt que je ne marchai. La pente était assez rapide; je me laissai glisser.

Bientôt la vitesse de ma descente s'accrut dans une effrayante proportion, & menaçait de ressembler à une chute. Je n'avais plus la force de m'arrêter.

Tout à coup le terrain manqua sous mes pieds. Je me sentis rouler en rebondissant sur les aspérités d'une galerie verticale, un véritable puits; ma tête porta sur un roc aigu, & je perdis connaissance.

XXIX

Lorsque je revins à moi, j'étais dans une demi-obscurité, étendu sur d'épaisses couvertures. Mon oncle veillait, épiant sur mon visage un reste d'existence. A mon premier soupir il me prit la main; à mon premier regard il poussa un cri de joie.

« Il vit ! il vit ! s'écria-t-il.

— Oui, répondis-je d'une voix faible.

— Mon enfant, fit mon oncle en me serrant sur sa poitrine, te voilà sauvé ! »

Je fus vivement touché de l'accent dont furent prononcées ces paroles, & plus encore des soins qui les accompagnèrent. Mais il fallait de telles épreuves pour provoquer chez le professeur un pareil épanchement.

En ce moment Hans arriva. Il vit ma main dans celle de mon oncle; j'ose affirmer que ses yeux exprimèrent un vif contentement.

— « God dag, » dit-il.

— Bonjour, Hans, bonjour, murmurai-je. Et maintenant, mon oncle, apprenez-moi où nous sommes en ce moment?

— Demain, Axel, demain; aujourd'hui tu es encore trop faible; j'ai entouré ta tête de compresses qu'il ne faut pas déranger; dors donc, mon garçon, & demain tu sauras tout.

— Mais au moins, repris-je, quelle heure, quel jour est-il?

— Onze heures du soir; c'est aujourd'hui dimanche, 9 août, & je ne te permets plus de m'interroger avant le 10 du présent mois. »

En vérité, j'étais bien faible; mes yeux se fermèrent involontairement. Il me fallait une nuit de repos; je me laissai donc assoupir sur cette pensée que mon isolement avait duré quatre longs jours.

Le lendemain, à mon réveil, je regardai autour de moi. Ma couchette, faite de toutes les couvertures de voyage, se trouvait installée dans une grotte charmante, ornée de magnifiques stalagmites, & dont le sol était recouvert d'un sable fin. Il y régnait une demi-obscurité. Aucune torche, aucune lampe

n'était allumée, & cependant certaines clartés inex-
plicables venaient du dehors en pénétrant par une
étroite ouverture de la grotte. J'entendais aussi un
murmure vague & indéfini, semblable au gémisse-
ment des flots qui se brisent sur une grève, & parfois les sifflements de la brise.

Je me demandai si j'étais bien éveillé, si je rêvais
encore, si mon cerveau, félé dans ma chute, ne per-
cevait pas des bruits purement imaginaires. Cependant ni mes yeux ni mes oreilles ne pouvaient
se tromper à ce point.

« C'est un rayon du jour, pensai-je, qui se glisse
par cette fente de rochers! Voilà bien le murmure
des vagues! Voilà le sifflement de la brise! Est-ce
que je me trompe, ou sommes-nous revenus à la
surface de la terre? Mon oncle a-t-il donc renoncé
à son expédition, ou l'aurait-il heureusement terminée? »

Je me posais ces insolubles questions, quand le
professeur entra.

« Bonjour, Axel! fit-il joyeusement. Je gagerais
volontiers que tu te portes bien!

— Mais oui, dis-je en me redressant sur les
couvertures.

— Cela devait être, car tu as tranquillement
dormi. Hans & moi, nous t'avons veillé tour à tour,
& nous avons vu ta guérison faire des progrès sensibles.

— En effet, je me sens ragaillardi, & la preuve, c'est que je ferai honneur au déjeuner que vous voudrez bien me servir !

— Tu mangeras, mon garçon : la fièvre t'a quitté. Hans a frotté tes plaies avec je ne sais quel onguent dont les Islandais ont le secret, & elles se sont cicatrisées à merveille. C'est un fier homme que notre chasseur ! »

Tout en parlant, mon oncle apprêtait quelques aliments que je dévorai, malgré ses recommandations. Pendant ce temps je l'accablai de questions auxquelles il s'empressa de répondre.

J'appris alors que ma chute providentielle m'avait précisément amené à l'extrémité d'une galerie presque perpendiculaire ; comme j'étais arrivé au milieu d'un torrent de pierres, dont la moins grosse eût suffi à m'écraser, il fallait en conclure qu'une partie du massif avait glissé avec moi. Cet effrayant véhicule me transporta ainsi jusque dans les bras de mon oncle, où je tombai sanglant & inanimé.

« Véritablement, me dit-il, il est étonnant que tu ne te sois pas tué mille fois. Mais, pour Dieu ! ne nous séparons plus, car nous risquerions de ne jamais nous revoir. »

« Ne nous séparons plus ! » Le voyage n'était donc pas fini ? J'ouvris de grands yeux étonnés, ce qui provoqua immédiatement cette question :

« Qu'as-tu donc, Axel ?

— Une demande à vous adresser. Vous dites que me voilà sain & sauf?

— Sans doute.

— J'ai tous mes membres intacts?

— Certainement.

— Et ma tête?

— Ta tête, sauf quelques contusions, est parfaitement à sa place sur tes épaules.

— Eh bien, j'ai peur que mon cerveau ne soit dérangé.

— Dérangé?

— Oui. Nous ne sommes pas revenus à la surface du globe?

— Non, certes!

— Alors il faut que je sois fou, car j'aperçois la lumière du jour, j'entends le bruit du vent qui souffle & de la mer qui se brise!

— Ah! n'est-ce que cela?

— M'expliquerez-vous?

— Je ne t'expliquerai rien, car c'est inexplicable; mais tu verras & tu comprendras que la science géologique n'a pas encore dit son dernier mot.

— Sortons donc! m'écriai-je en me levant brusquement.

— Non, Axel, non! le grand air pourrait te faire du mal.

— Le grand air?

— Oui, le vent est assez violent. Je ne veux pas que tu t'exposes ainsi.

— Mais je vous assure que je me porte à merveille.

— Un peu de patience, mon garçon. Une rechute nous mettrait dans l'embarras, & il ne faut pas perdre de temps, car la traversée peut être longue.

— La traversée?

— Oui, repose-toi encore aujourd'hui, & nous nous embarquerons demain.

— Nous embarquer! »

Ce dernier mot me fit bondir.

Quoi! nous embarquer! Avions-nous donc un fleuve, un lac, une mer à notre disposition? Un bâtiment était-il mouillé dans quelque port intérieur?

Ma curiosité fut excitée au plus haut point. Mon oncle essaya vainement de me retenir. Quand il vit que mon impatience me ferait plus de mal que la satisfaction de mes désirs, il céda.

Je m'habillai rapidement; par surcroît de précaution, je m'enveloppai dans une des couvertures & je sortis de la grotte.

XXX

D'abord je ne vis rien; mes yeux, déshabitués de
la lumière, se fermèrent brusquement. Lorsque je
pus les rouvrir, je demeurai encore plus stupéfait
qu'émerveillé.

« La mer! m'écriai-je.

— Oui, répondit mon oncle, la mer Lidenbrock; &, j'aime à le penser, aucun navigateur ne
me disputera l'honneur de l'avoir découverte & le
droit de la nommer de mon nom! »

Une vaste nappe d'eau, le commencement d'un
lac ou d'un océan, s'étendait au delà des limites de
la vue. Le rivage, largement échancré, offrait aux
dernières ondulations des vagues un sable fin, doré
& parsemé de ces petits coquillages où vécurent
les premiers êtres de la création. Les flots s'y
brisaient avec ce murmure sonore particulier aux
milieux clos & immenses; une légère écume s'en-
volait au souffle d'un vent modéré, & quelques em-
bruns m'arrivaient au visage. Sur cette grève légèrement inclinée, à cent toises environ de la lisière
des vagues, venaient mourir les contre-forts de

rochers énormes qui montaient en s'évasant à une incommensurable hauteur. Quelques-uns, déchirant le rivage de leur arête aiguë, formaient des caps & des promontoires rongés par la dent du ressac. Plus loin, l'œil suivait leur masse nettement profilée sur les fonds brumeux de l'horizon.

C'était un océan véritable, avec le contour capricieux des rivages terrestres, mais désert & d'un aspect effroyablement sauvage.

Si mes regards pouvaient se promener au loin sur cette mer, c'est qu'une lumière « spéciale » en éclairait les moindres détails. Non pas la lumière du soleil avec ses faisceaux éclatants & l'irradiation splendide de ses rayons, ni la lueur pâle & vague de l'astre des nuits, qui n'est qu'une réflexion sans chaleur. Non. Le pouvoir éclairant de cette lumière, sa diffusion tremblotante, sa blancheur claire & sèche, le peu d'élévation de sa température, son éclat supérieur en réalité à celui de la lune, accusaient évidemment une origine purement électrique. C'était comme une aurore boréale, un phénomène cosmique continu, qui remplissait cette caverne capable de contenir un océan.

La voûte suspendue au-dessus de ma tête, le ciel, si l'on veut, semblait fait de grands nuages, vapeurs mobiles & changeantes, qui, par l'effet de la condensation, devaient, à de certains jours, se résoudre en pluies torrentielles. J'aurais cru que, sous une

pression aussi forte de l'atmosphère, l'évaporation
de l'eau ne pouvait se produire, & cependant, par
une raison physique qui m'échappait, il y avait
de larges nuées étendues dans l'air. Mais alors « il
faisait beau. » Les nappes électriques produisaient
d'étonnants jeux de lumière sur les nuages très-
élevés ; des ombres vives se dessinaient à leurs volutes inférieures, & souvent, entre deux couches
disjointes, un rayon se glissait jusqu'à nous avec
une remarquable intensité. Mais, en somme, ce
n'était pas le soleil, puisque la chaleur manquait à
sa lumière. L'effet en était triste & souverainement
mélancolique. Au lieu d'un firmament brillant
d'étoiles, je sentais par-dessus ces nuages une voûte
de granit qui m'écrasait de tout son poids, &
cet espace n'eût pas suffi, tout immense qu'il
fût, à la promenade du moins ambitieux des sa-
tellites.

Je me souvins alors de cette théorie d'un capitaine anglais qui assimilait la terre à une vaste
sphère creuse, à l'intérieur de laquelle l'air se maintenait lumineux par suite de sa pression, tandis
que deux astres, Pluton & Proserpine, y traçaient
leurs mystérieuses orbites. Aurait-il dit vrai ?

Nous étions réellement emprisonnés dans une
énorme excavation. Sa largeur, on ne pouvait la juger, puisque le rivage allait s'élargissant à perte de
vue, ni sa longueur, car le regard était bientôt ar-

rêté par une ligne d'horizon un peu indécise.
Quant à sa hauteur, elle devait dépasser plusieurs
lieues. Où cette voûte s'appuyait sur ses contre-
forts de granit ? L'œil ne pouvait l'apercevoir ; mais
il y avait tel nuage suspendu dans l'atmosphère,
dont l'élévation devait être estimée à deux mille
toises, altitude supérieure à celle des vapeurs terrestres, & due sans doute à la densité considérable
de l'air.

Le mot « caverne » ne rend évidemment pas ma
pensée pour peindre cet immense milieu. Mais les
mots de la langue humaine ne peuvent suffire à qui
se hasarde dans les abîmes du globe.

Je ne savais pas, d'ailleurs, par quel fait géologique expliquer l'existence d'une pareille excavation. Le refroidissement du globe avait-il donc pu
la produire ? Je connaissais bien, par les récits des
voyageurs, certaines cavernes célèbres, mais aucune ne présentait de telles dimensions.

Si la grotte de Guachara, en Colombie, visitée
par M. de Humboldt, n'avait pas livré le secret
de sa profondeur au savant qui la reconnut sur
un espace de deux mille cinq cents pieds, elle
ne s'étendait vraisemblablement pas beaucoup au
delà. L'immense caverne du Mammouth, dans le
Kentucky, offrait bien des proportions gigantesques, puisque sa voûte s'élevait à cinq cents pieds
au-dessus d'un lac insondable, & que des voyageurs

la parcoururent pendant plus de dix lieues sans
rencontrer la fin. Mais qu'étaient ces cavités auprès
de celle que j'admirais alors, avec son ciel de vapeurs, ses irradiations électriques & une vaste mer
renfermée dans ses flancs? Mon imagination se sentait impuissante devant cette immensité.

Toutes ces merveilles, je les contemplais en silence. Les paroles me manquaient pour rendre
mes sensations. Je croyais assister, dans quelque
planète lointaine, Uranus ou Neptune, à des phénomènes dont ma nature « terrestrielle » n'avait
pas conscience. A des sensations nouvelles il fallait des mots nouveaux, & mon imagination ne
me les fournissait pas. Je regardais, je pensais,
j'admirais avec une stupéfaction mêlée d'une certaine quantité d'effroi.

L'imprévu de ce spectacle avait rappelé sur mon
visage les couleurs de la santé; j'étais en train
de me traiter par l'étonnement & d'opérer ma guérison au moyen de cette nouvelle thérapeutique;
d'ailleurs la vivacité d'un air très-dense me ra-
nimait, en fournissant plus d'oxygène à mes poumons.

On concevra sans peine qu'après un emprison-
nement de quarante-sept jours dans une étroite
galerie, c'était une jouissance infinie que d'aspi-
rer cette brise chargée d'humides émanations salines.

Aussi n'eus-je point à me repentir d'avoir quitté ma grotte obscure. Mon oncle, déjà fait à ces merveilles, ne s'étonnait plus.

« Te sens-tu la force de te promener un peu? me demanda-t-il.

— Oui, certes, répondis-je, & rien ne me sera plus agréable.

— Eh bien, prends mon bras, Axel, & suivons les sinuosités du rivage. »

J'acceptai avec empressement, & nous commençâmes à côtoyer cet océan nouveau. Sur la gauche, des rochers abrupts, grimpés les uns sur les aütres, formaient un entassement titanesque d'un prodigieux effet. Sur leurs flancs se déroulaient d'innombrables cascades, qui s'en allaient en nappes limpides & retentissantes; quelques légères vapeurs, sautant d'un roc à l'autre, marquaient la place des sources chaudes, & des ruisseaux coulaient doucement vers le bassin commun, en cherchant dans les pentes l'occasion de murmurer plus agréablement.

Parmi ces ruisseaux je reconnus notre fidèle compagnon de route, le Hans-bach, qui venait se perdre tranquillement dans la mer, comme s'il n'eût jamais fait autre chose depuis le commencement du monde.

« Il nous manquera désormais, dis-je avec un soupir.

13.

— Bah! répondit le professeur, lui ou un autre, qu'importe? »

Je trouvai la réponse un peu ingrate.

Mais en ce moment mon attention fut attirée
par un spectacle inattendu. A cinq cents pas, au
détour d'un haut promontoire, une forêt haute,
touffue, épaisse, apparut à nos yeux. Elle était
faite d'arbres de moyenne grandeur, taillés en
parasols réguliers, à contours nets & géométriques;
les courants de l'atmosphère ne semblaient pas avoir
prise sur leur feuillage, &, au milieu des souffles,
ils demeuraient immobiles comme un massif de cè-
dres pétrifiés.

Je hâtai le pas. Je ne pouvais mettre un nom à ces
essences singulières. Ne faisaient-elles point partie
des deux cent mille espèces végétales connues jusqu'alors, & fallait-il leur accorder une place spéciale
dans la flore des végétations lacustres? Non. Quand
nous arrivâmes sous leur ombrage, ma surprise ne
fut plus que de l'admiration.

En effet, je me trouvais en présence de produits
de la terre, mais taillés sur un patron gigantesque.
Mon oncle les appela immédiatement de leur nom.

« Ce n'est qu'une forêt de champignons,» dit-il.

Et il ne se trompait pas. Que l'on juge du développement acquis par ces plantes chères aux milieux chauds & humides. Je savais que le « lycoper-
don giganteum » atteint, suivant Bulliard, huit à

neuf pieds de circonférence; mais il s'agissait ici
de champignons blancs, hauts de trente à quarante
pieds, avec une calotte d'un diamètre égal. Ils
étaient là par milliers; la lumière ne parvenait
pas à percer leur épais ombrage, & une obscurité complète régnait sous ces dômes juxtaposés
comme les toits ronds d'une cité africaine.

Cependant je voulus pénétrer plus avant. Un
froid mortel descendait de ces voûtes charnues.
Pendant une demi-heure, nous errâmes dans ces
humides ténèbres, & ce fut avec un véritable sentiment de bien-être que je retrouvai les bords de la
mer.

Mais la végétation de cette contrée souterraine ne
ne s'en tenait pas à ces champignons. Plus loin
s'élevaient par groupes un grand nombre d'autres arbres au feuillage décoloré. Ils étaient faciles à reconnaître; c'étaient les humbles arbustes
de la terre, avec des dimensions phénoménales,
des lycopodes hauts de cent pieds, des sigillaires géantes, des fougères arborescentes, grandes
comme les sapins des hautes latitudes, des lepido-
dendrons à tiges cylindriques bifurquées, terminées
par de longues feuilles & hérissées de poils rudes
comme de monstrueuses plantes grasses.

« Étonnant, magnifique, splendide! s'écria mon
oncle. Voilà toute la flore de la seconde époque du
monde, de l'époque de transition. Voilà ces hum-

bles plantes de nos jardins qui se faisaient arbres aux premiers siècles du globe! Regarde, Axel, admire! Jamais botaniste ne s'est trouvé à pareille fête!

— Vous avez raison, mon oncle; la Providence semble avoir voulu conserver dans cette serre immense ces plantes antédiluviennes que la sagacité des savants a reconstruites avec tant de bonheur.

— Tu dis bien, mon garçon, c'est une serre; mais tu dirais mieux encore en ajoutant que c'est peut-être une ménagerie.

— Une ménagerie!

— Oui, sans doute. Vois cette poussière que nous foulons aux pieds, ces ossements épars sur le sol.

— Des ossements! m'écriai-je. Oui, des ossements d'animaux antédiluviens! »

Je m'étais précipité sur ces débris séculaires faits d'une substance minérale indestructible (1). Je mettais sans hésiter un nom à ces os gigantesques qui ressemblaient à des troncs d'arbres desséchés.

« Voilà la mâchoire inférieure du Mastodonte, disai-je; voilà les molaires du Dinotherium, voilà un fémur qui ne peut avoir appartenu qu'au plus grand de ces animaux, au Mégatherium. Oui, c'est bien une ménagerie, car ces ossements n'ont certainement pas été transportés jusqu'ici par

(1) Phosphate de chaux.

un cataclysme; les animaux auxquels ils appar-
tiennent ont vécu sur les rivages de cette mer souterraine, à l'ombre de ces plantes arborescentes.
Tenez, j'aperçois des squelettes entiers. Et cependant...

— Cependant? dit mon oncle.

— Je ne comprends pas la présence de pareils
quadrupèdes dans cette caverne de granit.

— Pourquoi?

— Parce que la vie animale n'a existé sur la terre
qu'aux périodes secondaires, lorsque le terrain sédimentaire a été formé par les alluvions, & a rem-
placé les roches incandescentes de l'époque primitive.

— Eh bien! Axel, il y a une réponse bien simple
à faire à ton objection, c'est que ce terrain-ci est
un terrain sédimentaire.

— Comment! à une pareille profondeur au-dessous de la surface de la terre?

— Sans doute, & ce fait peut s'expliquer géolo-
giquement. A une certaine époque, la terre n'é-
tait formée que d'une écorce élastique, soumise
à des mouvements alternatifs de haut & de bas,
en vertu des lois de l'attraction. Il est probable
que des affaissements du sol se sont produits, &
qu'une partie des terrains sédimentaires a été en-
traînée au fond des gouffres subitement ouverts.

— Cela doit être. Mais, si des animaux antédiluviens ont vécu dans ces régions souterraines, qui

nous dit que l'un de ces monstres n'erre pas encore au milieu de ces forêts sombres ou derrière ces
rocs escarpés ? »

A cette idée j'interrogeai, non sans effroi, les divers points de l'horizon ; mais aucun être vivant
n'apparaissait sur ces rivages déserts.

J'étais un peu fatigué : j'allai m'asseoir alors à
l'extrémité d'un promontoire au pied duquel les
flots venaient se briser avec fracas. De là mon
regard embrassait toute cette baie formée par une
échancrure de la côte. Au fond, un petit port s'y
trouvait ménagé entre les roches pyramidales.
Ses eaux calmes dormaient à l'abri du vent. Un
brick & deux ou trois goëlettes auraient pu y
mouiller à l'aise. Je m'attendais presque à voir
quelque navire sortant toutes voiles dehors & prenant le large sous la brise du sud.

Mais cette illusion se dissipa rapidement. Nous
étions bien les seules créatures vivantes de ce monde
souterrain. Par certaines accalmies du vent, un
silence plus profond que les silences du désert,
descendait sur les rocs arides & pesait à la surface
de l'océan. Je cherchais alors à percer les brumes
lointaines, à déchirer ce rideau jeté sur le fond
mystérieux de l'horizon. Quelles demandes se
pressaient sur mes lèvres ? Où finissait cette mer ?
Où conduisait-elle ? Pourrions-nous jamais en
reconnaître les rivages opposés ?

Mon oncle n'en doutait pas, pour son compte. Moi, je le désirais & je le craignais à la fois.

Après une heure passée dans la contemplation de ce merveilleux spectacle, nous reprîmes le chemin de la grève pour regagner la grotte, & ce fut sous l'empire des plus étranges pensées que je m'endormis d'un profond sommeil.

XXXI

Le lendemain je me réveillai complétement guéri. Je pensai qu'un bain me serait très-salutaire, & j'allai me plonger pendant quelques minutes dans les eaux de cette Méditerranée. Ce nom, à coup sûr, elle le méritait entre tous.

Je revins déjeuner avec un bel appétit. Hans s'entendait à cuisiner notre petit menu; il avait de l'eau & du feu à sa disposition, de sorte qu'il put varier un peu notre ordinaire. Au dessert, il nous servit quelques tasses de café, & jamais ce délicieux breuvage ne me parut plus agréable à déguster.

« Maintenant, dit mon oncle, voici l'heure de la marée, & il ne faut pas manquer l'occasion d'étudier ce phénomène.

— Comment, la marée! m'écriai-je.

— Sans doute.

— L'influence de la lune & du soleil se fait sentir jusqu'ici?

— Pourquoi pas? Les corps ne sont-ils pas soumis dans leur ensemble à l'attraction universelle? Cette masse d'eau ne peut donc échapper à cette loi générale? Aussi, malgré la pression atmosphérique qui s'exerce à sa surface, tu vas la voir se soulever comme l'Atlantique lui-même. »

En ce moment nous foulions le sable du rivage, & les vagues gagnaient peu à peu sur la grève.

« Voilà bien le flot qui commence, m'écriai-je.

— Oui, Axel, & d'après ces relais d'écume, tu peux voir que la mer s'élève d'une dizaine de pieds environ.

— C'est merveilleux!

— Non : c'est naturel.

— Vous avez beau dire, tout cela me paraît extraordinaire, & c'est à peine si j'en crois mes yeux. Qui eût jamais imaginé dans cette écorce terrestre un océan véritable, avec ses flux & ses reflux, avec ses brises, avec ses tempêtes!

— Pourquoi pas? Y a-t-il une raison physique qui s'y oppose?

— Je n'en vois pas, du moment qu'il faut abandonner le système de la chaleur centrale.

— Donc, jusqu'ici la théorie de Davy se trouve justifiée ?

— Évidemment, & dès lors rien ne contredit l'existence de mers ou de contrées à l'intérieur du globe.

— Sans doute, mais inhabitées.

— Bon ! pourquoi ces eaux ne donneraient-elles pas asile à quelques poissons d'une espèce in-connue ?

— En tout cas, nous n'en avons pas aperçu un seul jusqu'ici.

— Eh bien, nous pouvons fabriquer des lignes & voir si l'hameçon aura autant de succès ici-bas que dans les océans sublunaires.

— Nous essayerons, Axel, car il faut pénétrer tous les secrets de ces régions nouvelles.

— Mais où sommes-nous, mon oncle ? car je ne vous ai point encore posé cette question à laquelle vos instruments ont dû vous répondre ?

— Horizontalement, à trois cent cinquante lieues de l'Islande.

— Tout autant ?

— Je suis sûr de ne pas me tromper de cinq cents toises.

— Et la boussole indique toujours le sud-est ?

— Oui, avec une déclinaison occidentale de dix-neuf degrés & quarante-deux minutes, comme sur terre, absolument. Pour son inclinaison, il se passe un fait curieux que j'ai observé avec le plus grand soin.

— Et lequel?

— C'est que l'aiguille, au lieu de s'incliner vers le pôle, comme elle le fait dans l'hémisphère boréal, se relève au contraire.

— Il faut donc en conclure que le point d'attraction magnétique se trouve compris entre la surface du globe & l'endroit où nous sommes parvenus?

— Précisément, & il est probable que, si nous arrivions sous les régions polaires, vers ce soixante-dixième degré où James Ross a découvert le pôle magnétique, nous verrions l'aiguille se dresser verticalement. Donc, ce mystérieux centre d'attraction ne se trouve pas situé à une grande profondeur.

— En effet, & voilà un fait que la science n'a pas soupçonné.

— La science, mon garçon, est faite d'erreurs, mais d'erreurs qu'il est bon de commettre, car elles mènent peu à peu à la vérité.

— Et à quelle profondeur sommes-nous?

— A une profondeur de trente-cinq lieues.

— Ainsi, dis-je en considérant la carte, la partie montagneuse de l'Écosse est au-dessus de nous, &, là, les monts Grampians élèvent à une prodigieuse hauteur leur cime couverte de neige.

— Oui, répondit le professeur en riant; c'est un peu lourd à porter, mais la voûte est solide; le grand architecte de l'univers l'a construite en bons matériaux, & jamais l'homme n'eût pu lui donner une pareille portée! Que sont les arches des ponts & les arceaux des cathédrales auprès de cette nef d'un rayon de trois lieues, sous laquelle un océan & des tempêtes peuvent se développer à leur aise?

— Oh! je ne crains pas que le ciel me tombe sur la tête. Maintenant, mon oncle, quels sont vos projets? Ne comptez-vous pas retourner à la surface du globe?

— Retourner! Par exemple! Continuer notre voyage, au contraire, puisque tout a si bien marché jusqu'ici.

— Cependant je ne vois pas comment nous pénétrerons sous cette plaine liquide.

— Aussi je ne prétends point m'y précipiter la tête la première. Mais si les océans ne sont, à proprement parler, que des lacs, puisqu'ils sont entourés de terre, à plus forte raison cette mer intérieure se trouve-t-elle circonscrite par le massif granitique.

— Cela n'est pas douteux.

— Eh bien! sur les rivages opposés, je suis certain de trouver de nouvelles issues.

— Quelle longueur supposez-vous donc à cet océan?

— Trente ou quarante lieues.

— Ah! fis-je, tout en imaginant que cette estime pouvait bien être inexacte.

— Ainsi nous n'avons pas de temps à perdre, & dès demain nous prendrons la mer. »

Involontairement je cherchai des yeux le navire qui devait nous transporter.

« Ah! dis-je, nous nous embarquerons. Bien! Et sur quel bâtiment prendrons-nous passage?

— Ce ne sera pas sur un bâtiment, mon garçon, mais sur un bon & solide radeau.

— Un radeau! m'écriai-je; un radeau est aussi impossible à construire qu'un navire, & je ne vois pas trop...

— Tu ne vois pas, Axel, mais, si tu écoutais, tu pourrais entendre!

— Entendre?

— Oui, certains coups de marteau qui t'apprendraient que Hans est déjà à l'œuvre.

— Il construit un radeau?

— Oui.

— Comment! il a déjà fait tomber des arbres sous sa hache?

— Oh ! les arbres étaient tout abattus. Viens, & tu le verras à l'ouvrage. »

Après un quart d'heure de marche, de l'autre côté du promontoire qui formait le petit port naturel, j'aperçus Hans au travail; quelques pas encore, &

je fus près de lui. A ma grande surprise, un radeau
à demi terminé s'étendait sur le sable; il était fait
de poutres d'un bois particulier, & un grand nombre de madriers, de courbes, de couples de toute espèce, jonchaient littéralement le sol. Il y avait là de
quoi construire une marine entière.

« Mon oncle, m'écriai-je, quel est ce bois ?

— C'est du pin, du sapin, du bouleau, toutes les
espèces des conifères du Nord, minéralisées sous
l'action des eaux de la mer.

— Est-il possible ?

— C'est ce qu'on appelle du « surtarbrandur » ou
bois fossile.

— Mais alors, comme les lignites, il doit avoir la
dureté de la pierre, & il ne pourra flotter ?

— Quelquefois cela arrive; il y a de ces bois qui
sont devenus de véritables anthracites; mais d'autres, tels que ceux-ci, n'ont encore subi qu'un commencement de transformation fossile. Regarde plutôt, » ajouta mon oncle en jetant à la mer une de
ces précieuses épaves.

Le morceau de bois, après avoir disparu, revint
à la surface des flots & oscilla au gré de leurs ondulations.

« Es-tu convaincu ? dit mon oncle.

— Convaincu surtout que cela n'est pas croya-
ble ! »

Le lendemain soir, grâce à l'habileté du guide,

le radeau était terminé; il avait dix pieds de long
sur cinq de large; les poutres de surtarbrandur,
reliées entre elles par de fortes cordes, offraient une
surface solide, & une fois lancée, cette embarcation
improvisée flotta tranquillement sur les eaux de la
mer Lidenbrock.

XXXII

Le 13 août, on se réveilla de bon matin. Il s'a-
gissait d'inaugurer un nouveau genre de locomotion rapide & peu fatigant.

Un mât fait de deux bâtons jumelés, une vergue
formée d'un troisième, une voile empruntée à nos
couvertures, composaient tout le gréement du radeau. Les cordes ne manquaient pas. Le tout était
solide.

A six heures, le professeur donna le signal d'embarquer. Les vivres, les bagages, les instruments,
les armes & une notable quantité d'eau douce se
trouvaient en place.

Hans avait installé un gouvernail qui lui permettait de diriger son appareil flottant. Il se mit
à la barre. Je détachai l'amarre qui nous retenait

au rivage; la voile fut orientée, & nous débordâmes rapidement.

Au moment de quitter le petit port, mon oncle, qui tenait à sa nomenclature géographique, voulut lui donner un nom, le mien, entre autres.

« Ma foi, dis-je, j'en ai un autre à vous proposer.

— Lequel?

— Le nom de Graüben. Port-Graüben, cela fera très-bien sur la carte.

— Va pour Port-Graüben. »

Et voilà comment le souvenir de ma chère Virlandaise se rattacha à notre aventureuse expédition.

La brise soufflait du nord-est; nous filions vent arrière avec une extrême rapidité. Les couches très-denses de l'atmosphère avaient une poussée considérable & agissaient sur la voile comme un puissant ventilateur.

Au bout d'une heure, mon oncle avait pu se rendre compte de notre vitesse.

« Si nous continuons à marcher ainsi, dit-il, nous ferons au moins trente lieues par vingt-quatre heures & nous ne tarderons pas à reconnaître les rivages opposés.

Je ne répondis pas, & j'allai prendre place à l'avant du radeau. Déjà la côte septentrionale s'abaissait à l'horizon; les deux bras du rivage s'ouvraient largement comme pour faciliter notre départ. Devant

mes yeux s'étendait une mer immense; de grands
nuages promenaient rapidement à sa surface leur
ombre grisâtre, qui semblait peser sur cette eau
morne. Les rayons argentés de la lumière électrique,
réfléchis çà & là par quelque gouttelette, faisaient
éclore des points lumineux sur les côtés de l'embarcation. Bientôt toute terre fut perdue de vue, tout
point de repère disparut, &, sans le sillage écu-
meux du radeau, j'aurais pu croire qu'il demeurait
dans une parfaite immobilité.

Vers midi des algues immenses vinrent onduler
à la surface des flots. Je connaissais la puissance
végétative de ces plantes, qui rampent à une
profondeur de plus de douze mille pieds au fond
des mers, se reproduisent sous une pression de près
de quatre cents atmosphères & forment souvent des
bancs assez considérables pour entraver la marche
des navires; mais jamais, je crois, algues ne furent
plus gigantesques que celles de la mer Lidenbrock.

Notre radeau longea des fucus longs de trois
& quatre mille pieds, immenses serpents qui se développaient hors de la portée de la vue; je m'amu-
sais à suivre du regard leurs rubans infinis, croyant
toujours en atteindre l'extrémité, & pendant des
heures entières ma patience était trompée, sinon
mon étonnement.

Quelle force naturelle pouvait produire de telles
plantes, & quel devait être l'aspect de la terre aux

premiers siècles de sa formation, quand, sous l'action de la chaleur & de l'humidité, le règne végétal se développait seul à sa surface!

Le soir arriva, &, ainsi que je l'avais remarqué la veille, l'état lumineux de l'air ne subit aucune diminution. C'était un phénomène constant sur la durée duquel on pouvait compter.

Après le souper je m'étendis au pied du mât, & je ne tardai pas à m'endormir au milieu d'indolentes rêveries.

Hans, immobile au gouvernail, laissait courir le radeau, qui, d'ailleurs, poussé vent arrière, ne demandait même pas à être dirigé.

Depuis notre départ de Port-Graüben, le professeur Lidenbrock m'avait chargé de tenir le « journal du bord, » de noter les moindres observations, de consigner les phénomènes intéressants, la direction du vent, la vitesse acquise, le chemin parcouru, en un mot, tous les incidents de cette étrange navigation.

Je me bornerai donc à reproduire ici ces notes quotidiennes, écrites pour ainsi dire sous la dictée des événements, afin de donner un récit plus exact de notre traversée.

Vendredi 14 *août.* — Brise égale du N.-O. Le radeau marche avec rapidité & en ligne droite. La côte reste à trente lieues sous le vent. Rien à l'hori-

zon. L'intensité de la lumière ne varie pas. Beau
temps, c'est-à-dire que les nuages sont fort élevés,
peu épais & baignés dans une atmosphère blanche,
comme serait de l'argent en fusion.

Thermomètre : + 32° centigr.

A midi Hans prépare un hameçon à l'extrémité
d'une corde; il l'amorce avec un petit morceau de
viande & le jette à la mer. Pendant deux heures il
ne prend rien. Ces eaux sont donc inhabitées ?
Non. Une secousse se produit. Hans tire sa ligne &
ramène un poisson qui se débat vigoureusement.

« Un poisson ! s'écrie mon oncle.

— C'est un esturgeon ! m'écriai-je à mon tour,
un esturgeon de petite taille ! »

Le professeur regarde attentivement l'animal &
ne partage pas mon opinion. Ce poisson a la tête
plate, arrondie & la partie antérieure du corps couverte de plaques osseuses ; sa bouche est privée de
dents ; des nageoires pectorales assez développées
sont ajustées à son corps dépourvu de queue. Cet
animal appartient bien à un ordre où les naturalistes ont classé l'esturgeon, mais il en diffère par
des côtés assez essentiels.

Mon oncle ne s'y trompe pas, car, après un assez
court examen, il dit :

« Ce poisson appartient à une famille éteinte
depuis des siècles & dont on retrouve seulement
les traces fossiles dans le terrain dévonien.

— Comment! dis-je, nous aurions pu prendre vivant un de ces habitants des mers primitives?

— Oui, répond le professeur en continuant ses observations, & tu vois que ces poissons fossiles n'ont aucune identité avec les espèces actuelles. Or tenir un de ces êtres vivant c'est un véritable bonheur de naturaliste.

— Mais à quelle famille appartient-il?

— A l'ordre des Ganoïdes, famille des Céphalaspides, genre...

— Eh bien?

— Genre des Pterychtis, j'en jurerais; mais celui-ci offre une particularité qui, dit-on, se rencontre chez les poissons des eaux souterraines.

— Laquelle?

— Il est aveugle!

— Aveugle!

— Non-seulement aveugle, mais l'organe de la vue lui manque absolument. »

Je regarde. Rien n'est plus vrai. Mais ce peut être un cas particulier. La ligne est donc amorcée de nouveau & rejetée à la mer. Cet océan, à coup sûr, est fort poissonneux, car en deux heures nous prenons une grande quantité de Pterychtis, ainsi que des poissons appartenant à une famille également éteinte, les Dipterides, mais dont mon oncle ne peut reconnaître le genre. Tous sont dépourvus de

l'organe de la vue. Cette pêche inespérée renouvelle
avantageusement nos provisions.

Ainsi donc, cela paraît constant, cette mer ne
renferme que des espèces fossiles, dans lesquelles les
poissons comme les reptiles sont d'autant plus par-
faits que leur création est plus ancienne.

Peut-être rencontrerons-nous quelques-uns de
ces sauriens que la science a su refaire avec un bout
d'ossement ou de cartilage.

Je prends la lunette & j'examine la mer. Elle est
déserte. Sans doute nous sommes encore trop rap-
prochés des côtes.

Je regarde dans les airs. Pourquoi quelques-uns
de ces oiseaux reconstruits par l'immortel Cuvier
ne battraient-ils pas de leurs ailes ces lourdes
couches atmosphériques? Les poissons leur fourni-
raient une suffisante nourriture. J'observe l'espace,
mais les airs sont inhabités comme les rivages.

Cependant mon imagination m'emporte dans
les merveilleuses hypothèses de la paléontologie.
Je rêve tout éveillé. Je crois voir à la surface
des eaux ces énormes Chersites, ces tortues antédiluviennes, semblables à des îlots flottants. Il me
semble que sur les grèves assombries passent les
grands mammifères des premiers jours, le Leptotherium, trouvé dans les cavernes du Brésil, le
Mericotherium, venu des régions glacées de la
Sibérie. Plus loin, le pachyderme Lophiodon, ce

tapir gigantesque, se cache derrière les rocs, prêt
à disputer sa proie à l'Anoplotherium, animal
étrange, qui tient du rhinocéros, du cheval, de
l'hippopotame & du chameau, comme si le Créa-
teur, pressé aux premières heures du monde, eût
réuni plusieurs animaux en un seul. Le Mastodonte géant fait tournoyer sa trompe & broie sous
ses défenses les rochers du rivage, tandis que le
Megatherium, arc-bouté sur ses énormes pattes,
fouille la terre en éveillant par ses rugissements
l'écho des granits sonores. Plus haut, le Protopi-
thèque, le premier singe apparu à la surface du
globe, gravit les cimes ardues. Plus haut encore,
le Pterodactyle, à la main ailée, glisse comme une
large chauve-souris sur l'air comprimé. Enfin, dans
les dernières couches, les oiseaux immenses, plus
puissants que le casoar, plus grands que l'autruche,
déploient leurs vastes ailes & vont donner de la
tête contre la paroi de la voûte granitique.

Tout ce monde fossile renaît dans mon imagination. Je me reporte aux époques bibliques de la
création, bien avant la naissance de l'homme, lorsque la terre incomplète ne pouvait lui suffire encore. Mon rêve alors devance l'apparition des
êtres animés. Les mammifères disparaissent, puis
les oiseaux, puis les reptiles de l'époque secondaire,
& enfin les poissons, les crustacés, les mollusques,
les articulés. Les zoophytes de la période de tran-

14.

sition retournent au néant à leur tour. Toute la
vie de la terre se résume en moi, & mon cœur
est seul à battre dans ce monde dépeuplé. Il n'y a
plus de saisons; il n'y a plus de climats; la chaleur propre du globe s'accroît sans cesse & neu-
tralise celle de l'astre radieux. La végétation s'exa-
gère; je passe comme une ombre au milieu des
fougères arborescentes, foulant de mon pas incer-
tain les marnes irisées & les grès bigarrés du sol;
je m'appuie au tronc des conifères immenses; je
me couche à l'ombre des Sphenophylles, des
Asterophylles & des Lycopodes hauts de cent
pieds.

Les siècles s'écoulent comme des jours; je remonte la série des transformations terrestres; les
plantes disparaissent; les roches granitiques perdent leur dureté; l'état liquide va remplacer l'état
solide sous l'action d'une chaleur plus intense; les
eaux courent à la surface du globe; elles bouillon-
nent, elles se volatilisent; les vapeurs enveloppent
la terre, qui peu à peu ne forme plus qu'une masse
gazeuse, portée au rouge blanc, grosse comme le
soleil & brillante comme lui!

Au centre de cette nébuleuse, quatorze cent
mille fois plus considérable que ce globe qu'elle
va former un jour, je suis entraîné dans les espaces
planétaires; mon corps se subtilise, se sublime à
son tour & se mélange comme un atome impon-

dérable à ces immenses vapeurs qui tracent dans l'infini leur orbite enflammée !

Quel rêve ! Où m'emporte-t-il ? Ma main fiévreuse en jette sur le papier les étranges détails. J'ai tout oublié, & le professeur, & le guide, & le radeau ! Une hallucination s'est emparée de mon esprit...

« Qu'as-tu ? » dit mon oncle.

Mes yeux tout ouverts se fixent sur lui sans le voir.

« Prends garde, Axel, tu vas tomber à la mer ! »

En même temps, je me sens saisir vigoureusement par la main de Hans. Sans lui, sous l'empire de mon rêve, je me précipitais dans les flots.

« Est-ce qu'il devient fou ? s'écrie le professeur.

— Qu'y a-t-il ? dis-je enfin, en revenant à moi.

— Es-tu malade ?

— Non, j'ai eu un moment d'hallucination, mais il est passé. Tout va bien, d'ailleurs ?

— Oui ! bonne brise, belle mer ! nous filons rapidement, & si mon estime ne m'a pas trompé, nous ne pouvons tarder à atterrir. »

A ces paroles, je me lève, je consulte l'horizon ; mais la ligne d'eau se confond toujours avec la ligne des nuages.

XXXIII

Samedi 15 *août*. — La mer conserve sa monotone uniformité. Nulle terre n'est en vue. L'horizon paraît excessivement reculé.

J'ai la tête encore allourdie par la violence de mon
rêve.

Mon oncle n'a pas rêvé, lui, mais il est de mauvaise humeur; il parcourt tous les points de l'espace avec sa lunette & se croise les bras d'un air
dépité.

Je remarque que le professeur Lidenbrock tend à
redevenir l'homme impatient du passé, & je consigne le fait sur mon journal. Il a fallu mes dangers
& mes souffrances pour tirer de lui quelque étincelle d'humanité; mais, depuis ma guérison, la nature a repris le dessus. Et cependant, pourquoi
s'emporter? Le voyage ne s'accomplit-il pas dans
les circonstances les plus favorables? Est-ce que
le radeau ne file pas avec une merveilleuse rapidité?

« Vous semblez inquiet, mon oncle? dis-je, en
le voyant souvent porter la lunette à ses yeux.

— Inquiet? Non.

— Impatient, alors?

— On le serait à moins!

— Cependant nous marchons avec une vitesse...

— Que m'importe? Ce n'est pas la vitesse qui est trop petite, c'est la mer qui est trop grande! »

Je me souviens alors que le professeur, avant notre départ, estimait à une trentaine de lieues la longueur de ce souterrain. Or nous avons déjà parcouru un chemin trois fois plus long, & les rivages du sud n'apparaissent pas encore.

« Nous ne descendons pas! reprend le professeur. Tout cela est du temps perdu, &, en somme, je ne suis pas venu si loin pour faire une partie de bateau sur un étang! »

Il appelle cette traversée une partie de bateau, & cette mer un étang!

« Mais, dis-je, puisque nous avons suivi la route indiquée par Saknussemm...

— C'est la question. Avons-nous suivi cette route? Saknussemm a-t-il rencontré cette étendue d'eau? L'a-t-il traversée? Ce ruisseau que nous avons pris pour guide ne nous a-t-il pas complétement égarés?

— En tout cas, nous ne pouvons regretter d'être venu jusqu'ici. Ce spectacle est magnifique, &...

— Il ne s'agit pas de voir. Je me suis proposé un

but, & je veux l'atteindre ! Ainsi ne me parle pas
d'admirer ! »

Je me le tiens pour dit, & je laisse le professeur
se ronger les lèvres d'impatience. A six heures du
soir, Hans réclame sa paye, & ses trois rixdales lui
sont comptés.

Dimanche 16 *août*. — Rien de nouveau. Même
temps. Le vent a une légère tendance à fraîchir. En
me réveillant, mon premier soin est de constater
l'intensité de la lumière. Je crains toujours que le
phénomène électrique ne vienne à s'obscurcir puis
à s'éteindre. Il n'en est rien : l'ombre du radeau est
nettement dessinée à la surface des flots.

Vraiment cette mer est infinie ! Elle doit avoir la
largeur de la Méditerranée, ou même de l'Atlantique. Pourquoi pas?

Mon oncle sonde à plusieurs reprises; il attache
un des plus lourds pics à l'extrémité d'une corde
qu'il laisse filer de deux cents brasses. Pas de fond.
Nous avons beaucoup de peine à ramener notre
sonde.

Quand le pic est remonté à bord, Hans me fait
remarquer à sa surface des empreintes fortement
accusées. On dirait que ce morceau de fer a été vigoureusement serré entre deux corps durs.

Je regarde le chasseur.

— « Tänder! » fait-il.

Je ne comprends pas. Je me tourne vers mon oncle, qui est entièrement absorbé dans ses réflexions. Je ne me soucie pas de le déranger. Je reviens vers l'Islandais. Celui-ci, ouvrant & refermant plusieurs fois la bouche, me fait comprendre sa pensée.

« Des dents! » dis-je avec stupéfaction en considérant plus attentivement la barre de fer.

Oui! ce sont bien des dents dont l'empreinte s'est incrustée dans le métal! Les mâchoires qu'elles garnissent doivent posséder une force prodigieuse! Est-ce un monstre des espèces perdues qui s'agite sous la couche profonde des eaux, plus vorace que le squale, plus redoutable que la baleine? Je ne puis détacher mes regards de cette barre à demi rongée! Mon rêve de la nuit dernière va-t-il devenir une réalité?

Ces pensées m'agitent pendant tout le jour, & mon imagination se calme à peine dans un sommeil de quelques heures.

Lundi 17 août. — Je cherche à me rappeler les instincts particuliers à ces animaux antédiluviens de l'époque secondaire, qui, succédant aux mollusques, aux crustacés & aux poissons, précédèrent l'apparition des mammifères sur le globe. Le monde appartenait alors aux reptiles. Ces monstres régnaient en maîtres dans les mers jurassiques (1). La

(1) Mers de la période secondaire qui ont formé les terrains dont se composent les montagnes du Jura.

nature leur avait accordé la plus complète organi-
sation. Quelle gigantesque structure! quelle force
prodigieuse! Les sauriens actuels, alligators ou cro-
codiles, les plus gros & les plus redoutables, ne sont
que des réductions affaiblies de leurs pères des premiers âges!

Je frissonne à l'évocation que je fais de ces monstres. Nul œil humain ne les a vus vivants. Ils
apparurent sur la terre mille siècles avant l'homme,
mais leurs ossements fossiles, retrouvés dans ce
calcaire argileux que les Anglais nomment le lias,
ont permis de les reconstruire anatomiquement &
de connaître leur colossale conformation.

J'ai vu au Muséum de Hambourg le squelette de
l'un de ces sauriens qui mesurait trente pieds de
longueur. Suis-je donc destiné, moi, habitant de
la terre, à me trouver face à face avec ces repré-
sentants d'une famille antédiluvienne? Non! c'est
impossible. Cependant la marque des dents puis-
santes est gravée sur la barre de fer, & à leur
empreinte je reconnais qu'elles sont coniques
comme celles du crocodile.

Mes yeux se fixent avec effroi sur la mer; je
crains de voir s'élancer l'un de ces habitants des
cavernes sous-marines.

Je suppose que le professeur Lidenbrock partage
mes idées, sinon mes craintes, car, après avoir exa-
miné le pic, il parcourt l'Océan du regard.

« Au diable, dis-je en moi-même, cette idée qu'il a eue de sonder ! Il a troublé quelque animal marin dans sa retraite, & si nous ne sommes pas attaqués en route!... »

Je jette un coup d'œil sur les armes, & je m'assure qu'elles sont en bon état. Mon oncle me voit faire & m'approuve du geste.

Déjà de larges agitations produites à la surface des flots indiquent le trouble des couches reculées. Le danger est proche. Il faut veiller.

Mardi 18 août. — Le soir arrive, ou plutôt le moment où le sommeil alourdit nos paupières, car la nuit manque à cet océan, & l'implacable lumière fatigue obstinément nos yeux, comme si nous naviguions sous le soleil des mers arctiques. Hans est à la barre. Pendant son quart je m'endors.

Deux heures après, une secousse épouvantable me réveille. Le radeau a été soulevé hors des flots avec une indescriptible puissance & rejeté à vingt toises de là.

« Qu'y a-t-il? s'écrie mon oncle; avons-nous touché? »

Hans montre du doigt, à une distance de deux cents toises, une masse noirâtre qui s'élève & s'abaisse tour à tour. Je regarde & je m'écrie :

« C'est un marsouin colossal!

— Oui, réplique mon oncle, & voilà maintenant

15

un lézard de mer d'une grosseur peu commune.

— Et plus loin un crocodile monstrueux ! Voyez sa large mâchoire & les rangées de dents dont elle est armée. Ah ! il disparaît !

— Une baleine ! une baleine ! s'écrie alors le professeur. J'aperçois ses nageoires énormes ! Vois l'air & l'eau qu'elle chasse par ses évents ! »

En effet, deux colonnes liquides s'élèvent à une hauteur considérable au-dessus de la mer. Nous restons surpris, stupéfaits, épouvantés, en présence de ce troupeau de monstres marins. Ils ont des dimensions surnaturelles, & le moindre d'entre eux briserait le radeau d'un coup de dent. Hans veut mettre la barre au vent, afin de fuir ce voisinage dangereux ; mais il aperçoit sur l'autre bord d'autres ennemis non moins redoutables : une tortue large de quarante pieds, & un serpent long de trente, qui darde sa tête énorme au-dessus des flots.

Impossible de fuir. Ces reptiles s'approchent ; ils tournent autour du radeau avec une rapidité que des convois lancés à grande vitesse ne sauraient égaler ; ils tracent autour de lui des cercles concentriques. J'ai pris ma carabine. Mais quel effet peut produire une balle sur les écailles dont le corps de ces animaux est recouvert ?

Nous sommes muets d'effroi. Les voici qui s'approchent ! D'un côté le crocodile, de l'autre le serpent. Le reste du troupeau marin a disparu. Je vais faire feu. Hans m'arrête d'un signe. Les deux monstres passent à cinquante toises du radeau, se précipitent l'un sur l'autre, & leur fureur les empêche de nous apercevoir.

Le combat s'engage à cent toises du radeau. Nous voyons distinctement les deux monstres aux prises.

Mais il me semble que maintenant les autres animaux viennent prendre part à la lutte, le marsouin, la baleine, le lézard, la tortue ; à chaque instant je les entrevois. Je les montre à l'Islandais. Celui-ci remue la tête négativement.

— « Tva », fait-il ?

— Quoi ! deux ? Il prétend que deux animaux seulement...

— Il a raison, s'écrie mon oncle, dont la lunette n'a pas quitté les yeux.

— Par exemple !

— Oui ! le premier de ces monstres a le museau d'un marsouin, la tête d'un lézard, les dents d'un crocodile, & voilà ce qui nous a trompés. C'est le plus redoutable des reptiles antédiluviens, l'ichthyosaurus !

— Et l'autre ?

— L'autre, c'est un serpent caché dans la carapace d'une tortue, le terrible ennemi du premier, le plesiosaurus ! »

Hans a dit vrai. Deux monstres seulement troublent ainsi la surface de la mer, & j'ai devant les yeux deux reptiles des océans primitifs. J'aperçois l'œil sanglant de l'ichthyosaurus, gros comme la tête d'un homme. La nature l'a doué d'un appareil d'optique d'une extrême puissance & capable de résister à la pression des couches d'eau dans les profondeurs qu'il habite. On l'a justement nommé la baleine des Sauriens, car il en a la rapidité & la taille. Celui-ci ne mesure pas moins de cent pieds, & je peux juger de sa grandeur quand il dresse au-dessus des flots les nageoires verticales de sa queue. Sa mâchoire est énorme, & d'après les naturalistes, elle ne compte pas moins de cent quatre-vingt-deux dents.

Le plésiosaurus, serpent à tronc cylindrique, à queue courte, a les pattes disposées en forme de rame. Son corps est entièrement revêtu d'une carapace, & son cou, flexible comme celui du cygne, se dresse à trente pieds au-dessus des flots?

Ces animaux s'attaquent avec une indescriptible furie. Ils soulèvent des montagnes liquides qui s'étendent jusqu'au radeau. Vingt fois nous sommes sur le point de chavirer. Des sifflements d'une prodigieuse intensité se font entendre. Les deux bêtes sont enlacées. Je ne puis les distinguer l'une de l'autre ! Il faut tout craindre de la rage du vainqueur.

Une heure, deux heures se passent. La lutte

continue avec le même acharnement. Les combat-
tants se rapprochent du radeau & s'en éloignent
tour à tour. Nous restons immobiles, prêts à faire
feu.

Soudain l'ichthyosaurus & le plesiosaurus disparaissent en creusant un véritable maëlstrom au
sein des flots. Plusieurs minutes s'écoulent. Le
combat va-t-il se terminer dans les profondeurs de
la mer?

Mais tout à coup une tête énorme s'élance au
dehors, la tête du plesiosaurus. Le monstre est
blessé à mort. Je n'aperçois plus son immense carapace. Seulement, son long cou se dresse, s'abat,
se relève, se recourbe, cingle les flots comme un
fouet gigantesque & se tord comme un ver coupé.
L'eau rejaillit à une distance considérable. Elle
nous aveugle. Mais bientôt l'agonie du reptile
touche à sa fin, ses mouvements diminuent, ses
contorsions s'apaisent, & ce long tronçon de serpent s'étend comme une masse inerte sur les flots
calmés.

Quant à l'ichthyosaurus, a-t-il donc regagné sa
caverne sous-marine, ou va-t-il reparaître à la surface de la mer?

XXXIV

Mercredi 19 août. — Heureusement le vent, qui souffle avec force, nous a permis de fuir rapidement le théâtre du combat. Hans est toujours au gouvernail. Mon oncle, tiré de ses absorbantes idées par les incidents de ce combat, retombe dans son impatiente contemplation de la mer.

Le voyage reprend sa monotone uniformité, que je ne tiens pas à rompre au prix des dangers d'hier.

Jeudi 20 août. — Brise N.-N.-E. assez inégale. Température chaude. Nous marchons avec une vitesse de trois lieues & demie à l'heure.

Vers midi un bruit très-éloigné se fait entendre. Je consigne ici le fait sans pouvoir en donner l'explication. C'est un mugissement continu.

« Il y a au loin, dit le professeur, quelque rocher ou quelque îlot sur lequel la mer se brise. »

Hans se hisse au sommet du mât, mais ne signale aucun écueil. L'océan est unie jusqu'à sa ligne d'horizon.

Trois heures se passent. Les mugissements semblent provenir d'une chute d'eau éloignée.

Je le fais remarquer à mon oncle, qui secoue la tête. J'ai pourtant la conviction que je ne me trompe pas. Courons-nous donc à quelque cataracte qui nous précipitera dans l'abîme ? Que cette manière de descendre plaise au professeur, parce qu'elle se rapproche de la verticale, c'est possible, mais à moi...

En tout cas, il doit y avoir à quelques lieues au vent un phénomène bruyant, car maintenant les mugissements se font entendre avec une grande violence. Viennent-ils du ciel ou de l'Océan ?

Je porte mes regards vers les vapeurs suspendues dans l'atmosphère, & je cherche à sonder leur profondeur. Le ciel est tranquille ; les nuages, emportés au plus haut de la voûte, semblent immobiles & se perdent dans l'intense irradiation de la lumière. Il faut donc chercher ailleurs la cause de ce phénomène.

J'interroge alors l'horizon pur & dégagé de toute brume. Son aspect n'a pas changé. Mais si ce bruit vient d'une chute, d'une cataracte; si tout cet Océan se précipite dans un bassin inférieur, si ces mugissements sont produits par une masse d'eau qui tombe, le courant doit s'activer, & sa vitesse croissante peut me donner la mesure du péril dont nous sommes menacés. Je consulte le courant. Il est nul. Une bouteille vide que je jette à la mer reste sous le vent.

Vers quatre heures Hans se lève, se cramponne
au mât & monte à son extrémité. De là son regard parcourt l'arc de cercle que l'océan décrit devant le radeau & s'arrête sur un point. Sa figure
n'exprime aucune surprise, mais son œil est devenu fixe.

« Il a vu quelque chose, dit mon oncle.

— Je le crois. »

Hans redescend puis il étend son bras vers le
sud en disant :

« Der nere ! »

— Là-bas ? « répond mon oncle.

Et saisissant sa lunette, il regarde attentivement
pendant une minute, qui me paraît un siècle.

« Oui, oui ! s'écrie-t-il.

— Que voyez-vous ?

— Une gerbe immense qui s'élève au-dessus des
flots.

— Encore quelque animal marin ?

— Peut-être.

— Alors mettons le cap plus à l'ouest, car nous
savons à quoi nous en tenir sur le danger de rencontrer ces monstres antédiluviens !

— Laissons aller, » répond mon oncle.

Je me retourne vers Hans. Hans maintient sa
barre avec une inflexible rigueur.

Cependant, si de la distance qui nous sépare de
cet animal, & qu'il faut estimer à douze lieues

au moins, on peut apercevoir la colonne d'eau chassée par ses évents, il doit être d'une taille surnaturelle. Fuir serait se conformer aux lois de la plus vulgaire prudence. Mais nous ne sommes pas venus ici pour être prudents.

On va donc en avant. Plus nous approchons, plus la gerbe grandit. Quel monstre peut s'emplir d'une pareille quantité d'eau & l'expulser ainsi sans interruption?

A huit heures du soir nous ne sommes pas à deux lieues de lui. Son corps noirâtre, énorme, montueux, s'étend dans la mer comme un îlot. Est-ce illusion? est-ce effroi? Sa longueur me paraît dépasser mille toises! Quel est donc ce cétacé que n'ont prévu ni les Cuvier ni les Blumembach? Il est immobile & comme endormi; la mer semble ne pouvoir le soulever, & ce sont les vagues qui ondulent sur ses flancs. La colonne d'eau, projetée à une hauteur de cinq cents pieds, retombe en pluie avec un bruit assourdissant. Nous courons en insensés vers cette masse puissante que cent baleines ne nourriraient pas pour un jour.

La terreur me prend. Je ne veux pas aller plus loin! Je couperai, s'il le faut, la drisse de la voile! Je me révolte contre le professeur, qui ne me répond pas.

Tout à coup Hans se lève, & montrant du doigt le point menaçant :

15.

« Holme! » dit-il.

— Une île! s'écrie mon oncle.

— Une île! dis-je à mon tour en haussant les épaules.

— Évidemment, répond le professeur en poussant un vaste éclat de rire.

— Mais cette colonne d'eau?

— « Geyser » fait Hans.

— Eh! sans doute, geyser, riposte mon oncle, un geyser pareil à ceux de l'Islande (1)! »

Je ne veux pas, d'abord, m'être trompé si grossièrement. Avoir pris un îlot pour un monstre marin! Mais l'évidence se fait, & il faut enfin convenir de mon erreur. Il n'y a là qu'un phénomène naturel.

A mesure que nous approchons, les dimensions de la gerbe liquide deviennent grandioses. L'îlot représente à s'y méprendre un cétacé immense dont la tête domine les flots à une hauteur de dix toises. Le geyser, mot que les Islandais prononcent « geysir » & qui signifie « fureur, » s'élève majestueusement à son extrémité. De sourdes détonations éclatent par instants, & l'énorme jet, pris de colères plus violentes, secoue son panache de vapeurs en bondissant jusqu'à la première couche de nuages. Il est seul. Ni fumerolles, ni sources

(1) Source jaillissante très-célèbre située au pied de l'Hécla

chaudes ne l'entourent, & toute la puissance volcanique se résume en lui. Les rayons de la lumière
électrique viennent se mêler à cette gerbe éblouis-
sante, dont chaque goutte se nuance de toutes les
couleurs du prisme.

« Accostons, » dit le professeur.

Mais il faut éviter avec soin, cette trombe d'eau
qui coulerait le radeau en un instant. Hans, ma-
nœuvrant adroitement, nous amène à l'extrémité
de l'îlot.

Je saute sur le roc; mon oncle me suit leste-
ment, tandis que le chasseur demeure à son poste,
comme un homme au-dessus de ces étonnements.

Nous marchons sur un granit mêlé de tuf sili-
ceux; le sol frissonne sous nos pieds comme les
flancs d'une chaudière où se tord de la vapeur sur-
chauffée; il est brûlant. Nous arrivons en vue d'un
petit bassin central d'où s'élève le geyser. Je plonge
dans l'eau qui coule en bouillonnant un thermomètre à déversement, & il marque une chaleur de
cent soixante-trois degrés.

Ainsi donc cette eau sort d'un foyer ardent. Cela
contredit singulièrement les théories du professeur
Lidenbrock. Je ne puis m'empêcher d'en faire la
remarque.

« Eh bien, réplique-t-il, qu'est-ce que cela prouve
contre ma doctrine ?

— Rien, » dis-je d'un ton sec, en voyant que je me heurte à un entêtement absolu.

Néanmoins je suis forcé d'avouer que nous sommes singulièrement favorisés jusqu'ici, & que, pour une raison qui m'échappe, ce voyage s'accomplit dans des conditions particulières de température ; mais il me paraît évident, certain , que nous arriverons un jour ou l'autre à ces régions où la chaleur centrale atteint les plus hautes limites & dépasse toutes les graduations des thermomètres.

Nous verrons bien. C'est le mot du professeur, qui, après avoir baptisé cet îlot volcanique du nom de son neveu, donne le signal de l'embarquement.

Je reste pendant quelques minutes encore à contempler le geyser. Je remarque que son jet est irrégulier dans ses accès, qu'il diminue parfois d'intensité, puis reprend avec une nouvelle vigueur, ce que j'attribue aux variations de pression des vapeurs accumulées dans son réservoir.

Enfin nous partons en contournant les roches très-accores du sud. Hans a profité de cette halte pour remettre le radeau en état.

Mais avant de déborder je fais quelques observations pour calculer la distance parcourue, & je les note sur mon journal. Nous avons franchi deux cent soixante-dix lieues de mer depuis Port-Graüben,

& nous sommes à six cent vingt lieues de l'Islande, sous l'Angleterre.

XXXV

Vendredi 21 *août.* — Le lendemain le magnifique geyser a disparu. Le vent a fraîchi, & nous a rapidement éloignés de l'îlot Axel. Les mugissements se sont éteints peu à peu.

Le temps, s'il est permis de s'exprimer ainsi, va changer avant peu. L'atmosphère se charge de vapeurs qui emportent avec elles l'électricité formée par l'évaporation des eaux salines ; les nuages s'abaissent sensiblement & prennent une teinte uniformément olivâtre ; les rayons électriques peuvent à peine percer cet opaque rideau baissé sur le théâtre où va se jouer le drame des tempêtes.

Je me sens particulièrement impressionné, comme l'est sur terre toute créature à l'approche d'un cataclysme. Les « cumulus » (1) entassés dans le sud présentent un aspect sinistre ; ils ont cette apparence « impitoyable » que j'ai souvent remarquée

(1) Nuages de formes arrondies.

au début des orages. L'air est lourd, la mer est calme.

Au loin les nuages ressemblent à de grosses balles de coton amoncelées dans un pittoresque désordre ; peu à peu ils se gonflent & perdent en nombre ce qu'ils gagnent en grandeur ; leur pesanteur est telle qu'ils ne peuvent se détacher de l'horizon ; mais, au souffle des courants élevés, ils se fondent peu à peu, s'assombrissent & présentent bientôt une couche unique d'un aspect redoutable ; parfois une pelote de vapeurs, encore éclairée, rebondit sur ce tapis grisâtre & va se perdre bientôt dans la masse opaque.

Évidemment l'atmosphère est saturée de fluide, j'en suis tout imprégné, mes cheveux se dressent sur ma tête comme aux abords d'une machine électrique. Il me semble que, si mes compagnons me touchaient en ce moment, ils recevraient une commotion violente.

A dix heures du matin, les symptômes de l'orage sont plus décisifs ; on dirait que le vent mollit pour mieux reprendre haleine ; la nue ressemble à une outre immense dans laquelle s'accumulent les ouragans.

Je ne veux pas croire aux menaces du ciel, & cependant je ne puis m'empêcher de dire :

« Voilà du mauvais temps qui se prépare. »

Le professeur ne répond pas. Il est d'une hu-

meur massacrante, à voir l'océan se prolonger indéfiniment devant ses yeux. Il hausse les épaules à
mes paroles.

« Nous aurons de l'orage, dis-je en étendant
la main vers l'horizon ; ces nuages s'abaissent sur
la mer comme pour l'écraser ! »

Silence général. Le vent se tait. La nature a l'air
d'une morte & ne respire plus. Sur le mât, où
je vois déjà poindre un léger feu Saint-Elme, la
voile détendue tombe en plis lourds. Le radeau est
immobile au milieu d'une mer épaisse & sans ondulations. Mais, si nous ne marchons plus, à quoi
bon conserver cette toile, qui peut nous mettre en
perdition au premier choc de la tempête ?

« Amenons-la, dis-je, abattons notre mât : cela
sera prudent.

— Non, par le diable ! s'écrie mon oncle, cent
fois non ! Que le vent nous saisisse ! que l'orage nous
emporte ! mais que j'aperçoive enfin les rochers
d'un rivage, quand notre radeau devrait s'y briser
en mille pièces ! »

Ces paroles ne sont pas achevées que l'horizon
du sud change subitement d'aspect ; les vapeurs
accumulées se résolvent en eau, & l'air, violemment
appelé pour combler les vides produits par la condensation, se fait ouragan. Il vient des extrémités
les plus reculées de la caverne. L'obscurité redouble

C'est à peine si je puis prendre quelques notes in-
complètes.

Le radeau se soulève, il bondit. Mon oncle est
jeté de son haut. Je me traîne jusqu'à lui. Il s'est
fortement cramponné à un bout de câble & paraît
considérer avec plaisir ce spectacle des éléments déchaînés.

Hans ne bouge pas. Ses longs cheveux, repoussés
par l'ouragan & ramenés sur sa face immobile, lui
donnent un étrange physionomie, car chacune de
leurs extrémités est hérissée de petites aigrettes
lumineuses. Son masque effrayant est celui d'un
homme antédiluvien, contemporain des ichthyo-
saures & des megatherium.

Cependant le mât résiste. La voile se tend
comme une bulle prête à crever. Le radeau file avec
un emportement que je ne puis estimer, mais
moins vite encore que ces gouttes d'eau déplacées
sous lui, dont la rapidité fait des lignes droites &
nettes.

« La voile ! la voile ! dis-je, en faisant signe de
l'abaisser.

— Non ! répond mon oncle.

— « Nej, » fait Hans en remuant doucement
la tête.

Cependant la pluie forme une cataracte mugis-
sante devant cet horizon vers lequel nous courons en
insensés. Mais avant qu'elle n'arrive jusqu'à nous

le voile de nuage se déchire, la mer entre en ébul-
lition & l'électricité, produite par une vaste action
chimique qui s'opère dans les couches supérieures,
est mise en jeu. Aux éclats du tonnerre se mêlent
les jets étincelants de la foudre; des éclairs sans
nombre s'entre-croisent au milieu des détonations;
la masse des vapeurs devient incandescente; les
grêlons qui frappent le métal de nos outils ou de
nos armes se font lumineux; les vagues soulevées
semblent être autant de mamelons ignivomes sous
lesquels couve un feu intérieur, & dont chaque crête
est empanachée d'une flamme.

Mes yeux sont éblouis par l'intensité de la lumière, mes oreilles brisées par le fracas de la foudre;
il faut me retenir au mât, qui plie comme un roseau
sous la violence de l'ouragan. . .

. . . .

. . . .

[Ici mes notes de voyage devinrent très-incom-
plètes. Je n'ai plus retrouvé que quelques observations fugitives & prises machinalement pour ainsi
dire. Mais dans leur brièveté, dans leur obscurité
même, elles sont empreintes de l'émotion qui me
dominait, & mieux que ma mémoire elles me
donnent le sentiment de notre situation.]

. . . .

. . . .

Dimanche 23 août. — Où sommes-nous ? Emportés avec une incommensurable rapidité.

La nuit a été épouvantable. L'orage ne se calme pas. Nous vivons dans un milieu de bruit, une détonation incessante. Nos oreilles saignent. On ne peut échanger une parole.

Les éclairs ne discontinuent pas. Je vois des zigzags rétrogrades qui, après un jet rapide, reviennent de bas en haut & vont frapper la voûte de granit. Si elle allait s'écrouler ! D'autres éclairs se bifurquent ou prennent la forme de globes de feu qui éclatent comme des bombes. Le bruit général ne paraît pas s'en accroître ; il a dépassé la limite d'intensité que peut percevoir l'oreille humaine, &, quand toutes les poudrières du monde viendraient à sauter ensemble, « nous ne saurions en entendre davantage. »

Il y a émission continue de lumière à la surface des nuages ; la matière électrique se dégage incessamment de leurs molécules ; évidemment les principes gazeux de l'air sont altérés ; des colonnes d'eau innombrables s'élancent dans l'atmosphère & retombent en écumant.

Où allons-nous ?... Mon oncle est couché tout de son long à l'extrémité du radeau.

La chaleur redouble. Je regarde le thermomètre ; il indique... [Le chiffre est effacé.]

Lundi 24 août. — Cela ne finira pas! Pourquoi l'état de cette atmosphère si dense, une fois modifié, ne serait-il pas définitif?

Nous sommes brisés de fatigue. Hans comme à l'ordinaire. Le radeau court invariablement vers le sud-est. Nous avons fait plus de deux cents lieues depuis l'îlot Axel.

A midi la violence de l'ouragan redouble; il faut saisir solidement tous les objets composant la cargaison. Chacun de nous s'attache également. Les flots passent par-dessus notre tête.

Impossible de s'adresser une seule parole depuis trois jours. Nous ouvrons la bouche, nous remuons nos lèvres; il ne se produit aucun son appréciable. Même en se parlant à l'oreille on ne peut s'entendre.

Mon oncle s'est approché de moi. Il a articulé quelques paroles. Je crois qu'il m'a dit : « Nous sommes perdus. » Je n'en suis pas certain.

Je prends le parti de lui écrire ces mots : « Amenons notre voile. »

Il me fait signe qu'il y consent.

Sa tête n'a pas eu le temps de se relever de bas en haut qu'un disque de feu apparaît au bord du radeau. Le mât & la voile sont partis tout d'un bloc, & je les ai vus s'enlever à une prodigieuse hauteur, semblables au ptérodactyle, cet oiseau fantastique des premiers siècles.

Nous sommes glacés d'effroi; la boule mi-partie blanche, mi-partie azurée, de la grosseur d'une bombe de dix pouces, se promène lentement, en tournant avec une surprenante vitesse sous la lanière de l'ouragan. Elle vient ici, là, monte sur un des bâtis du radeau, saute sur le sac aux provisions, redescend légèrement, bondit, effleure la caisse à poudre. Horreur! Nous allons sauter! Non. Le disque éblouissant s'écarte; il s'approche de Hans, qui le regarde fixement; de mon oncle, qui se précipite à genoux pour l'éviter; de moi, pâle & frissonnant sous l'éclat de la lumière & de la chaleur; il pirouette près de mon pied, que j'essaye de retirer. Je ne puis y parvenir.

Une odeur de gaz nitreux remplit l'atmosphère; elle pénètre le gosier, les poumons. On étouffe.

Pourquoi ne puis-je retirer mon pied? Il est donc rivé au radeau! Ah! la chute de ce globe électrique a aimanté tout le fer du bord; les instruments, les outils, les armes s'agitent en se heurtant avec un cliquetis aigu; les clous de ma chaussure adhèrent violemment à une plaque de fer incrustée dans le bois. Je ne puis retirer mon pied!

Enfin, par un effort violent, je l'arrache au moment où la boule allait le saisir dans son mouvement giratoire & m'entraîner moi-même, si...

Ah! quelle lumière intense! le globe éclate! nous sommes couverts par des jets de flammes!

Puis tout s'éteint. J'ai eu le temps de voir mon oncle étendu sur le radeau, Hans toujours à sa barre & « crachant du feu » sous l'influence de l'électricité qui le pénètre !

Où allons-nous ? où allons-nous ?

. . . .

Mardi 25 août. — Je sors d'un évanouissement prolongé ; l'orage continue ; les éclairs se déchaînent comme une couvée de serpents lâchée dans l'atmosphère.

Sommes-nous toujours sur la mer ? Oui, & emportés avec une vitesse incalculable. Nous avons passé sous l'Angleterre, sous la Manche, sous la France, sous l'Europe entière, peut-être !

. . . .

Un bruit nouveau se fait entendre ! Évidemment, la mer qui se brise sur des rochers !...... Mais alors. . . . .

. . . .

. . . .

XXXVI

Ici se termine ce que j'ai appelé « le journal du bord, » heureusement sauvé du naufrage. Je reprends mon récit comme devant.

Ce qui se passa au choc du radeau contre les écueils de la côte, je ne saurais le dire. Je me sentis précipité dans les flots, & si j'échappai à la mort, si mon corps ne fut pas déchiré sur les rocs aigus, c'est que le bras vigoureux de Hans me retira de l'abîme.

Le courageux Islandais me transporta hors de la portée des vagues, sur un sable brûlant où je me trouvai côte à côte avec mon oncle.

Puis il revint vers ces rochers auxquels se heurtaient les lames furieuses, afin de sauver quelques épaves du naufrage. Je ne pouvais parler; j'étais brisé d'émotions & de fatigues; il me fallut une grande heure pour me remettre.

Cependant une pluie diluvienne continuait à tomber, mais avec ce redoublement qui annonce la fin des orages. Quelques rocs superposés nous offrirent un abri contre les torrents du ciel. Hans prépara des aliments auxquels je ne pus toucher, & chacun de nous, épuisé par les veilles de trois nuits, tomba dans un douloureux sommeil.

Le lendemain le temps était magnifique. Le ciel & la mer s'étaient apaisés d'un commun accord. Toute trace de tempête avait disparu. Ce furent les paroles joyeuses du professeur qui saluèrent mon réveil. Il était d'une gaieté terrible.

« Eh bien, mon garçon, s'écria-t-il, as-tu bien dormi? »

N'eût-on pas dit que nous étions dans la maison de König-strasse, que je descendais tranquillement pour déjeuner & que mon mariage avec la pauvre Graüben allait s'accomplir ce jour même?

Hélas! pour peu que la tempête eût jeté le radeau dans l'est, nous avions passé sous l'Allemagne, sous ma chère ville de Hambourg, sous cette rue où demeurait tout ce que j'aimais au monde. Alors quarante lieues m'en séparaient à peine! Mais quarante lieues verticales d'un mur de granit, & en réalité, plus de mille lieues à franchir!

Toutes ces douloureuses réflexions traversèrent rapidement mon esprit avant que je ne répondisse à la question de mon oncle.

« Ah ça! répéta-t-il, tu ne veux pas dire si tu as bien dormi?

— Très-bien, répondis-je; je suis encore brisé, mais cela ne sera rien.

— Absolument rien, un peu de fatigue, & voilà
tout.

— Mais vous me paraissez bien gai, ce matin,
mon oncle.

— Enchanté, mon garçon ! enchanté ! Nous sommes arrivés !

— Au terme de notre expédition ?

— Non, mais au bout de cette mer qui n'en finissait pas. Nous allons reprendre maintenant la voie
de terre & nous enfoncer véritablement dans les
entrailles du globe.

— Mon oncle, permettez-moi une question.

— Je te la permets, Axel.

— Et le retour ?

— Le retour ! Ah ! tu penses à revenir quand on
n'est pas même arrivé ?

— Non, je veux seulement demander comment
il s'effectuera.

— De la manière la plus simple du monde. Une
fois arrivés au centre du sphéroïde, ou nous trouverons une route nouvelle pour remonter à sa surface, ou nous reviendrons tout bourgeoisement par
le chemin déjà parcouru. J'aime à penser qu'il ne
se fermera pas derrière nous.

— Alors il faudra remettre le radeau en bon
état.

— Nécessairement.

— Mais les provisions, en reste-t-il assez pour accomplir toutes ces grandes choses ?

— Oui, certes. Hans est un garçon habile, & je suis sûr qu'il a sauvé la plus grande partie de la cargaison. Allons nous en assurer, d'ailleurs. »

Nous quittâmes cette grotte ouverte à toutes les brises. J'avais un espoir qui était en même temps une crainte ; il me semblait impossible que le terrible abordage du radeau n'eût pas anéanti tout ce qu'il portait. Je me trompais. A mon arrivée sur le rivage, j'aperçus Hans au milieu d'une foule d'objets rangés avec ordre. Mon oncle lui serra la main avec un vif sentiment de reconnaissance. Cet homme, d'un dévouement surhumain dont on ne trouverait peut-être pas d'autre exemple, avait travaillé pendant que nous dormions & sauvé les objets les plus précieux au péril de sa vie.

Ce n'est pas que nous n'eussions fait des pertes assez sensibles, nos armes, par exemple ; mais enfin on pouvait s'en passer. La provision de poudre était demeurée intacte, après avoir failli sauter pendant la tempête.

« Eh bien, s'écria le professeur, puisque les fusils manquent, nous en serons quittes pour ne pas chasser.

— Bon ; mais les instruments ?

— Voici le manomètre, le plus utile de tous, &

16

pour lequel j'aurais donné les autres! Avec lui,
je puis calculer la profondeur & savoir quand
nous aurons atteint le centre. Sans lui, nous risquerions d'aller au delà & de ressortir par les antipodes! »

Cette gaieté était féroce.

« Mais la boussole? demandai-je.

— La voici, sur ce rocher, en parfait état, ainsi
que le chronomètre & les thermomètres. Ah! le
chasseur est un homme précieux! »

Il fallait bien le reconnaître, en fait d'instruments, rien ne manquait. Quant aux outils & aux
engins, j'aperçus, épars sur le sable, échelles, cordes,
pics, pioches, etc.

Cependant il y avait encore la question des vivres
à élucider.

« Et les provisions? dis-je.

— Voyons les provisions, » répondit mon oncle.

Les caisses qui les contenaient étaient alignées
sur la grève dans un parfait état de conservation;
la mer les avait respectées pour la plupart, &,
somme toute, en biscuits, viande salée, genièvre &
poissons secs, on pouvait compter encore sur quatre
mois de vivres.

« Quatre mois! s'écria le professeur; nous avons
le temps d'aller & de revenir, & avec ce qui restera
je veux donner un grand dîner à tous mes collègues
du Johannæum! »

J'aurais dû être fait, depuis longtemps, au tempérament de mon oncle, & pourtant cet homme-là m'étonnait toujours.

« Maintenant, dit-il, nous allons refaire notre provision d'eau avec la pluie que l'orage a versée dans tous ces bassins de granit ; par conséquent, nous n'avons pas à craindre d'être pris par la soif. Quant au radeau, je vais recommander à Hans de le réparer de son mieux, quoiqu'il ne doive plus nous servir, j'imagine !

— Comment cela ? m'écriai-je.

— Une idée à moi, mon garçon ! Je crois que nous ne sortirons pas par où nous sommes entrés. »

Je regardai le professeur avec une certaine défiance ; je me demandai s'il n'était pas devenu fou. Et cependant « il ne savait pas si bien dire. »

« Allons déjeuner, » reprit-il.

Je le suivis sur un cap élevé, après qu'il eut donné ses instructions au chasseur. Là de la viande sèche, du biscuit & du thé composèrent un repas excellent, &, je dois l'avouer, un des meilleurs que j'eusse fait de ma vie. Le besoin, le grand air, le calme après les agitations, tout contribuait à me mettre en appétit.

Pendant le déjeuner, je posai à mon oncle la question de savoir où nous étions en ce moment.

« Cela, dis-je, me paraît difficile à calculer.

— A calculer exactement, oui, répondit-il ; c'est

même impossible, puisque, pendant ces trois jours de tempête, je n'ai pu tenir note de la vitesse & de la direction du radeau ; mais cependant nous pouvons relever notre situation à l'estime.

— En effet la dernière observation a été faite à l'îlot du geyser...

— A l'îlot Axel, mon garçon. Ne décline pas cet honneur d'avoir baptisé de ton nom la première île découverte au centre du massif terrestre.

— Soit ! A l'îlot Axel, nous avions franchi environ deux cent soixante-dix lieues de mer & nous nous trouvions à plus de six cents lieues de l'Islande.

— Bien ! partons de ce point alors & comptons quatre jours d'orage, pendant lesquels notre vitesse n'a pas dû être inférieure à quatre-vingts lieues par vingt-quatre heures.

— Je le crois. Ce serait donc trois cents lieues à ajouter.

— Oui, & la mer Lidenbrock aurait à peu près six cents lieues d'un rivage à l'autre ! Sais-tu bien, Axel, qu'elle peut lutter de grandeur avec la Méditerranée ?

— Oui, surtout si nous ne l'avons traversée que dans sa largeur !

— Ce qui est fort possible !

— Et, chose curieuse, ajoutai-je, si nos calculs

sont exacts, nous avons maintenant cette Méditerranée sur notre tête.

— Vraiment !

— Vraiment, car nous sommes à neuf cents lieues de Reykjawik !

— Voilà un joli bout de chemin, mon garçon ; mais que nous soyons plutôt sous la Méditerranée que sous la Turquie ou sous l'Atlantique, cela ne peut s'affirmer que si notre direction n'a pas dévié.

— Non, le vent paraissait constant ; je pense donc que ce rivage doit être situé au sud-est de Port-Graüben.

— Bon, il est facile de s'en assurer en consultant la boussole. Allons consulter la boussole ! »

Le professeur se dirigea vers le rocher sur lequel Hans avait déposé les instruments. Il était gai, allègre, il se frottait les mains, il prenait des poses ! Un vrai jeune homme ! Je le suivis, assez curieux de savoir si je ne me trompais pas dans mon estime.

Arrivé au rocher, mon oncle prit le compas, le posa horizontalement & observa l'aiguille, qui, après avoir oscillé, s'arrêta dans une position fixe sous l'influence magnétique.

Mon oncle regarda, puis il se frotta les yeux & regarda de nouveau. Enfin il se retourna de mon côté, stupéfait.

« Qu'y a-t-il ? » demandai-je.

Il me fit signe d'examiner l'instrument. Une exclamation de surprise m'échappa. La fleur de l'aiguille marquait le nord là où nous supposions le midi ! Elle se tournait vers la grève au lieu de montrer la pleine mer !

Je remuai la boussole, je l'examinai ; elle était en parfait état. Quelque position que l'on fît prendre à l'aiguille, celle-ci reprenait obstinément cette direction inattendue.

Ainsi donc, il ne fallait plus en douter, pendant la tempête une saute de vent s'était produite dont nous ne nous étions pas aperçus & avait ramené le radeau vers les rivages que mon oncle croyait laisser derrière lui.

XXXVII

Il me serait impossible de peindre la succession des sentiments qui agitèrent le professeur Lidenbrock, la stupéfaction, l'incrédulité & enfin la colère. Jamais je ne vis homme si décontenancé d'abord, si irrité ensuite. Les fatigues de la traversée, les dangers courus, tout était à recommencer ! Nous avions reculé au lieu de marcher en avant !

Mais mon oncle reprit rapidement le dessus.

« Ah ! la fatalité me joue de pareils tours ! s'écria-t-il ; les éléments conspirent contre moi ! l'air, le feu & l'eau combinent leurs efforts pour s'opposer à mon passage ! Eh bien ! l'on saura ce que peut ma volonté. Je ne céderai pas, je ne reculerai pas d'une ligne, & nous verrons qui l'emportera de l'homme ou de la nature ! »

Debout sur le rocher, irrité, menaçant, Otto Lidenbrock, pareil au farouche Ajax, semblait défier les dieux. Mais je jugeai à propos d'intervenir & de mettre un frein à cette fougue insensée.

« Écoutez-moi, lui dis-je d'un ton ferme. Il y a une limite à toute ambition ici-bas ; il ne faut pas lutter contre l'impossible ; nous sommes mal équipés pour un voyage sur mer ; cinq cents lieues ne se font pas sur un mauvais assemblage de poutres avec une couverture pour voile, un bâton en guise de mât, & contre les vents déchaînés. Nous ne pouvons gouverner, nous sommes le jouet des tempêtes, & c'est agir en fous que de tenter une seconde fois cette impossible traversée ! »

De ces raisons toutes irréfutables je pus dérouler la série pendant dix minutes sans être interrompu, mais cela vint uniquement de l'inattention du professeur, qui n'entendit pas un mot de mon argumentation.

« Au radeau ! » s'écria-t-il.

Telle fut sa réponse. J'eus beau faire, supplier, m'emporter : je me heurtai à une volonté plus dure que le granit.

Hans achevait en ce moment de réparer le radeau. On eût dit que cet être bizarre devinait les projets de mon oncle. Avec quelques morceaux de surtar-brandur il avait consolidé l'embarcation. Une voile s'y élevait déjà & le vent jouait dans ses plis flottants.

Le professeur dit quelques mots au guide, & aussitôt celui-ci d'embarquer les bagages & de tout disposer pour le départ. L'atmosphère était assez pure & le vent du nord-ouest tenait bon.

Que pouvais-je faire ? Résister seul contre deux ? Impossible. Si encore Hans se fût joint à moi. Mais non ! Il semblait que l'Islandais eût mis de côté toute volonté personnelle & fait vœu d'abnégation. Je ne pouvais rien obtenir d'un serviteur aussi inféodé à son maître. Il fallait marcher en avant.

J'allais donc prendre sur le radeau ma place accoutumée, quand mon oncle m'arrêta de la main.

« Nous ne partirons que demain, dit-il. »

Je fis le geste d'un homme résigné à tout.

« Je ne dois rien négliger, reprit-il, & puisque la fatalité m'a poussé sur cette partie de la côte, je ne la quitterai pas sans l'avoir reconnue. »

Cette remarque sera comprise quand on saura que nous étions revenus aux rivages du nord, mais non pas à l'endroit même de notre premier départ. Port-Graüben devait être situé plus à l'ouest. Rien de plus raisonnable dès lors que d'examiner avec soin les environs de ce nouvel atterrissage.

« Allons à la découverte ! » dis-je.

Et, laissant Hans à ses occupations, nous voilà partis. L'espace compris entre les relais de la mer & le pied des contre-forts était fort large; on pouvait marcher une demi-heure avant d'arriver à la paroi de rochers. Nos pieds écrasaient d'innombrables coquillages de toutes formes & de toutes grandeurs, où vécurent les animaux des premières époques. J'apercevais aussi d'énormes carapaces, dont le diamètre dépassait souvent quinze pieds. Elles avaient appartenu à ces gigantesques glyptodons de la période pliocène dont la tortue moderne n'est plus qu'une petite réduction. En outre le sol était semé d'une grande quantité de débris pierreux, sortes de galets arrondis par la lame & rangés en lignes successives. Je fus donc conduit à faire cette remarque, que la mer devait autrefois occuper cet espace. Sur les rocs épars & maintenant hors de ses atteintes, les flots avaient laissé des traces évidentes de leur passage.

Ceci pouvait expliquer jusqu'à un certain point l'existence de cet océan, à quarante lieues au-dessous de la surface du globe. Mais, suivant moi, cette masse d'eau devait se perdre peu à peu dans

les entrailles de la terre, & elle provenait évidemment des eaux de l'Océan, qui se firent jour
à travers quelque fissure. Cependant il fallait admettre que cette fissure était actuellement bouchée,
car toute cette caverne, ou mieux, cet immense
réservoir, se fût rempli dans un temps assez court.
Peut-être même cette eau, ayant eu à lutter contre
des feux souterrains, s'était vaporisée en partie.
De là l'explication des nuages suspendus sur notre
tête & le dégagement de cette électricité qui créait
des tempêtes à l'intérieur du massif terrestre.

Cette théorie des phénomènes dont nous avions
été témoins me paraissait satisfaisante, car, pour
grandes que soient les merveilles de la nature, elles
sont toujours explicables par des raisons physiques.

Nous marchions donc sur une sorte de terrain
sédimentaire formé par les eaux, comme tous les
terrains de cette période, si largement distribués à
la surface du globe. Le professeur examinait attentivement chaque interstice de roche. Qu'une ouverture quelconque existât, & il devenait important
pour lui d'en sonder la profondeur.

Pendant un mille, nous avions cotoyé les
rivages de la mer Lidenbrock, quand le sol
changea subitement d'aspect. Il paraissait bouleversé, convulsionné par un exhaussement violent
des couches inférieures. En maint endroit, des
enfoncements ou des soulèvements attestaient

une dislocation puissante du massif terrestre.

Nous avancions difficilement sur ces cassures de granit, mélangées de silex, de quartz et de dépôts alluvionnaires, lorsqu'un champ, plus qu'un champ, une plaine d'ossements apparut à nos regards. On eût dit un cimetière immense, où les générations de vingt siècles confondaient leur éternelle poussière. De hautes extumescences de débris s'étageaient au loin. Elles ondulaient jusqu'aux limites de l'horizon et s'y perdaient dans une brume fondante. Là, sur trois milles carrés, peut-être, s'accumulait toute l'histoire de la vie animale, à peine écrite dans les terrains trop récents du monde habité.

Cependant une impatiente curiosité nous entraînait. Nos pieds écrasaient avec un bruit sec les restes de ces animaux antéhistoriques, et ces fossiles dont les Muséums des grandes cités se disputent les rares et intéressants débris. L'existence de mille Cuvier n'aurait pas suffi à recomposer les squelettes des êtres organiques couchés dans ce magnifique ossuaire.

J'étais stupéfait. Mon oncle avait levé ses grands bras vers l'épaisse voûte qui nous servait de ciel. Sa bouche ouverte démesurément, ses yeux fulgurants sous la lentille de ses lunettes, sa tête remuant de haut en bas, de gauche à droite, toute sa posture enfin dénotait un étonnement sans borne. Il se trouvait devant une inappréciable collection de Leptotherium, de Mericotherium, de Lophodions, d'Anoplotherium, de Megatherium, de Mastodontes, de Protopithèques, de Ptérodactyles, de tous les monstres antédiluviens entassés pour sa satisfaction personnelle. Qu'on se figure un bibliomane passionné transporté tout à coup dans cette fameuse bibliothèque d'Alexandrie brûlée par Omar et qu'un miracle aurait fait renaître de ses cendres ! Tel était mon oncle le professeur Lidenbrock.

Mais ce fut un bien autre émerveillement, quand, courant à travers cette poussière organique, il saisit un crâne dénudé, et s'écria d'une voix frémissante :

« Axel ! Axel ! une tête humaine !

— Une tête humaine ! mon oncle, répondis-je, non moins stupéfait.

— Oui, neveu ! Ah ! M. Milne-Edwards ! Ah ! M. de Quatrefages ! que n'êtes-vous là où je suis, moi, Otto Lidenbrock ! »

XXXVIII

Pour comprendre cette évocation faite par mon oncle à ces illustres savants français, il faut

savoir qu'un fait d'une haute importance en
paléontologie s'était produit quelque temps
avant notre départ.

Le 28 mars 1863, des terrassiers fouillant sous
la direction de M. Boucher de Perthes les car-
rières dé Moulin-Quignon, près Abbeville, dans
le département de la Somme, en France, trouvèrent une mâchoire humaine à quatorze pieds
au-dessous de la superficie du sol. C'était le premier fossile de cette espèce ramené à la lumière
du grand jour. Près de lui se rencontrèrent
des haches de pierre et des silex taillés, colorés
et revêtus par le temps d'une patine uniforme.

Le bruit de cette découverte fut grand, non-
seulement en France, mais en Angleterre et en
Allemagne. Plusieurs savants de l'Institut français, entre autres MM. Milne-Edwards et de
Quatrefages, prirent l'affaire à cœur, démon-
trèrent l'incontestable authenticité de l'ossement
en question, et se firent les plus ardents défen-
seurs de ce « procès de la mâchoire, » suivant
l'expression anglaise.

Aux géologues du Royaume-Uni qui tinrent
le fait pour certain, MM. Falconer, Busk, Car-
penter, etc., se joignirent des savants de l'Allemagne, et parmi eux, au premier rang, le plus
fougueux, le plus enthousiaste, mon oncle
Lidenbrock.

17

L'authenticité d'un fossile humain de l'époque quaternaire semblait donc incontestablement démontrée et admise.

Ce système, il est vrai, avait eu un adversaire acharné dans M. Élie de Beaumont. Ce savant de si haute autorité soutenait que le terrain de Moulin-Quignon n'appartenait pas au « diluvium », mais à une couche moins ancienne, et, d'accord en cela avec Cuvier, il n'admettait pas que l'espèce humaine eût été contemporaine des animaux de l'époque quaternaire. Mon oncle Lidenbrock, de concert avec la grande majorité des géologues, avait tenu bon, disputé, discuté, et M. Élie de Beaumont était resté à peu près seul de son parti.

Nous connaissions tous ces détails de l'affaire, mais nous ignorions que, depuis notre départ, la question avait fait des progrès nouveaux. D'autres mâchoires identiques, quoique appartenant à des individus de types divers et de nations différentes, furent trouvées dans les terres meubles et grises de certaines grottes, en France, en Suisse, en Belgique, ainsi que des armes, des ustensiles, des outils, des ossements d'enfants, d'adolescents, d'hommes, de vieillards. L'existence de l'homme quaternaire s'affirmait donc chaque jour davantage.

Et ce n'était pas tout. Des débris nouveaux

exhumés du terrain tertiaire pliocène avaient permis à des savants plus audacieux encore d'assigner une haute antiquité à la race humaine. Ces débris, il est vrai, n'étaient point des ossements de l'homme, mais seulement des objets de son industrie, des tibias, des fémurs d'animaux fossiles, striés régulièrement, sculptés pour ainsi dire, et qui portaient la marque d'un travail humain.

Ainsi, d'un bond, l'homme remontait l'échelle des temps d'un grand nombre de siècles ; il précédait le mastodonte ; il devenait le contemporain de « l'elephas meridionalis » ; il avait cent mille ans d'existence, puisque c'est la date assignée par les géologues les plus renommés à la formation du terrain pliocène !

Tel était alors l'état de la science paléontologique, et ce que nous en connaissions suffisait à expliquer notre attitude devant cet ossuaire de la mer Lidenbrock. On comprendra donc les stupéfactions et les joies de mon oncle, surtout quand, vingt pas plus loin, il se trouva en présence, on peut dire face à face, avec un des spécimens de l'homme quaternaire.

C'était un corps humain absolument reconnaissable. Un sol d'une nature particulière, comme celui du cimetière Saint-Michel, à Bordeaux, l'avait-il ainsi conservé pendant des

siècles? je ne saurais le dire. Mais ce cadavre,
la peau tendue et parcheminée, les membres
encore moëlleux, — à la vue du moins, — les
dents intactes, la chevelure abondante, les
ongles des mains et des orteils d'une grandeur
effrayante, se montrait à nos yeux tel qu'il
avait vécu.

J'étais muet devant cette apparition d'un autre
âge. Mon oncle, si loquace, si impétueusement
discoureur d'habitude, se taisait aussi. Nous
avions soulevé ce corps. Nous l'avions redressé.
Il nous regardait avec ses orbites caves. Nous
palpions son torse sonore.

Après quelques instants de silence, l'oncle fut
vaincu par le professeur. Otto Lidenbrock,
emporté par son tempérament, oublia les circonstances de notre voyage, le milieu où nous
étions, l'immense caverne qui nous contenait.
Sans doute il se crut au Johannæum, professant
devant ses élèves, car il prit un ton doctoral, et
s'adressant à un auditoire imaginaire :

« Messieurs, dit-il, j'ai l'honneur de vous
présenter un homme de l'époque quaternaire.
De grands savants ont nié son existence, d'autres
non moins grands l'ont affirmée. Les saint Tho-
mas de la paléontologie, s'ils étaient là, le tou-
cheraient du doigt, et seraient bien forcés de
reconnaître leur erreur. Je sais bien que la

science doit se mettre en garde contre les découvertes de ce genre! Je n'ignore pas quelle exploitation des hommes fossiles ont faite les Barnum
et autres charlatans de même farine. Je connais
l'histoire de la rotule d'Ajax, du prétendu corps
d'Oreste retrouvé par les Spartiates, et du corps
d'Astérius, long de dix coudées, dont parle
Pausanias. J'ai lu les rapports sur le squelette
de Trapani découvert au XIV° siècle, et dans
lequel on voulait reconnaître Polyphème, et
l'histoire du géant déterré pendant le XVI° siècle
aux environs de Palerme. Vous n'ignorez pas plus
que moi, Messieurs, l'analyse faite auprès de
Lucerne, en 1577, de ces grands ossements que
le célèbre médecin Félix Plater déclarait appartenir à un géant de dix-neuf pieds! J'ai dévoré
les traités de Cassanion, et tous ces mémoires,
brochures, discours et contre-discours publiés à
propos du squelette du roi des Cimbres, Teuto-
bochus, l'envahisseur de la Gaule, exhumé d'une
sablonnière du Dauphiné en 1613! Au XVIII°
siècle, j'aurais combattu avec Pierre Campet
l'existence des préadamites de Scheuchzer! J'ai
eu entre les mains l'écrit nommé *Gigans...* »

Ici reparut l'infirmité naturelle de mon oncle,
qui en public ne pouvait pas prononcer les mots
difficiles.

« L'écrit nommé *Gigans...* » reprit-il.

Il ne pouvait aller plus loin.

« *Gigantéo...* »

Impossible ! Le mot malencontreux ne voulait pas sortir ! On aurait bien ri au Johannæum !

« *Gigantostéologie,* » acheva de dire le professeur Lidenbrock entre deux jurons.

Puis, continuant de plus belle, et s'animant :

« Oui, Messieurs, je sais toutes ces choses ! Je sais aussi que Cuvier et Blumenbach ont reconnu dans ces ossements de simples os de mammouth et autres animaux de l'époque quaternaire. Mais ici le doute seul serait une injure à la science ! Le cadavre est là ! Vous pouvez le voir, le toucher ! Ce n'est pas un squelette, c'est un corps intact, conservé dans un but uniquement anthropologique ! »

Je voulus bien ne pas contredire cette assertion.

« Si je pouvais le laver dans une solution d'acide sulfurique, dit encore mon oncle, j'en ferais disparaître toutes les parties terreuses et ces coquillages resplendissants qui sont incrustés en lui. Mais le précieux dissolvant me manque. Cependant, tel il est, tel ce corps nous racontera sa propre histoire. »

Ici, le professeur prit le cadavre fossile et le manœuvra avec la dextérité d'un montreur de curiosités.

« Vous le voyez, reprit-il, il n'a pas six pieds de long, et nous sommes loin des prétendus géants. Quant à la race à laquelle il appartient, elle est incontestablement caucasique. C'est la race blanche, c'est la nôtre! Le crâne de ce fossile est régulièrement ovoïde, sans développement des pommettes, sans projection de la mâchoire. Il ne présente aucun caractère de ce prognathisme qui modifie l'angle facial[1]. Mesurez cet angle, il est presque de quatre-vingt-dix degrés. Mais j'irai plus loin encore dans le chemin des déductions, et j'oserai dire que cet échantillon humain appartient à la famille japétique, répandue depuis les Indes jusqu'aux limites de l'Europe occidentale. Ne souriez pas, Messieurs! »

Personne ne souriait, mais le professeur avait une telle habitude de voir les visages s'épanouir pendant ses savantes dissertations!

« Oui, reprit-il avec une animation nouvelle, c'est là un homme fossile, et contemporain des mastodontes dont les ossements emplissent cet

---

[1] L'angle facial est formé par deux plans, l'un plus ou moins vertical qui est tangent au front et aux incisives, l'autre horizontal, qui passe par l'ouverture des conduits auditifs et l'épine nasale inférieure. On appelle *prognathisme*, en langue anthropologique, cette projection de la mâchoire qui modifie l'angle facial.

amphithéâtre. Mais de vous dire par quelle route il est arrivé là, comment ces couches où il était enfoui ont glissé jusque dans cette énorme cavité du globe, c'est ce que je ne me permettrai pas. Sans doute, à l'époque quaternaire, des troubles considérables se manifestaient encore dans l'écorce terrestre; le refroidissement continu du globe produisait des cassures, des fentes, des failles, où dévalait vraisemblablement une partie du terrain supérieur. Je ne me prononce pas, mais enfin l'homme est là, entouré des ouvrages de sa main, de ces haches, de ces silex taillés qui ont constitué l'âge de pierre, et à moins qu'il n'y soit venu comme moi en touriste, en pionnier de la science, je ne puis mettre en doute l'authenticité de son antique origine. »

Le professeur se tut, et j'éclatai en applaudissements unanimes. D'ailleurs mon oncle avait raison, et de plus savants que son neveu eussent été fort empêchés de le combattre.

Autre indice. Ce corps fossilisé n'était pas le seul de l'immense ossuaire. D'autres corps se rencontraient à chaque pas que nous faisions dans cette poussière, et mon oncle pouvait choisir le plus merveilleux de ces échantillons pour convaincre les incrédules.

En vérité, c'était un étonnant spectacle que celui de ces générations d'hommes et d'animaux

confondus dans ce cimetière. Mais une question
grave se présentait, que nous n'osions résoudre.
Ces êtres animés avaient-ils glissé par une con-
vulsion du sol vers les rivages de la mer Lidenbrock, alors qu'ils étaient déjà réduits en poussière? Ou plutôt vécurent-ils ici, dans ce monde
souterrain, sous ce ciel factice, naissant et mou-
rant comme les habitants de la terre? Jusqu'ici,
les monstres marins, les poissons seuls, nous
étaient apparus vivants! Quelque homme de
l'abîme errait-il encore sur ces grèves désertes?

XXXIX

Pendant une demi-heure encore, nos pieds
foulèrent ces couches d'ossements. Nous allions
en avant, poussés par une ardente curiosité.
Quelles autres merveilles renfermait cette caverne,
quels trésors pour la science? Mon regard s'attendait à toutes les surprises, mon imagination à
tous les étonnements.

Les rivages de la mer avaient depuis longtemps disparu derrière les collines de l'ossuaire.
L'imprudent professeur, s'inquiétant peu de
s'égarer, m'entraînait au loin. Nous avancions

17.

silencieusement, baignés dans les ondes électriques. Par un phénomène que je ne puis expliquer, et grâce à sa diffusion, complète alors, la
lumière éclairait uniformément les diverses faces
des objets. Son foyer n'existait plus en un point
déterminé de l'espace et elle ne produisait aucun
effet d'ombre. On aurait pu se croire en plein
midi et en plein été, au milieu des régions
équatoriales, sous les rayons verticaux du soleil.
Toute vapeur avait disparu. Les rochers, les
montagnes lointaines, quelques masses confuses
de forêts éloignées, prenaient un étrange aspect
sous l'égale distribution du fluide lumineux.
Nous ressemblions à ce fantastique personnage
d'Hoffmann qui a perdu son ombre.

Après une marche d'un mille, apparut la
lisière d'une forêt immense, mais non plus un
de ces bois de champignons qui avoisinaient
Port-Graüben.

C'était la végétation de l'époque tertiaire dans
toute sa magnificence. De grands palmiers, d'espèces aujourd'hui disparues, de superbes pal-
macites, des pins, des ifs, des cyprès, des thuyas,
représentaient la famille des conifères, et se
reliaient entre eux par un réseau de lianes inex-
tricables. Un tapis de mousses et d'hépathiques
revêtait moelleusement le sol. Quelques ruisseaux
murmuraient sous ces ombrages, peu dignes de

ce nom, puisqu'ils ne produisaient pas d'ombre.
Sur leurs bords croissaient des fougères arborescentes semblables à celles des serres chaudes du
globe habité. Seulement, la couleur manquait à
ces arbres, à ces arbustes, à ces plantes, privés
de la vivifiante chaleur du soleil. Tout se con-
fondait dans une teinte uniforme, brunâtre et
comme passée. Les feuilles étaient dépourvues
de leur verdeur, et les fleurs elles-mêmes, si
nombreuses à cette époque tertiaire qui les vit
naître, alors sans couleurs et sans parfums, semblaient faites d'un papier décoloré sous l'action
de l'atmosphère.

Mon oncle Lidenbrock s'aventura sous ces
gigantesques taillis. Je le suivis, non sans une
certaine appréhension. Puisque la nature avait
fait là les frais d'une alimentation végétale,
pourquoi les redoutables mammifères ne s'y ren-
contreraient-ils pas? J'apercevais dans ces larges
clairières que laissaient les arbres abattus et
rongés par le temps, des légumineuses, des acé-
rines, des rubiacées, et mille arbrisseaux comes-
tibles, chers aux ruminants de toutes les périodes.
Puis apparaissaient, confondus et entremêlés,
les arbres des contrées si différentes de la surface
du globe, le chêne croissant près du palmier,
l'eucalyptus australien s'appuyant au sapin
de la Norwége, le bouleau du Nord confondant

ses branches avec les branches du kauris zélandais. C'était à confondre la raison des classificateurs les plus ingénieux de la botanique terrestre.

Soudain, je m'arrêtai. De la main, je retins mon oncle.

La lumière diffuse permettait d'apercevoir les moindres objets dans la profondeur des taillis. J'avais cru voir... non ! réellement, de mes yeux, je voyais des formes immenses s'agiter sous les arbres ! En effet, c'étaient des animaux gigantesques, tout un troupeau de mastodontes, non plus fossiles, mais vivants, et semblables à ceux dont les restes furent découverts en 1801 dans les marais de l'Ohio ! J'apercevais ces grands éléphants dont les trompes grouillaient sous les arbres comme une légion de serpents. J'entendais le bruit de leurs longues défenses dont l'ivoire taraudait les vieux troncs. Les branches craquaient, et les feuilles arrachées par masses considérables s'engouffraient dans la vaste gueule de ces monstres.

Ce rêve où j'avais vu renaître tout ce monde des temps antéhistoriques, des époques ternaires et quaternaires, se réalisait donc enfin ! Et nous étions là, seuls, dans les entrailles du globe, à la merci de ses farouches habitants !

Mon oncle regardait.

« Allons, dit-il tout d'un coup en me saisissant le bras, en avant, en avant !

— Non ! m'écriai-je, non ! Nous sommes sans
armes ! Que ferions-nous au milieu de ce troupeau de quadrupèdes géants ? Venez, mon oncle,
venez ! Nulle créature humaine ne peut braver
impunément la colère de ces monstres.

— Nulle créature humaine ! répondit mon
oncle, en baissant la voix ! Tu te trompes, Axel !
Regarde, regarde, là-bas ! Il me semble que
j'aperçois un être vivant ! un être semblable à
nous ! un homme ! »

Je regardai, haussant les épaules, et décidé à
pousser l'incrédulité jusqu'à ses dernières limites.
Mais quoique j'en eus, il fallut bien me rendre
à l'évidence.

En effet, à moins d'un quart de mille, appuyé
au tronc d'un kauris énorme, un être humain,
un Protée de ces contrées souterraines, un nouveau fils de Neptune, gardait cet innombrable
troupeau de mastodontes !

Immanis pecoris custos, immanior ipse !

Oui ! *immanior ipse !* Ce n'était plus l'être
fossile dont nous avions relevé le cadavre dans
l'ossuaire, c'était un géant capable de com-
mander à ces monstres. Sa taille dépassait douze

pieds. Sa tête grosse comme la tête d'un buffle, disparaissait dans les broussailles d'une chevelure inculte. On eût dit une véritable crinière, semblable à celle de l'éléphant des premiers âges. Il brandissait de la main une branche énorme, digne houlette de ce berger antédiluvien.

Nous étions restés immobiles, stupéfaits. Mais nous pouvions être aperçus. Il fallait fuir.

« Venez, venez! » m'écriai-je, en entraînant mon oncle, qui pour la première fois se laissa faire!

Un quart d'heure plus tard, nous étions hors de la vue de ce redoutable ennemi.

Et maintenant que j'y songe tranquillement, maintenant que le calme s'est refait dans mon esprit, que des mois se sont écoulés depuis cette étrange et surnaturelle rencontre, que penser, que croire? Non! c'est impossible! Nos sens ont été abusés, nos yeux n'ont pas vu ce qu'ils voyaient! Nulle créature humaine n'existe dans ce monde subterrestre! Nulle génération d'hommes n'habite ces cavernes inférieures du globe, sans se soucier des habitants de sa surface, sans communication avec eux! C'est insensé, profondément insensé!

J'aime mieux admettre l'existence de quelque animal dont la structure se rapproche de la

structure humaine, de quelque singe des premières époques géologiques, de quelque proto-
pithèque, de quelque mésopithèque semblable
à celui que découvrit M. Lartet dans le gîte
ossifère de Sansan! Mais celui-ci dépassait par
sa taille toutes les mesures données par la
paléontologie! N'importe! Un singe, oui, un
singe, si invraisemblable qu'il soit! Mais un
homme, un homme vivant, et avec lui toute
une génération ensouie dans les entrailles de la
terre! Jamais!

Cependant nous avions quitté la forêt claire
et lumineuse, muets d'étonnement, accablés sous
une stupéfaction qui touchait à l'abrutissement.
Nous courions malgré nous. C'était une vraie
fuite, semblable à ces entraînements effroyables
que l'on subit dans certains cauchemars. Instinc-
tivement, nous revenions vers la mer Lidenbrock,
et je ne sais dans quelles divagations mon
esprit se fût emporté, sans une préoccupation
qui me ramena à des observations plus pratiques.

Bien que je fusse certain de fouler un sol
entièrement vierge de nos pas, j'apercevais souvent des agrégations de rochers dont la forme
rappelait ceux de Port-Graüben. C'était parfois
à s'y méprendre. Des ruisseaux et des cascades
tombaient par centaines des saillies de rocs. Je
croyais revoir la couche de surtarbrandur, notre

fidèle Hans-bach & la grotte où j'étais revenu à la vie; puis, quelques pas plus loin, la disposition des contre-forts, l'apparition d'un ruisseau, le profil surprenant d'un rocher venaient me rejeter dans le doute.

Le professeur partageait mon indécision; il ne pouvait s'y reconnaître au milieu de ce panorama uniforme. Je le compris à quelques mots qui lui échappèrent.

« Évidemment, lui dis-je, nous n'avons pas abordé à notre point de départ, mais certainement, en contournant le rivage, nous nous rapprocherons de Port-Graüben.

— Dans ce cas, répondit mon oncle, il est inutile de continuer cette exploration, & le mieux est de retourner au radeau. Mais ne te trompes-tu pas, **Axel?**

— Il est difficile de se prononcer, car tous ces rochers se ressemblent. Il me semble pourtant reconnaître le promontoire au pied duquel Hans a construit son embarcation. Nous devons être près du petit port, si même ce n'est pas ici, ajoutai-je en examinant une crique que je crus reconnaître.

— Mais non, Axel, nous retrouverions au moins nos propres traces, & je ne vois rien...

— Mais je vois, moi! m'écriai-je, en m'élançan vers un objet qui brillait sur le sable.

— Qu'est-ce donc?

— Voilà ! répondis-je, & je montrai à mon oncle un poignard que je venais de ramasser.

— Tiens ! dit-il, tu avais donc emporté cette arme avec toi ?

— Moi, aucunement, mais vous, je suppose ?

— Non pas, que je sache ; je n'ai jamais eu cet objet en ma possession.

— Et moi encore moins, mon oncle.

— Voilà qui est particulier.

— Mais non, c'est bien simple ; les Islandais ont souvent des armes de ce genre, & Hans, à qui celle-ci appartient, l'a perdue sur cette plage...

— Hans ! » fit mon oncle en secouant la tête.

Puis il examina l'arme avec attention.

« Axel, me dit-il d'un ton grave, ce poignard est une arme du seizième siècle, une véritable dague, de celles que les gentilshommes portaient à leur ceinture pour donner le coup de grâce ; elle est d'origine espagnole ; elle n'appartient ni à toi, ni à moi, ni au chasseur !

— Oserez-vous dire ?...

— Vois, elle ne s'est pas ébréchée ainsi à s'enfoncer dans la gorge des gens ; sa lame est couverte d'une couche de rouille qui ne date ni d'un jour, ni d'un an, ni d'un siècle ! »

Le professeur s'animait, suivant son habitude, en se laissant emporter par son imagination.

« Axel, reprit-il, nous sommes sur la voie de la

grande découverte! Cette lame est restée abandonnée sur le sable depuis cent, deux cents, trois cents ans, & s'est ébréchée sur les rocs de cette mer souterraine!

— Mais elle n'est pas venue seule! m'écriai-je; elle n'a pas été se tordre d'elle-même! quelqu'un nous a précédés!...

— Oui, un homme.

— Et cet homme?

— Cet homme a gravé son nom avec ce poignard! Cet homme a voulu encore une fois marquer de sa main la route du centre! Cherchons, cherchons! »

Et, prodigieusement intéressés, nous voilà longeant la haute muraille, interrogeant les moindres fissures qui pouvaient se changer en galerie.

Nous arrivâmes ainsi à un endroit où le rivage se resserrait. La mer venait presque baigner le pied des contre-forts, laissant un passage large d'une toise au plus. Entre deux avancées de roc, on apercevait l'entrée d'un tunnel obscur.

Là, sur une plaque de granit, apparaissaient deux lettres mystérieuses à demi rongées, les deux initiales du hardi & fantastique voyageur :

$$ \cdot \; \curlywedge \cdot \; \curlyvee \cdot $$

« A. S.! s'écria mon oncle. Arne Saknussemm. Toujours Arne Saknussemm! »

XL

Depuis le commencement du voyage, j'avais passé
par bien des étonnements ; je devais me croire à
l'abri des surprises & blasé sur tout émerveillement.
Cependant, à la vue de ces deux lettres gravées là
depuis trois cents ans, je demeurai dans un ébahis-
sement voisin de la stupidité. Non-seulement la
signature du savant alchimiste se lisait sur le roc,
mais encore le stylet qui l'avait tracée était entre
mes mains. A moins d'être d'une insigne mauvaise
foi, je ne pouvais plus mettre en doute l'existence
du voyageur & la réalité de son voyage.

Pendant que ces réflexions tourbillonnaient dans
ma tête, le professeur Lidenbrock se laissait aller à
un accès un peu dithyrambique à l'endroit d'Arne
Saknussemm.

« Merveilleux génie ! s'écriait-il, tu n'as rien oublié de ce qui pouvait ouvrir à d'autres mortels les
routes de l'écorce terrestre, & tes semblables peuvent retrouver les traces que tes pieds ont laissées,
il y a trois siècles, au fond de ces souterrains obs-
curs ! A d'autres regards que les tiens, tu as réservé

la contemplation de ces merveilles! Ton nom gravé
d'étapes en étapes conduit droit à son but le voyageur assez audacieux pour te suivre, &, au centre
même de notre planète, il se trouvera encore inscrit
de ta propre main. Eh bien! moi aussi, j'irai signer
de mon nom cette dernière page de granit! Mais
que, dès maintenant, ce cap vu par toi près de cette
mer découverte par toi, soit à jamais, appelé le cap
Saknussemm! »

Voilà ce que j'entendis, ou à peu près, & je me
sentis gagner par l'enthousiasme que respiraient ces
paroles. Un feu intérieur se ranima dans ma poitrine! J'oubliai tout, & les dangers du voyage, &
les périls du retour. Ce qu'un autre avait fait, je
voulais le faire aussi, & rien de ce qui était humain
ne me paraissait impossible!

« En avant, en avant! » m'écriai-je.

Je m'élançais déjà vers la sombre galerie, quand
le professeur m'arrêta, & lui, l'homme des empor-
tements, il me conseilla la patience & le sang-froid.

« Retournons d'abord vers Hans, dit-il, & ra-
menons le radeau à cette place. »

J'obéis à cet ordre, non sans peine, & je me glissai
rapidement au milieu des roches du rivage.

« Savez-vous, mon oncle, disais-je en marchant,
que nous avons été singulièrement servis par les circonstances jusqu'ici!

— Ah! tu trouves, Axel?

— Sans doute, & il n'est pas jusqu'à la tempête qui ne nous ait remis dans le droit chemin. Béni soit l'orage ! Il nous a ramenés à cette côte d'où le beau temps nous eût éloignés! Supposez un instant que nous eussions touché de notre proue (la proue d'un radeau !) les rivages méridionaux de la mer Lidenbrock, que serions-nous devenus? Le nom de Saknussemm n'aurait pas apparu à nos yeux, & maintenant nous serions abandonnés sur une plage sans issue.

— Oui, Axel, il y a quelque chose de providentiel à ce que, voguant vers le sud, nous soyons précisément revenus au nord & au cap Saknussemm. Je dois dire que c'est plus qu'étonnant, & il y a là un fait dont l'explication m'échappe absolument.

— Eh! qu'importe! il n'y a pas à expliquer les faits, mais à en profiter !

— Sans doute, mon garçon, mais...

— Mais nous allons reprendre la route du nord, passer sous les contrées septentrionales de l'Europe, la Suède, la Russie, la Sibérie, que sais-je! au lieu de nous enfoncer sous les déserts de l'Afrique ou les flots de l'Océan, & je ne veux pas en savoir davantage !

— Oui, Axel, tu as raison, & tout est pour le mieux, puisque nous abandonnons cette mer horizontale qui ne pouvait mener à rien. Nous allons descendre, encore descendre, & toujours descendre!

Sais-tu bien que, pour arriver au centre du globe, il n'y a plus que quinze cents lieues à franchir !

— Bah ! m'écriai-je, ce n'est vraiment pas la peine d'en parler ! En route ! en route ! »

Ces discours insensés duraient encore quand nous rejoignîmes le chasseur. Tout était préparé pour un départ immédiat ; pas un colis qui ne fût embarqué ; nous prîmes place sur le radeau, & la voile hissée, Hans se dirigea en suivant la côte vers le cap Saknussemm.

Le vent n'était pas favorable à un genre d'embarcation qui ne pouvait tenir le plus près. Aussi, en maint endroit, il fallut avancer à l'aide des bâtons ferrés. Souvent les rochers, allongés à fleur d'eau, nous forcèrent de faire des détours assez longs. Enfin, après trois heures de navigation, c'est-à-dire vers six heures du soir, on atteignait un endroit propice au débarquement.

Je sautai à terre, suivi de mon oncle & de l'Islandais. Cette traversée ne m'avait pas calmé. Au contraire. Je proposai même de brûler « nos vaisseaux », afin de nous couper toute retraite. Mais mon oncle s'y opposa. Je le trouvai singulièrement tiède.

« Au moins, dis-je, partons sans perdre un instant.

— Oui, mon garçon ; mais auparavant, examinons cette nouvelle galerie afin de savoir s'il faut préparer nos échelles. »

Mon oncle mit son appareil de Ruhmkorff en activité ; le radeau, attaché au rivage, fut laissé seul ; d'ailleurs, l'ouverture de la galerie n'était pas à vingt pas de là, & notre petite troupe, moi en tête, s'y rendit sans retard.

L'orifice, à peu près circulaire, présentait un diamètre de cinq pieds environ ; le sombre tunnel était taillé dans le roc vif & soigneusement alésé par les matières éruptives auxquelles il donnait autrefois passage ; sa partie inférieure affleurait le sol, de telle façon que l'on put y pénétrer sans aucune difficulté.

Nous suivions un plan presque horizontal, quand, au bout de six pas, notre marche fut interrompue par l'interposition d'un bloc énorme.

« Maudit roc! » m'écriai-je avec colère, en me voyant subitement arrêté par un obstacle infranchissable.

Nous eûmes beau chercher à droite & à gauche, en bas & en haut, il n'existait aucun passage, aucune bifurcation. J'éprouvai un vif désappointement, & je ne voulais pas admettre la réalité de l'obstacle. Je me baissai. Je regardai au-dessous du bloc. Nul interstice. Au-dessus. Même barrière de granit. Hans porta la lumière de la lampe sur tous les points de la paroi ; mais celle-ci n'offrait aucune solution de continuité. Il fallait renoncer à tout espoir de passer.

Je m'étais assis sur le sol; mon oncle arpentait le couloir à grands pas.

« Mais alors Saknussemm ? m'écriai-je.

— Oui, fit mon oncle, a-t-il donc été arrêté par cette porte de pierre ?

— Non ! non ! repris-je avec vivacité. Ce quartier de roc, par suite d'une secousse quelconque, ou l'un de ces phénomènes magnétiques qui agitent l'écorce terrestre, a brusquement fermé ce passage. Bien des années se sont écoulées entre le retour de Saknussemm & la chute de ce bloc. N'est-il pas évident que cette galerie a été autrefois le chemin des laves, & qu'alors les matières éruptives y circulaient librement. Voyez, il y a des fissures récentes qui sillonnent ce plafond de granit; il est fait de morceaux rapportés, de pierres énormes, comme si la main de quelque géant eût travaillé à cette substruction; mais, un jour, la poussée a été plus forte, & ce bloc, semblable à une clef de voûte qui manque, a glissé jusqu'au sol en obstruant tout passage. Voilà un obstacle accidentel que Saknussemm n'a pas rencontré, & si nous ne le renversons pas, nous sommes indignes d'arriver au centre du monde ! »

Voilà comment je parlais ! L'âme du professeur avait passé tout entière en moi. Le génie des découvertes m'inspirait. J'oubliais le passé, je dédaignais l'avenir. Rien n'existait plus pour moi à la

surface de ce sphéroïde au sein duquel je m'étais
engouffré, ni les villes, ni les campagnes, ni Hambourg, ni König-strasse, ni ma pauvre Graüben,
qui devait me croire à jamais perdu dans les entrailles de la terre.

« Eh bien! reprit mon oncle, à coups de pioche,
à coups de pic, faisons notre route & renversons
ces murailles!

— C'est trop dur pour le pic, m'écriai-je.

— Alors la pioche!

— C'est trop long pour la pioche!

— Mais!..

— Eh bien! la poudre! la mine! minons, & faisons sauter l'obstacle!

— La poudre!

— Oui! il ne s'agit que d'un bout de roc à
briser!

— Hans, à l'ouvrage! » s'écria mon oncle.

L'Islandais, retourna au radeau, & revint bientôt avec un pic dont il se servit pour creuser un
fourneau de mine. Ce n'était pas un mince travail.
Il s'agissait de faire un trou assez considérable pour
contenir cinquante livres de fulmi-coton, dont la
puissance expansive est quatre fois plus grande que
celle de la poudre à canon.

J'étais dans une prodigieuse surexcitation d'esprit. Pendant que Hans travaillait, j'aidai active-
ment mon oncle à préparer une longue mèche faite

18

avec de la poudre mouillée & renfermée dans un
boyau de toile.

« Nous passerons ! disais-je.

— Nous passerons, » répétait mon oncle.

A minuit, notre travail de mineurs fut entièrement terminé ; la charge de fulmi-coton se trouvait
enfouie dans le fourneau, & la mèche, se déroulant
à travers la galerie, venait aboutir au dehors.

Une étincelle suffisait maintenant pour mettre
ce formidable engin en activité.

« A demain, » dit le professeur.

Il fallut bien me résigner & attendre encore pendant six grandes heures !

XLI

Le lendemain, jeudi, 27 août, fut une date célèbre de ce voyage subterrestre. Elle ne me revient
pas à l'esprit sans que l'épouvante ne fasse encore
battre mon cœur. A partir de ce moment, notre
raison, notre jugement, notre ingéniosité, n'ont
plus voix au chapitre, & nous allons devenir le
jouet des phénomènes de la terre.

A six heures, nous étions sur pied. Le moment

approchait de nous frayer par la poudre un passage à travers l'écorce de granit.

Je sollicitai l'honneur de mettre le feu à la mine. Cela fait, je devais rejoindre mes compagnons sur le radeau qui n'avait point été déchargé ; puis nous prendrions du large, afin de parer aux dangers de l'explosion, dont les effets pouvaient ne pas se concentrer à l'intérieur du massif.

La mèche devait brûler pendant dix minutes, selon nos calculs, avant de porter le feu à la chambre des poudres. J'avais donc le temps nécessaire pour regagner le radeau.

Je me préparai à remplir mon rôle, non sans une certaine émotion.

Après un repas rapide, mon oncle & le chasseur s'embarquèrent, tandis que je restais sur le rivage. J'étais muni d'une lanterne allumée qui devait me servir à mettre le feu à la mèche.

« Va, mon garçon, me dit mon oncle, & reviens immédiatement nous rejoindre.

— Soyez tranquille, répondis-je, je ne m'amuserai point en route. »

Aussitôt je me dirigeai vers l'orifice de la galerie. J'ouvris ma lanterne, & je saisis l'extrémité de la mèche.

Le professeur tenait son chronomètre à la main.

« Es-tu prêt? me cria-t-il.

— Je suis prêt.

— Eh bien ! feu, mon garçon ! »

Je plongeai rapidement dans la flamme la mèche, qui petilla à son contact, &, tout courant, je revins au rivage.

« Embarque, fit mon oncle, & débordons. »

Hans, d'une vigoureuse poussée, nous rejeta en mer. Le radeau s'éloigna d'une vingtaine de toises.

C'était un moment palpitant. Le professeur suivait de l'œil l'aiguille du chronomètre.

« Encore cinq minutes, disait-il. Encore quatre. Encore trois. »

Mon pouls battait des demi-secondes.

« Encore deux. Une !... Croulez, montagnes de granit ! »

Que se passa-t-il alors ? Le bruit de la détonation, je crois que je ne l'entendis pas. Mais la forme des rochers se modifia subitement à mes regards ; ils s'ouvrirent comme un rideau. J'aperçus un insondable abîme qui se creusait en plein rivage. La mer, prise de vertige, ne fut plus qu'une vague énorme, sur le dos de laquelle le radeau s'éleva perpendiculairement.

Nous fûmes renversés tous les trois. En moins d'une seconde, la lumière fit place à la plus profonde obscurité. Puis je sentis l'appui solide manquer, non à mes pieds, mais au radeau. Je crus qu'il coulait à pic. Il n'en était rien. J'aurais voulu

adresser la parole à mon oncle ; mais le mugissement des eaux l'eût empêché de m'entendre.

Malgré les ténèbres, le bruit, la surprise, l'émotion, je compris ce qui venait de se passer.

Au delà du roc qui venait de sauter, il existait
un abîme. L'explosion avait déterminé une sorte
de tremblement de terre dans ce sol coupé de fissures, le gouffre s'était ouvert, & la mer, changée
en torrent, nous y entraînait avec elle.

Je me sentis perdu.

Une heure, deux heures, que sais-je ! se passèrent
ainsi. Nous nous serrions les coudes, nous nous
tenions les mains afin de n'être pas précipités hors
du radeau ; des chocs d'une extrême violence se
produisaient, quand il heurtait la muraille. Cependant ces heurts étaient rares, d'où je conclus que la galerie s'élargissait considérablement.
C'était, à n'en pas douter, le chemin de Saknussemm ; mais, au lieu de le descendre seuls, nous
avions, par notre imprudence, entraîné toute une
mer avec nous.

Ces idées, on le comprend, se présentèrent à mon
esprit sous une forme vague & obscure. Je les as-
sociais difficilement pendant cette course vertigi-
neuse qui ressemblait à une chute. A en juger par
l'air qui me fouettait le visage, elle devait surpasser
celle des trains les plus rapides. Allumer une torche dans ces conditions était donc impossible, &

18.

notre dernier appareil électrique avait été brisé au moment de l'explosion.

Je fus donc fort surpris de voir une lumière briller tout à coup près de moi. La figure calme de Hans s'éclaira. L'adroit chasseur était parvenu à allumer la lanterne, &, bien que sa flamme vacillât à s'éteindre, elle jeta quelques lueurs dans l'épouvantable obscurité.

La galerie était large. J'avais eu raison de la juger telle. Notre insuffisante lumière ne nous permettait pas d'apercevoir ses deux murailles à la fois. La pente des eaux qui nous emportaient dépassait celle des plus insurmontables rapides de l'Amérique ; leur surface semblait faite d'un faisceau de flèches liquides décochées avec une extrême puissance. Je ne puis rendre mon impression par une comparaison plus juste. Le radeau, pris par certains remous, filait parfois en tournoyant. Lorsqu'il s'approchait des parois de la galerie, j'y projetais la lumière de la lanterne, & je pouvais juger de sa vitesse à voir les saillies du roc se changer en traits continus, de telle sorte que nous étions enserrés dans un réseau de lignes mouvantes. J'estimai que notre vitesse devait atteindre trente lieues à l'heure.

Mon oncle & moi, nous regardions d'un œil hagard, accotés au tronçon du mât, qui, au moment de la catastrophe, s'était rompu net. Nous tournions le dos à l'air, afin de ne pas être étouffés par la rapidité d'un mouvement que nulle puissance humaine ne pouvait enrayer.

Cependant les heures s'écoulèrent. La situation ne changeait pas, mais un incident vint la compliquer.

En cherchant à mettre un peu d'ordre dans la cargaison, je vis que la plus grande partie des objets embarqués avaient disparu au moment de l'explosion, lorsque la mer nous assaillit si violemment! Je voulus savoir exactement à quoi m'en tenir sur nos ressources, &, la lanterne à la main, je commençai mes recherches. De nos instruments, il ne restait plus que la boussole & le chronomètre. Les échelles & les cordes se réduisaient à un bout de câble enroulé autour du tronçon de mât. Pas une pioche, pas un pic, pas un marteau, &, malheur irréparable, nous n'avions pas de vivres pour un jour!

Je me mis à fouiller les interstices du radeau, les moindres coins formés par les poutres & la jointure des planches! Rien! Nos provisions consistaient uniquement en un morceau de viande sèche & quelques biscuits.

Je regardais d'un air stupide! Je ne voulais pas comprendre! Et cependant de quel danger me préoccupais-je? Quand les vivres eussent été suffisants pour des mois, pour des années, comment sortir des abîmes où nous entraînait cet irrésis-

tible torrent? A quoi bon craindre les tortures de
la faim, quand la mort s'offrait déjà sous tant
d'autres formes? Mourir d'inanition, est-ce que
nous en aurions le temps?

Pourtant, par une inexplicable bizarrerie de l'i-
magination, j'oubliai le péril immédiat pour les
menaces de l'avenir qui m'apparurent dans toute
leur horreur. D'ailleurs, peut-être pourrions-nous
échapper aux fureurs du torrent & revenir à la
surface du globe. Comment? je l'ignore. Où? Qu'importe! Une chance sur mille est toujours une chance,
tandis que la mort par la faim ne nous laissait
d'espoir dans aucune proportion, si petite qu'elle
fût.

La pensée me vint de tout dire à mon oncle, de
lui montrer à quel dénûment nous étions réduits,
& de faire l'exact calcul du temps qui nous restait à vivre. Mais j'eus le courage de me taire. Je
voulais lui laisser tout son sang-froid.

En ce moment, la lumière de la lanterne baissa
peu à peu & s'éteignit entièrement. La mèche
avait brûlé jusqu'au bout. L'obscurité redevint absolue. Il ne fallait plus songer à dissiper ces impé-
nétrables ténèbres. Il restait encore une torche,
mais elle n'aurait pu se maintenir allumée. Alors,
comme un enfant, je fermai les yeux pour ne pas
voir toute cette obscurité.

Après un laps de temps assez long, la vitesse de

notre course redoubla. Je m'en aperçus à la réverbé-
tion de l'air sur mon visage. La pente des eaux devenait excessive. Je crois véritablement que nous ne
glissions plus. Nous tombions. J'avais en moi l'impression d'une chute presque verticale. La main de
mon oncle & celle de Hans, cramponnées à mes bras,
me retenaient avec vigueur.

Tout à coup, après un temps inappréciable, je
ressentis comme un choc; le radeau n'avait pas
heurté un corps dur, mais il s'était subitement arrêté dans sa chute. Une trombe d'eau, une immense colonne liquide s'abattit à sa surface. Je fus
suffoqué. Je me noyais.

Cependant cette inondation soudaine ne dura
pas. En quelques secondes je me retrouvai à l'air
libre que j'aspirai à pleins poumons. Mon oncle &
Hans me serraient le bras à le briser, & le radeau
nous portait encore tous les trois.

XLII

Je suppose qu'il devait être alors dix heures du
soir. Le premier de mes sens qui fonctionna après
ce dernier assaut fut le sens de l'ouïe. J'entendis

presque aussitôt, car ce fut acte d'audition véritable, j'entendis le silence se faire dans la galerie,
& succéder à ces mugissements qui, depuis de
longues heures, remplissaient mon oreille. Enfin
ces paroles de mon oncle m'arrivèrent comme un
murmure :

« Nous montons!

— Que voulez-vous dire? m'écriai-je.

— Oui, nous montons! nous montons! »

J'étendis le bras; je touchai la muraille; ma main
fut mise en sang. Nous remontions avec une extrême rapidité.

« La torche! la torche! s'écria le professeur. »

Hans, non sans difficultés, parvint à l'allumer,
&, bien que la flamme se rabattît de haut en bas,
par suite du mouvement ascensionnel, elle jeta
assez de clarté pour éclairer toute la scène.

« C'est bien ce que je pensais, dit mon oncle.
Nous sommes dans un puits étroit, qui n'a pas
quatre toises de diamètre. L'eau, arrivée au fond du
gouffre, reprend son niveau & nous monte avec
elle.

— Où!

— Je l'ignore, mais il faut se tenir prêts à tout
événement. Nous montons avec une vitesse que
j'évalue à deux toises par seconde, soit cent vingt
toises par minute, ou plus de trois lieues & demi à
l'heure. De ce train-là, on fait du chemin.

— Oui, si rien ne nous arrête, si ce puits a une issue! Mais s'il est bouché, si l'air se comprime peu à peu sous la pression de la colonne d'eau, si nous allons être écrasés!

— Axel, répondit le professeur avec un grand calme, la situation est presque désespérée, mais il y a quelques chances de salut, & ce sont celles-là que j'examine. Si à chaque instant nous pouvons périr, à chaque instant aussi nous pouvons être sauvés. Soyons donc en mesure de profiter des moindres circonstances.

— Mais que faire?

— Réparer nos forces en mangeant. »

A ces mots, je regardai mon oncle d'un œil hagard. Ce que je n'avais pas voulu avouer, il fallait enfin le dire :

« Manger? répétai-je.

— Oui, sans retard. »

Le professeur ajouta quelques mots en danois. Hans secoua la tête.

« Quoi! s'écria mon oncle, nos provisions sont perdues?

— Oui, voilà ce qui reste de vivres! un morceau de viande sèche pour nous trois! »

Mon oncle me regardait sans vouloir comprendre mes paroles.

« Eh bien! dis-je, croyez-vous encore que nous puissions être sauvés? »

Ma demande n'obtint aucune réponse.

Une heure se passa. Je commençais à éprouver une faim violente. Mes compagnons souffraient aussi, & pas un de nous n'osait toucher à ce misérable reste d'aliments.

Cependant nous montions toujours avec rapidité; parfois l'air nous coupait la respiration comme aux aéronautes dont l'ascension est trop rapide. Mais si ceux-ci éprouvent un froid proportionnel à mesure qu'ils s'élèvent dans les couches atmosphériques, nous subissions un effet absolument contraire. La chaleur s'accroissait d'une inquiétante façon & devait certainement atteindre quarante degrés.

Que signifiait un pareil changement? Jusqu'alors les faits avaient donné raison aux théories de Davy & de Lidenbrock; jusqu'alors des conditions particulières de roches réfractaires, d'électricité, de magnétisme avaient modifié les lois générales de la nature, en nous faisant une température modérée, car la théorie du feu central restait, à mes yeux, la seule vraie, la seule explicable. Allions-nous donc revenir à un milieu où ces phénomènes s'accomplissaient dans toute leur rigueur & dans lequel la chaleur réduisait les roches à un complet état de fusion? Je le craignais, & je dis au professeur :

« Si nous ne sommes pas noyés ou brisés, si nous

ne mourons pas de faim, il nous reste toujours la chance d'être brûlés vifs. »

Il se contenta de hausser les épaules & retomba dans ses réflexions.

Une heure s'écoula. &, sauf un léger accroissement dans la température, aucun incident ne modifia la situation. Enfin mon oncle rompit le silence.

« Voyons, dit-il, il faut prendre un parti.

— Prendre un parti? répliquai-je.

— Oui. Il faut réparer nos forces. Si nous essayons, en ménageant ce reste de nourriture, de prolonger notre existence de quelques heures, nous serons faibles jusqu'à la fin.

— Oui, jusqu'à la fin, qui ne se fera pas attendre.

— Eh bien! qu'une chance de salut se présente, qu'un moment d'action soit nécessaire, où trouverons-nous la force d'agir, si nous nous laissons affaiblir par l'inanition?

— Eh! mon oncle, ce morceau de viande dévoré, que nous restera-t-il?

— Rien, Axel, rien; mais te nourrira-t-il davantage à le manger des yeux? Tu fais là les raisonnements d'un homme sans volonté, d'un être sans énergie!

— Ne désespérez-vous donc pas? m'écriai-je avec irritation.

— Non! répliqua fermement le professeur.

19

— Quoi! vous croyez encore à quelque chance de salut?

— Oui! certes oui! & tant que son cœur bat, tant que sa chair palpite, je n'admets pas qu'un être doué de volonté laisse en lui place au désespoir. »

Quelles paroles! L'homme qui les prononçait en de pareilles circonstances était certainement d'une trempe peu commune.

« Enfin, dis-je, que prétendez-vous faire?

— Manger ce qui reste de nourriture jusqu'à la dernière miette & réparer nos forces perdues. Ce repas sera notre dernier, soit! mais au moins, au lieu d'être épuisés, nous serons redevenus des hommes.

— Eh bien! dévorons! m'écriai-je. »

Mon oncle prit le morceau de viande & les quelques biscuits échappés au naufrage; il fit trois portions égales & les distribua. Cela faisait environ une livre d'aliment pour chacun. Le professeur mangea avidement, avec une sorte d'emportement fébrile; moi, sans plaisir, malgré ma faim, & presque avec dégoût; Hans, tranquillement, modérément, mâchant sans bruit de petites bouchées & les savourant avec le calme d'un homme que les soucis de l'avenir ne pouvaient inquiéter. Il avait, en furetant bien, retrouvé une gourde à demi pleine de

genièvre ; il nous l'offrit, & cette bienfaisante liqueur eut la force de me ranimer un peu.

« Förträfflig ! » dit Hans en buvant à son tour.

— Excellente ! » riposta mon oncle.

J'avais repris quelque espoir. Mais notre dernier
repas venait d'être achevé. Il était alors cinq heures
du matin.

L'homme est ainsi fait, que sa santé est un effet
purement négatif ; une fois le besoin de manger satisfait, on se figure difficilement les horreurs de la
faim ; il faut les éprouver pour les comprendre.
Aussi, au sortir d'un long jeûne, quelques bouchées
de biscuit & de viande triomphèrent de nos douleurs passées.

Cependant, après ce repas, chacun se laissa aller
à ses réflexions. A quoi songeait Hans, cet homme
de l'extrême Occident, que dominait la résignation fataliste des Orientaux ? Pour mon compte,
mes pensées n'étaient faites que de souvenirs, &
ceux-ci me ramenaient à la surface de ce globe que
je n'aurais jamais dû quitter. La maison de König-
strasse, ma pauvre Graüben, la bonne Marthe, passèrent comme des visions devant mes yeux, &,
dans les grondements lugubres qui couraient à
travers le massif, je croyais surprendre le bruit des
cités de la terre.

Pour mon oncle, « toujours à son affaire, » la
torche à la main, il examinait avec attention la

nature des terrains; il cherchait à reconnaître sa
situation par l'observation des couches superposées.
Ce calcul, ou mieux cette estime, ne pouvait être
que fort approximative; mais un savant est toujours
un savant, quand il parvient à conserver son sang-
froid, & certes, le professeur Lidenbrock possédait
cette qualité à un degré peu ordinaire.

Je l'entendais murmurer des mots de la science
géologique; je les comprenais, & je m'intéressais
malgré moi à cette étude supréme.

« Granit éruptif, disait-il; nous sommes encore
à l'époque primitive; mais nous montons! nous
montons! Qui sait? »

Qui sait? Il espérait toujours. De sa main il tâtait
la paroi verticale, &, quelques instants plus tard, il
reprenait ainsi :

« Voilà les gneiss! voilà les micaschistes! Bon!
à bientôt les terrains de l'époque de transition, &
alors... »

Que voulait dire le professeur? Pouvait-il mesurer l'épaisseur de l'écorce terrestre suspendue sur
notre tête? Possédait-il un moyen quelconque de
faire ce calcul? Non. Le manomètre lui manquait,
& nulle estime ne pouvait le suppléer.

Cependant la température s'accroissait dans une
forte proportion & je me sentais baigné au milieu
d'une atmosphère brûlante. Je ne pouvais la comparer qu'à la chaleur renvoyée par les fourneaux

d'une fonderie à l'heure des coulées. Peu à peu, Hans, mon oncle & moi, nous avions dû quitter nos vestes & nos gilets; le moindre vêtement devenait une cause de malaise, pour ne pas dire de souffrance.

« Montons-nous donc vers un foyer incandescent? m'écriai-je, à un moment où la chaleur redoublait.

— Non, répondit mon oncle, c'est impossible! c'est impossible!

— Cependant, dis-je en tâtant la paroi, cette muraille est brûlante! »

Au moment où je prononçai ces paroles, ma main ayant effleuré l'eau, je dus la retirer au plus vite.

« L'eau est brûlante! » m'écriai-je.

Le professeur, cette fois, ne répondit que par un geste de colère.

Alors, une invincible épouvante s'empara de mon cerveau & ne le quitta plus. J'avais le sentiment d'une catastrophe prochaine, & telle que la plus audacieuse imagination n'aurait pu la concevoir. Une idée, d'abord vague, incertaine, se changeait en certitude dans mon esprit. Je la repoussai, mais elle revint avec obstination. Je n'osais la formuler. Cependant quelques observations involontaires déterminèrent ma conviction; à la lueur douteuse de la torche, je remarquai des mouvements désordonnés dans les couches granitiques ; un phénomène allait évidemment se produire, dans lequel l'électricité jouait un rôle ; puis cette chaleur excessive, cette eau bouillonnante !... Je résolus d'observer la boussole.

Elle était affolée !

XLIII

Oui, affolée ! L'aiguille sautait d'un pôle à l'autre avec de brusques secousses, parcourait tous les points du cadran, & tournait, comme si elle eût été prise de vertige.

Je savais bien que, d'après les théories les plus acceptées, l'écorce minérale du globe n'est jamais dans un état de repos absolu ; les modifications amenées par la décomposition des matières internes, l'agitation provenant des grands courants liquides, l'action du magnétisme, tendent à l'ébranler incessamment, alors même que les êtres disséminés à sa surface ne soupçonnent pas son agitation. Ce phénomène ne m'aurait donc pas autrement effrayé, ou du moins il n'eût pas fait naître dans mon esprit une idée terrible.

Mais d'autres faits, certains détails *sui generis,* ne purent me tromper plus longtemps; les détonations se multipliaient avec une effrayante intensité; je ne pouvais les comparer qu'au bruit que feraient un grand nombre de chariots entraînés rapidement sur le pavé. C'était un tonnerre continu.

Puis, la boussole affolée, secouée par les phénomènes électriques, me confirmait dans mon opinion; l'écorce minérale menaçait de se rompre, les massifs granitiques de se rejoindre, la fissure de se combler, le vide de se remplir, & nous, pauvres atomes, nous allions être écrasés dans cette formidable étreinte.

« Mon oncle, mon oncle! m'écriai-je, nous sommes perdus!

— Quelle est cette nouvelle terreur? me répondit-il avec un calme surprenant. Qu'as-tu donc?

— Ce que j'ai! Observez ces murailles qui s'agitent, ce massif qui se disloque, cette chaleur torride, cette eau qui bouillonne, ces vapeurs qui s'épaississent, cette aiguille folle, tous les indices d'un tremblement de terre! »

Mon oncle secoua doucement la tête.

« Un tremblement de terre? fit-il.

— Oui!

— Mon garçon, je crois que tu te trompes!

— Quoi! vous ne reconnaissez pas ces symptômes?

— D'un tremblement de terre? non! J'attends
mieux que cela!

— Que voulez-vous dire?

— Une éruption, Axel.

— Une éruption! dis-je; nous sommes dans la
cheminée d'un volcan en activité!

— Je le pense, dit le professeur en souriant,
& c'est ce qui peut nous arriver de plus heureux! »

De plus heureux! Mon oncle était-il donc devenu
fou? Que signifiaient ces paroles? pourquoi ce
calme & ce sourire?

« Comment! m'écriai-je, nous sommes pris dans
une éruption! la fatalité nous a jetés sur le chemin des laves incandescentes, des roches en feu,
des eaux bouillonnantes, de toutes les matières
éruptives! nous allons être repoussés, expulsés,
rejetés, vomis, lancés dans les airs avec les quartiers de rocs, les pluies de cendres & de scories,
dans un tourbillon de flammes! & c'est ce qui peut
nous arriver de plus heureux!

« Oui, répondit le professeur en me regardant
par-dessus ses lunettes, car c'est la seule chance que
nous ayons de revenir à la surface de la terre! »

Je passe rapidement sur les mille idées qui se croi-
sèrent dans mon cerveau. Mon oncle avait raison,
absolument raison, & jamais il ne me parut ni plus
audacieux ni plus convaincu qu'en ce moment, où

il attendait & supputait avec calme les chances d'une éruption.

Cependant nous montions toujours; la nuit se passa dans ce mouvement ascensionnel; les fracas environnants redoublaient; j'étais presque suffoqué, je croyais toucher à ma dernière heure, &, pourtant, l'imagination est si bizarre, que je me livrai à une recherche véritablement enfantine. Mais je subissais mes pensées, je ne les dominais pas!

Il était évident que nous étions rejetés par une poussée éruptive; sous le radeau, il y avait des eaux bouillonnantes, & sous ces eaux toute une pâte de lave, un agrégat de roches qui, au sommet du cratère, se disperseraient en tous les sens. Nous étions donc dans la cheminée d'un volcan. Pas de doute à cet égard.

Mais cette fois, au lieu du Sneffels, volcan éteint, il s'agissait d'un volcan en pleine activité. Je me demandai donc quel pouvait être cette montagne & dans quelle partie du monde nous allions être expulsés.

Dans les régions septentrionales, cela ne faisait aucun doute. Avant ses affolements, la boussole n'avait jamais varié à cet égard. Depuis le cap Saknussemm, nous avions été entraînés directement au nord pendant des centaines de lieues. Or, étions-nous revenus sous l'Islande? Devions-nous être rejetés par le cratère de l'Hécla ou par ceux

des sept autres monts ignivomes de l'ile? Dans
un rayon de cinq cents lieues, à l'ouest, je ne
voyais sous ce parallèle que les volcans mal connus
de la côte nord-ouest de l'Amérique. Dans l'est,
un seul existait sous le quatre-vingtième degré
de latitude, l'Esk, dans l'ile de Jean Mayen, non
loin du Spitzberg! Certes, les cratères ne manquaient pas, & ils se trouvaient assez spacieux
pour vomir une armée tout entière! Mais lequel
nous servirait d'issue, c'est ce que je cherchais à
deviner.

Vers le matin, le mouvement d'ascension s'accé-
léra. Si la chaleur s'accrut, au lieu de diminuer,
aux approches de la surface du globe, c'est qu'elle
était toute locale & due à une influence volcanique. Notre genre de locomotion ne pouvait
plus me laisser aucun doute dans l'esprit; une force
énorme, une force de plusieurs centaines d'atmosphères, produite par les vapeurs accumulées dans
le sein de la terre, nous poussait irrésistiblement.
Mais à quels dangers innombrables elle nous ex-
posait!

Bientôt des reflets fauves pénétrèrent dans la galerie verticale qui s'élargissait; j'apercevais à droite
& à gauche des couloirs profonds semblables à
d'immenses tunnels d'où s'échappaient des vapeurs
épaisses; des langues de flammes en léchaient les
parois en petillant.

« Voyez! voyez, mon oncle! m'écriai-je.

— Eh bien! ce sont des flammes **sulfureuses.**
Rien de plus naturel dans une éruption.

— Mais si elles nous enveloppent?

— Elles ne nous envelopperont pas.

— Mais si nous étouffons?

— Nous n'étoufferons pas; la galerie s'élargit, &
s'il le faut, nous abandonnerons le radeau pour
nous abriter dans quelque crevasse.

— Et l'eau! & l'eau montante?

— Il n'y a plus d'eau, Axel, mais une sorte de
pâte lavique qui nous soulève avec elle jusqu'à
l'orifice du cratère. »

La colonne liquide avait effectivement disparu
pour faire place à des matières éruptives assez
denses, quoique bouillonnantes. La température
devenait insoutenable, & un thermomètre exposé
dans cette atmosphère eût marqué plus de soixante-
dix degrés! La sueur m'inondait. Sans la rapidité
de l'ascension, nous aurions été certainement
étouffés.

Cependant le professeur ne donna pas suite à sa
proposition d'abandonner le radeau, & il fit bien.
Ces quelques poutres mal jointes offraient une surface solide, un point d'appui qui nous eût manqué
partout ailleurs.

Vers huit heures du matin, un nouvel incident
se produisit pour la première fois. Le mouvement

ascensionnel cessa tout à coup. Le radeau demeura absolument immobile.

« Qu'est-ce donc? demandai-je, ébranlé par cet arrêt subit comme par un choc.

— Une halte, répondit mon oncle.

— Est-ce l'éruption qui se calme?

— J'espère bien que non. »

Je me levai. J'essayai de voir autour de moi. Peut-être le radeau, arrêté par une saillie de roc, opposait-il une résistance momentanée à la masse éruptive. Dans ce cas, il fallait se hâter de le dégager au plus vite.

Il n'en était rien. La colonne de cendres, de scories & de débris pierreux avait elle-même cessé de monter.

« Est-ce que l'éruption s'arrêterait? m'écriai-je.

— Ah! fit mon oncle les dents serrées, tu le crains, mon garçon; mais rassure-toi, ce moment de calme ne saurait se prolonger; voilà déjà cinq minutes qu'il dure, & avant peu nous reprendrons notre ascension vers l'orifice du cratère. »

Le professeur, en parlant ainsi, ne cessait de consulter son chronomètre, & il devait avoir encore raison dans ses pronostics. Bientôt le radeau fut repris d'un mouvement rapide & désordonné qui dura deux minutes à peu près, & il s'arrêta de nouveau.

« Bon, fit mon oncle en observant l'heure, dans dix minutes il se remettra en route.

— Dix minutes?

— Oui. Nous avons affaire à un volcan dont l'éruption est intermittente. Il nous laisse respirer avec lui. »

Rien n'était plus vrai. A la minute assignée, nous fûmes lancés de nouveau avec une extrême rapidité; il fallait se cramponner aux poutres pour ne pas être rejeté hors du radeau. Puis la poussée s'arrêta.

Depuis, j'ai réfléchi à ce singulier phénomène sans en trouver une explication satisfaisante. Toutefois il me paraît évident que nous n'occupions pas la cheminée principale du volcan, mais bien un conduit accessoire, où se faisait sentir un effet de contre-coup.

Combien de fois se reproduisit cette manœuvre, je ne saurais le dire; tout ce que je puis affirmer, c'est qu'à chaque reprise du mouvement, nous étions lancés avec une force croissante & comme emportés par un véritable projectile. Pendant les instants de halte, on étouffait; pendant les moments de projection, l'air brûlant me coupait la respiration. Je pensai un instant à cette volupté de me retrouver subitement dans les régions hyperboréennes par un froid de trente degrés au-dessous de zéro. Mon imagination surexcitée se promenait sur les plaines de

neige des contrées arctiques, & j'aspirais au moment où je me roulerais sur les tapis glacés du
pôle! Peu à peu, d'ailleurs, ma tête, brisée par ces
secousses réitérées, se perdit. Sans les bras de
Hans, plus d'une fois je me serais brisé le crâne
contre la paroi de granit.

Je n'ai donc conservé aucun souvenir précis de ce
qui se passa pendant les heures suivantes. J'ai le sentiment confus de détonations continues, de l'agitation du massif, d'un mouvement giratoire dont
fut pris le radeau. Il ondula sur des flots de laves,
au milieu d'une pluie de cendres. Les flammes ron-
flantes l'enveloppèrent. Un ouragan qu'on eût
dit chassé d'un ventilateur immense activait les
feux souterrains. Une dernière fois, la figure de
Hans m'apparut dans un reflet d'incendie, & je
n'eus plus d'autre sentiment que cette épouvante
sinistre des condamnés attachés à la bouche d'un
canon, au moment où le coup part & disperse leurs
membres dans les airs.

XLIV

Quand je rouvris les yeux, je me sentis serré à la ceinture par la main vigoureuse du guide. De l'autre main il soutenait mon oncle. Je n'étais pas blessé grièvement, mais brisé plutôt par une courbature générale. Je me vis couché sur le versant d'une montagne, à deux pas d'un gouffre dans lequel le moindre mouvement m'eût précipité. Hans m'avait sauvé de la mort, pendant que je roulais sur les flancs du cratère.

« Où sommes-nous? » demanda mon oncle, qui me parut fort irrité d'être revenu sur terre.

Le chasseur leva les épaules en signe d'ignorance.

« En Islande? dis-je.

— « Nej, » répondit Hans.

— Comment! non! s'écria le professeur.

— Hans se trompe, » dis-je en me soulevant.

Après les surprises innombrables de ce voyage, une stupéfaction nous était encore réservée. Je m'attendais à voir un cône couvert de neiges éternelles, au milieu des arides déserts des régions septentrionales, sous les pâles rayons d'un ciel

polaire, au delà des latitudes les plus élevées, &,
contrairement à toutes ces prévisions, mon oncle,
l'Islandais & moi, nous étions étendus à mi-flanc
d'une montagne calcinée par les ardeurs du soleil
qui nous dévorait de ses feux.

Je ne voulais pas en croire mes regards; mais la
réelle cuisson dont mon corps était l'objet ne permettait aucun doute. Nous étions sortis à demi nus du
cratère, & l'astre radieux, auquel nous n'avions
rien demandé depuis deux mois, se montrait à
notre égard prodigue de lumière & de chaleur &
nous versait à flots une splendide irradiation.

Quand mes yeux furent accoutumés à cet éclat
dont ils avaient perdu l'habitude, je les employai à
rectifier les erreurs de mon imagination. Pour le
moins, je voulais être au Spitzberg, & je n'étais
pas d'humeur à en démordre aisément.

Le professeur avait le premier pris la parole, &
dit :

« En effet, voilà qui ne ressemble pas à l'Islande.

— Mais l'île de Jean Mayen ? répondis-je.

— Pas davantage, mon garçon. Ceci n'est point
un volcan du nord avec ses collines de granit & sa
calotte de neige.

— Cependant...

— Regarde, Axel, regarde ! »

Au dessus de notre tête, à cinq cents pieds au plus,
s'ouvrait le cratère d'un volcan par lequel s'échap-

pait, de quart d'heure en quart d'heure, avec une
très-forte détonation, une haute colonne de flammes, mêlée de pierres ponces, de cendres & de laves.
Je sentais les convulsions de la montagne qui
respirait à la façon des baleines, & rejetait de
temps à autre le feu & l'air par ses énormes évents.
Au-dessous, & par une pente assez roide, les
nappes de matières éruptives s'étendaient à une
profondeur de sept à huit cents pieds, ce qui ne donnait pas au volcan une hauteur de trois cents toises.
Sa base disparaissait dans une véritable corbeille
d'arbres verts, parmi lesquels je distinguai des oliviers, des figuiers & des vignes chargées de grappes
vermeilles.

Ce n'était point l'aspect des régions arctiques, il
fallait bien en convenir.

Lorsque le regard franchissait cette verdoyante
enceinte, il arrivait rapidement à se perdre dans les
eaux d'une mer admirable ou d'un lac, qui faisait
de cette terre enchantée une île large de quelques
lieues à peine. Au levant, se voyait un petit port,
précédé de quelques maisons, & dans lequel des
navires d'une forme particulière se balançaient
aux ondulations des flots bleus. Au delà, des
groupes d'îlots sortaient de la plaine liquide, &
si nombreux, qu'ils ressemblaient à une vaste four-
milière. Vers le couchant, des côtes éloignées
s'arrondissaient à l'horizon ; sur les unes se profi-

laient des montagnes bleues d'une harmonieuse
conformation; sur les autres, plus lointaines, apparaissait un cône prodigieusement élevé, au sommet duquel s'agitait un panache de fumée. Dans
le nord, une immense étendue d'eau étincelait
sous les rayons solaires, laissant poindre çà & là
l'extrémité d'une mâture ou la convexité d'une
voile gonflée au vent.

L'imprévu d'un pareil spectacle en centuplait encore les merveilleuses beautés.

« Où sommes-nous? où sommes-nous? » répétais-
je à mi-voix.

Hans fermait les yeux avec indifférence, & mon
oncle regardait sans comprendre.

« Quelle que soit cette montagne, dit-il enfin,
il y fait un peu chaud; les explosions ne discontinuent pas, & ce ne serait vraiment pas la peine
d'être sortis d'une éruption pour recevoir un morceau de roc sur la tête. Descendons, & nous saurons à quoi nous en tenir. D'ailleurs je meurs de
faim & de soif. »

Décidément le professeur n'était point un esprit
contemplatif. Pour mon compte, oubliant le besoin & les fatigues, je serais resté à cette place
pendant de longues heures encore, mais il fallut
suivre mes compagnons.

Le talus du volcan offrait des pentes très-roides;
nous glissions dans de véritables fondrières de cen-

dres, évitant les ruisseaux de lave qui s'allongeaient comme des serpents de feu. Tout en descendant, je causais avec volubilité, car mon imagination était trop remplie pour ne point s'en aller en paroles.

« Nous sommes en Asie, m'écriais-je, sur les côtes de l'Inde, dans les îles Malaises, en pleine Océanie! Nous avons traversé la moitié du globe pour aboutir aux antipodes de l'Europe.

— Mais la boussole? répondait mon oncle.

—Oui! la boussole! disais-je d'un air embarrassé. A l'en croire, nous avons toujours marché au nord.

— Elle a donc menti?

— Oh! menti!

— A moins que ceci ne soit le pôle nord!

— Le pôle! non; mais... »

Il y avait là un fait inexplicable. Je ne savais qu'imaginer.

Cependant nous nous rapprochions de cette verdure qui faisait plaisir à voir. La faim me tourmentait & la soif aussi. Heureusement, après deux heures de marche, une jolie campagne s'offrit à nos regards, entièrement couverte d'oliviers, de grenadiers & de vignes qui avaient l'air d'appartenir à tout le monde. D'ailleurs, dans notre dénûment, nous n'étions point gens à y regarder de si près. Quelle jouissance ce fut de presser ces fruits savoureux sur nos lèvres & de mordre à pleines grappes dans ces vignes vermeilles! Non loin, dans

l'herbe, à l'ombre délicieuse des arbres, je dé-
couvris une source d'eau fraîche, où notre figure
& nos mains se plongèrent voluptueusement.

Pendant que chacun s'abandonnait ainsi à toute,
les douceurs du repos, un enfant apparut entre deux
touffes d'oliviers.

« Ah ! m'écriai-je, un habitant de cette heu-
reuse contrée ! »

C'était une espèce de petit pauvre, très-miséra-
blement vêtu, assez souffreteux, & que notre aspect
parut effrayer beaucoup; en effet, demi-nus, avec
nos barbes incultes, nous avions fort mauvaise
mine, &, à moins que ce pays ne fût un pays de
voleurs, nous étions faits de manière à effrayer ses
habitants.

Au moment où le gamin allait prendre la fuite,
Hans courut après lui & le ramena, malgré ses cris
& ses coups de pied.

Mon oncle commença par le rassurer de son
mieux & lui dit en bon allemand :

« Quel est le nom de cette montagne, mon petit
ami ? »

L'enfant ne répondit pas.

« Bon, fit mon oncle, nous ne sommes point en
Allemagne. »

Et il redit la même demande en anglais.

L'enfant ne répondit pas davantage. J'étais très-
intrigué.

« Est-il donc muet?» s'écria le professeur, qui, très-fier de son polyglottisme, recommença la même demande en français.

Même silence de l'enfant.

« Alors essayons de l'italien », reprit mon oncle; & il dit en cette langue :

« *Dove noi siamo?*

— Oui! où sommes-nous? » répétai-je avec impatience.

L'enfant de ne point répondre.

« Ah ça! parleras-tu? s'écria mon oncle, que la colère commençait à gagner, & qui secoua l'enfant par les oreilles. *Come si noma questa isola?*

— *Stromboli*, » répondit le petit pâtre, qui s'échappa des mains de Hans & gagna la plaine à travers les oliviers.

Nous ne pensions guère à lui! Le Stromboli! Quel effet produisit sur mon imagination ce nom inattendu! Nous étions en pleine Méditerranée, au milieu de l'archipel éolien de mythologique mémoire, dans l'ancienne Strongyle, où Éole tenait à la chaîne les vents & les tempêtes. Et ces montagnes bleues qui s'arrondissaient au levant, c'étaient les montagnes de la Calabre! Et ce volcan dressé à l'horizon du sud, l'Etna, le farouche Etna lui-même.

« Stromboli! le Stromboli! » répétai-je.

Mon oncle m'accompagnait de ses gestes & de ses paroles. Nous avions l'air de chanter un chœur !

Ah ! quel voyage ! Quel merveilleux voyage ! Entrés par un volcan, nous étions sortis par un autre, & cet autre était situé à plus de douze cents lieues du Sneffels , de cet aride pays de l'Islande jeté aux confins du monde ! Les hasards de cette expédition nous avaient transportés au sein des plus harmonieuses contrées de la terre ! Nous avions abandonné la région des neiges éternelles pour celle de la verdure infinie & laissé au-dessus de nos têtes le brouillard grisâtre des zones glacées pour revenir au ciel azuré de la Sicile !

Après un délicieux repas composé de fruits & d'eau fraîche, nous nous remîmes en route pour gagner le port de Stromboli. Dire comment nous étions arrivés dans l'île ne nous parut pas prudent : l'esprit superstitieux des Italiens n'eût pas manqué de voir en nous des démons vomis du sein des enfers ; il fallut donc se résigner à passer pour d'humbles naufragés. C'était moins glorieux, mais plus sûr.

Chemin faisant, j'entendais mon oncle murmurer :

« Mais la boussole ! la boussole, qui marquait le nord ! comment expliquer ce fait ?

— Ma foi ! dis-je avec un grand air de dédain, il ne faut pas l'expliquer, c'est plus facile !

— Par exemple! un professeur au Johannœum qui ne trouverait pas la raison d'un phénomène cosmique, ce serait une honte! »

En parlant ainsi, mon oncle, demi-nu, sa bourse de cuir autour des reins & dressant ses lunettes sur son nez, redevint le terrible professeur de minéralogie.

Une heure après avoir quitté le bois d'oliviers, nous arrivions au port de San-Vicenzo, où Hans réclamait le prix de sa treizième semaine de service, qui lui fut compté avec de chaleureuses poignées de main.

En cet instant, s'il ne partagea pas notre émotion bien naturelle, il se laissa aller du moins à un mouvement d'expansion extraordinaire.

Du bout de ses doigts il pressa légèrement nos deux mains & se mit à sourire.

XLV

Voici la conclusion d'un récit auquel refuseront d'ajouter foi les gens les plus habitués à ne s'étonner de rien. Mais je suis cuirassé d'avance contre l'incrédulité humaine.

Nous fûmes reçus par les pêcheurs stromboliotes avec les égards dus à des naufragés. Ils nous donnèrent des vêtements & des vivres. Après quarante-huit heures d'attente, le 31 août, un petit speronare nous conduisit à Messine, où quelques jours de repos nous remirent de toutes nos fatigues.

Le vendredi 4 septembre, nous nous embarquions à bord du *Volturne*, l'un des paquebots-postes des messageries impériales de France, &, trois jours plus tard, nous prenions terre à Marseille, n'ayant plus qu'une seule préoccupation dans l'esprit, celle de notre maudite boussole. Ce fait inexplicable ne laissait pas de me tracasser très-sérieusement. Le 9 septembre au soir, nous arrivions à Hambourg.

Quelle fut la stupéfaction de Marthe, quelle fut la joie de Graüben, je renonce à le décrire.

« Maintenant que tu es un héros, me dit ma chère fiancée, tu n'auras plus besoin de me quitter, Axel ! »

Je la regardai. Elle pleurait en souriant.

Je laisse à penser si le retour du professeur Lidenbrock fit sensation à Hambourg. Grâce aux indiscrétions de Marthe, la nouvelle de son départ pour le centre de la terre s'était répandue dans le monde entier. On ne voulut pas y croire, &, en le revoyant, on n'y crut pas davantage.

Cependant la présence de Hans, & diverses informations venues d'Islande modifièrent peu à peu l'opinion publique.

Alors mon oncle devint un grand homme, & moi, le neveu d'un grand homme, ce qui est déjà quelque chose. Hambourg donna une fête en notre honneur. Une séance publique eut lieu au Johannœum, où le professeur fit le récit de son expédition & n'omit que les faits relatifs à la boussole. Le jour même, il déposa aux archives de la ville le document de Saknussemm, & il exprima son vif regret de ce que les circonstances, plus fortes que sa volonté, ne lui eussent pas permis de suivre jusqu'au centre de la terre les traces du voyageur islandais. Il fut modeste dans sa gloire, & sa réputation s'en accrut.

Tant d'honneur devait nécessairement lui susciter des envieux. Il en eut, &, comme ses théories, appuyées sur des faits certains, contredisaient les systèmes de la science sur la question du feu central, il soutint par la plume & par la parole de remarquables discussions avec les savants de tous pays.

Pour mon compte, je ne puis admettre sa théorie du refroidissement : en dépit de ce que j'ai vu, je crois & je croirai toujours à la chaleur centrale; mais j'avoue que certaines circonstances encore mal définies peuvent modifier cette loi sous l'action de phénomènes naturels.

20

Au moment où ces questions étaient palpitantes, mon oncle éprouva un vrai chagrin. Hans, malgré ses instances, avait quitté Hambourg ; l'homme auquel nous devions tout ne voulut pas nous laisser lui payer notre dette. Il fut pris de la nostalgie de l'Islande.

« Färval, » dit-il un jour, & sur ce simple mot d'adieu, il partit pour Reykjawik, où il arriva heureusement.

Nous étions singulièrement attachés à notre brave chasseur d'eider ; son absence ne le fera jamais oublier de ceux auxquels il a sauvé la vie, & certainement je ne mourrai pas sans l'avoir revu une dernière fois.

Pour conclure, je dois ajouter que ce « *Voyage au centre de la terre* » fit une énorme sensation dans le monde. Il fut imprimé & traduit dans toutes les langues ; les journaux les plus accrédités s'en arrachèrent les principaux épisodes, qui furent commentés, discutés, attaqués, soutenus avec une égale conviction dans le camp des croyants & des incrédules. Chose rare ! mon oncle jouissait de son vivant de toute la gloire qu'il avait acquise, & il n'y eut pas jusqu'à M. Barnum qui ne lui proposât de « l'exhiber » à un très-haut prix dans les États de l'Union.

Mais un ennui, disons même un tourment, se glissait au milieu de cette gloire. Un fait demeurait inexplicable, celui de la boussole. Or, pour un savant, pareil phénomène inexpliqué devient un supplice de l'intelligence. Eh bien! le ciel réservait à mon oncle d'être complétement heureux.

Un jour, en rangeant une collection de minéraux dans son cabinet, j'aperçus cette fameuse boussole, & je me mis à l'observer.

Depuis six mois elle était là, dans son coin, sans se douter des tracas qu'elle causait.

Tout à coup, quelle fut ma stupéfaction! Je poussai un cri. Le professeur accourut.

« Qu'est-ce donc? demanda-t-il.

— Cette boussole!...

— Eh bien?

— Mais son aiguille indique le sud & non le nord!

— Que dis-tu?

— Voyez! ses pôles sont changés.

— Changés! »

Mon oncle regarda, compara, & fit trembler la maison par un bond superbe.

Quelle lumière éclairait à la fois son esprit & le mien!

« Ainsi donc, s'écria-t-il, dès qu'il retrouva la parole, après notre arrivée au cap Saknussemm, l'aiguille de cette damnée boussole marquait le sud au lieu du nord?

— Évidemment.

« — Notre erreur s'explique alors. Mais quel phénomène a pu produire ce renversement des pôles?

— Rien de plus simple.

— Explique-toi, mon garçon.

— Pendant l'orage, sur la mer Lidenbrock, cette boule de feu, qui aimantait le fer du radeau, avait tout simplement désorienté notre boussole!

— Ah! s'écria le professeur, en éclatant de rire, c'était donc un tour de l'électricité? »

A partir de ce jour, mon oncle fut le plus heureux des savants, & moi le plus heureux des hommes, car ma jolie Virlandaise, abdiquant sa position de pupille, prit rang dans la maison de König-strasse en la double qualité de nièce & d'épouse. Inutile d'ajouter que son oncle fut l'illustre professeur Otto Lidenbrock, membre correspondant de toutes les sociétés scientifiques, géographiques & minéralogiques des cinq parties du monde.

FIN.

Imp. Eugène HEUTTE et Cⁱᵉ, à Saint-Germain.